M

LE HORLA
ET AUTRES CONTES
FANTASTIQUES

CHOIX DE CONTES

*Texte conforme à l'édition
originale des différents recueils.*

*Notes explicatives, questionnaires, bilans,
documents et parcours thématique*

établis par
Alain GÉRAUDELLE,
*professeur à l'École Européenne
de Karlsruhe (Allemagne),
agrégé de Lettres Classiques.*

Classiques Hachette

Couverture : Laurent Carré

Crédits photographiques :
pp. 4, 137 : photographies Hachette.
pp. 8 (illustration de Julian-Damazy pour *Le Horla*, Bibliothèque Nationale), 18, 74 (illustration de Julian-Damazy pour *Le Horla*, B. N.) : photographies Jean Loup Charmet.
pp. 9 (gravure sur bois pour *Le Horla*), 44, 177, 184 (Couverture de Steinlen) : photographies Jean Vigne.
pp. 10 (*La Comédie de la Mort* de Rodolphe Bresdin, Paris, B. N. Estampes), 17, 54 (Odilon Redon, *Hantise*, Paris, B. N.), 152 (Trajet apparent des étoiles autour de l'étoile polaire photographié pendant deux heures), 161 (Gravure de Robida, février 1901), 222 : photographies Édimédia.
p. 42 : photographie Bridgeman-Giraudon.
p. 64 : photographie National Gallery.
p. 179 : photographie Roger-Viollet.
p. 221 : photographie M. C. Escher/Cordon Art-Baarn-Holland.
p. 223 : photographie R.M.N.

Les mots suivis d'une puce ronde (•) renvoient au lexique des contes, page 222. Les mots suivis d'un astérisque (*) renvoient au lexique stylistique, page 223.

© Hachette Livre, 2006, 43, quai de Grenelle, 75905 PARIS Cedex 15.

ISBN : 978-2-01-169305-1

www.hachette-education.com

Maupassant (1850-1893).
Gravure parue dans la Revue illustrée du 1ᵉʳ avril 1888.

En 1877, Maupassant contracte la syphilis, et ce sportif exubérant et rempli de joie de vivre devient un malade pour le reste de sa vie. La maladie lui inflige d'abord des maux physiques, névralgies et troubles oculaires en particulier. Pour atténuer ses souffrances, il utilise l'éther, qui, pendant un moment, l'entraîne dans un monde de rêve. Mais la maladie progresse et atteint le psychisme. Dès 1882, Maupassant a des hallucinations qui ne sont pas dues aux stupéfiants, et, à partir de 1887, il éprouve des phénomènes d'autoscopie* : il croit voir devant lui son double. Pendant les trois ans qui lui restent à vivre, après 1890, il ne publie plus rien. La paralysie générale commence à gagner ses activités intellectuelles et il meurt dans la démence totale.

Toutefois, lorsqu'en 1890 Maupassant publie son dernier conte, il a toute sa lucidité. Il n'est pas, alors, un malade mental, mais un malade souffrant parfois de troubles mentaux. Ses contes fantastiques* ne sont donc pas l'œuvre d'un fou. Mais il est évident qu'il utilise l'expérience qu'il a de ces troubles, tout en sachant qu'ils n'ont rien de surnaturel.

Ces contes fantastiques reflètent non seulement le monde intérieur de leur créateur, mais aussi l'atmosphère de l'époque. Maupassant n'est pas le seul à être fasciné par la folie, que l'on commence à considérer non plus comme l'absence de raison, mais comme une réalité difficile à cerner, qui touche au plus profond de l'être. Les ouvrages de Ribot sur les maladies de la personnalité, ceux de Rollinat sur les névroses, les cours de Charcot à la Salpêtrière ont du succès. Les expériences de magnétisation et d'hypnotisme ont un grand retentissement. Paradoxalement, plus la science progresse, plus elle favorise le fantastique. L'échec du positivisme fait douter des capacités de l'homme à connaître rationnellement la totalité du monde. Les découvertes des hommes de science les mènent au bord d'un inconnu jamais approché de si près et toujours repoussé.

De 1875 à 1890, soit de vingt-cinq à quarante ans, Maupassant publie plus de trois cents contes, principalement dans trois journaux, <u>Gil Blas</u>, <u>Le Gaulois</u> et <u>Le Figaro</u>, et dans diverses revues. Ces contes sont rassemblés, du vivant de leur auteur, dans des recueils par ordre chronologique, de sorte que les contes fantastiques sont disséminés à travers tous les recueils.

LE RÉCIT FANTASTIQUE
JUSQU'À LA FIN DU XIXᵉ SIÈCLE

WALPOLE	1764	*Le Château d'Otrante*
CAZOTTE	1772	*Le Diable amoureux*
BEKFORD	1786	*Vathek*
RADCLIFFE	1794	*Les Mystères d'Udolphe*
LEWIS	1795	*Le Moine*
POTOCKI	1804	*Manuscrit trouvé à Saragosse*
NODIER	1806	*Une heure ou la vision*
	1818	*Sbogar*
	1821	*Smarra, ou les Démons de la nuit*
	1822	*Trilby ou le Lutin d'Argail*
	1830	*Du fantastique en littérature*
ARNIM	1810	*La Comtesse Dolorès*
	1817	*Les Gardiens de la Couronne*
CHAMISSO	1814	*La merveilleuse histoire de Peter Schlemihl ou l'homme qui a perdu son ombre*
SCHELLEY	1816	*Frankenstein*
AUSTIN	1820	*Peter Rugg le disparu*
BALZAC	1820	*Melmoth le Voyageur*
	1822	*Le Centenaire*
	1830	*L'Élixir de longue vie*
	1831	*La Peau de chagrin*
	1831	*L'Auberge rouge*
	1832	*Louis Lambert*
	1835	*Séraphita*
	1837	*L'Enfant maudit*
HOFFMANN	1829	Première traduction française de ses *Contes*
GAUTIER	1831	*La Cafetière*
	1832	*Onuphrius*
	1834	*Omphale*
	1836	*La Morte amoureuse*
	1840	*Le Pied de momie*
	1856	*Avatar, Jettatura*
	1866	*Spirite*
POUCHKINE	1833	*La Dame de Pique*
GOGOL	1835	*Le Nez*
HAWTHORNE	1836	*Le Voile noir du pasteur*
	1852	*La Maison aux sept pignons*
MÉRIMÉE	1837	*La Vénus d'Ille*
	1868	*Lokis*
POE	1856	Traduction par Baudelaire des *Histoires extra-ordinaires*
	1857	Trad. des *Nouvelles histoires extraordinaires*
VILLIERS DE L'ISLE-ADAM	1874	*Véra*
	1886	*L'Ève future*
STEVENSON	1886	*Le cas étrange du Dr Jeckyll et de Mr Hyde*
VERNE	1892	*Le Château des Carpathes*
STOKER	1897	*Dracula*

Maupassant ne fut longtemps réputé que pour ses contes réalistes, ses contes normands en particulier. Aujourd'hui, ses contes fantastiques* retrouvent une nouvelle audience, car, s'ils sont dans la lignée de ceux du XIXe siècle, ils s'en distinguent cependant par leur modernité.

Comme les contes fantastiques du XIXe siècle, ils ne relèvent pas du merveilleux – qui accepte le surnaturel et l'intègre dans l'univers quotidien – et ils ne sont pas encore des récits d'anticipation – aujourd'hui de science-fiction, issus des découvertes de la science – où le surnaturel ne rompt pas la cohérence de l'univers, mais reçoit une explication rationnelle.

Le lecteur de notre époque trouve dans les contes fantastiques de Maupassant un nouvel intérêt. Familiarisé avec la théorie de Freud et de ses successeurs, persuadé que le psychisme recèle des fonds inconnus que la folie peut faire remonter à la surface, il apprécie que le fantastique puise son origine et sa force plus dans l'intérieur des personnages que dans les événements extérieurs dont ils sont témoins.

Chez Maupassant, le fantastique est subtil; il n'est pas effrayant mais angoissant. L'angoisse provient de la prise de conscience subite que la frontière est mince entre la santé mentale et la folie, et qu'elle peut être franchie à tout moment; que le moi peut devenir autre, devenir l'Autre. Folie et aliénation ne cessent de rôder autour de l'homme, prêtes à s'emparer de lui par surprise. D'où l'effort désespéré de ces personnages pour prouver aux autres et se prouver à eux-mêmes qu'ils ne sont pas fous; mais le doute subsiste et l'interrogation reste sans réponse. Cela donne au fantastique son aspect dramatique. Et l'angoisse est contagieuse : face à un personnage dont la vie paisible et normale est soudain plongée dans un «maelström» d'événements qui échappent aux explications et au contrôle de la raison, le lecteur finit par se demander si le Horla ne pourrait pas un jour s'insinuer en lui aussi. «Qui sait?»

La fermeté de construction et la clarté d'écriture de ces contes en rendent la lecture agréable, mais font ressortir aussi, par contraste, leur aspect irrationnel. À la mort de Flaubert, en 1880, Maupassant s'écrie : «C'est le maître, le vrai maître.» Celui-là même qui l'amena à cette simplicité de style qui est un effet de l'art.

Année 1886. — N° 98   Le Numéro (Bureaux): 15 cent.   Jeudi, 9 décembre 1886.

LA VIE POPULAIRE

Le JEUDI et le DIMANCHE
Elle est dans sa vente avec les Nouvelles et Feuilles

DIRECTION :
10, rue d'Enghien, 10
PARIS

ABONNEMENTS { Paris et dép²ᵗˢ : Un an, 9 fr. — Six mois, 5 fr.
{ Union postale : » 12 — » 7 fr.

SOMMAIRE : I. Histoire de la Semaine ; I. Histoire bon bon, par Stephen Lemonnier. — II. Le Horla ; 98 Guy de Maupassant. — III. La Semaine, par Edmond Lepelletier — IV. L'Affaire de Toulon, par Léon ; Roman. — V. Scènes prises, par Jean Richepin. — VI. Courbet, par Léonien et Gérard.

LE HORLA

Mon image n'était pas dedans... Et j'étais en face... (*Voir page 508.*)

La Main d'écorché[*]

Il y a huit mois environ, un de mes amis, Louis R...,
avait réuni, un soir, quelques camarades de collège ;
nous buvions du punch et nous fumions en causant
littérature, peinture, et en racontant, de temps à autre,
5 quelques joyeusetés[1], ainsi que cela se pratique dans les
réunions de jeunes gens. Tout à coup la porte s'ouvre
toute grande et un de mes bons amis d'enfance entre
comme un ouragan. « Devinez d'où je viens, s'écrie-t-il
aussitôt. – Je parie pour Mabille[2], répond l'un, – non, tu
10 es trop gai, tu viens d'emprunter de l'argent, d'enterrer
ton oncle, ou de mettre ta montre chez ma tante[3],
reprend un autre. – Tu viens de te griser[4], riposte un
troisième, et comme tu as senti le punch chez Louis, tu
es monté pour recommencer. – Vous n'y êtes point, je
15 viens de P... en Normandie, où j'ai été passer huit jours
et d'où je rapporte un grand criminel de mes amis que je
vous demande la permission de vous présenter. » À ces
mots, il tira de sa poche une main d'écorché, cette main
était affreuse, noire, sèche, très longue et comme cris-
20 pée, les muscles, d'une force extraordinaire, étaient
retenus à l'intérieur et à l'extérieur par une lanière de
peau parcheminée, les ongles jaunes, étroits, étaient
restés au bout des doigts ; tout cela sentait le scélérat
d'une lieue[*]. « Figurez-vous, dit mon ami, qu'on vendait
25 l'autre jour les défroques[5] d'un vieux sorcier bien connu
dans toute la contrée ; il allait au sabbat[6] tous les same-

---

1. *joyeusetés* : plaisanteries (familier).
2. *Mabille* : allusion à un bal créé par le danseur Mabille.
3. *ma tante* : appellation populaire du mont-de-piété, établissement public auprès
duquel on pouvait emprunter de l'argent en mettant en gage un objet de la valeur
correspondante. Aujourd'hui, cet établissement s'appelle le Crédit Municipal.
4. *griser* : enivrer.
5. *défroques* : meubles et vêtements de peu de valeur que quelqu'un laisse en
mourant.
6. *sabbat* : assemblée nocturne de sorciers et de sorcières sous la présidence de
Satan.

dis sur un manche à balai, pratiquait la magie blanche et noire[1], donnait aux vaches du lait bleu et leur faisait porter la queue comme celle du compagnon de saint
30 Antoine[2]. Toujours est-il que ce vieux gredin avait une grande affection pour cette main, qui, disait-il, était celle d'un célèbre criminel supplicié en 1736, pour avoir jeté, la tête la première, dans un puits sa femme légitime, ce quoi faisant je trouve qu'il n'avait pas tort, puis pendu au
35 clocher de l'église le curé qui l'avait marié. Après ce double exploit, il était allé courir le monde et dans sa carrière aussi courte que bien remplie, il avait détroussé douze voyageurs, enfumé une vingtaine de moines dans leur couvent et fait un sérail[3] d'un monastère de reli-
40 gieuses. – Mais que vas-tu faire de cette horreur ? nous écriâmes-nous. – Eh parbleu, j'en ferai mon bouton de sonnette pour effrayer mes créanciers. – Mon ami, dit Henri Smith, un grand Anglais très flegmatique, je crois que cette main est tout simplement de la viande
45 indienne conservée par le procédé nouveau, je te conseille d'en faire du bouillon. – Ne raillez[4] pas, messieurs, reprit avec le plus grand sang-froid un étudiant en médecine aux trois quarts gris, et toi, Pierre, si j'ai un conseil à te donner, fais enterrer chrétiennement ce
50 débris humain, de crainte que son propriétaire ne vienne te le redemander ; et puis, elle a peut-être pris de mauvaises habitudes cette main, car tu sais le proverbe : "Qui a tué tuera." – Et qui a bu boira », reprit l'amphi-tryon[5]. Là-dessus il versa à l'étudiant un grand verre de
55 punch, l'autre l'avala d'un seul trait et tomba ivre-mort sous la table. Cette sortie fut accueillie par des rires formidables, et Pierre élevant son verre et saluant la main : « Je bois, dit-il, à la prochaine visite de ton

---

1. *la magie blanche et noire* : la magie cherche à provoquer des effets bénéfiques (magie blanche) ou maléfiques (magie noire).
2. *compagnon de saint Antoine* : périphrase pour désigner le cochon, du nom du saint qui vécut seul dans le désert en résistant à toutes les tentations.
3. *un sérail* : une partie d'un lieu où les femmes sont enfermées (syn. *harem*).
4. *ne raillez pas* : ne vous moquez pas.
5. *l'amphitryon* : la personne qui offre à dîner.

maître », puis on parla d'autre chose et chacun rentra
chez soi.

Le lendemain, comme je passais devant sa porte, j'entrai chez lui, il était environ deux heures, je le trouvai lisant et fumant. « Eh bien, comment vas-tu ? lui dis-je. – Très bien, me répondit-il. – Et ta main ? – Ma main, tu as dû la voir à ma sonnette où je l'ai mise hier soir en rentrant, mais à ce propos figure-toi qu'un imbécile quelconque, sans doute pour me faire une mauvaise farce, est venu carillonner à ma porte vers minuit ; j'ai demandé qui était là, mais comme personne ne me répondait, je me suis recouché et rendormi. »

En ce moment, on sonna, c'était le propriétaire, personnage grossier et fort impertinent. Il entra sans saluer. « Monsieur, dit-il à mon ami, je vous prie d'enlever immédiatement la charogne que vous avez pendue à votre cordon de sonnette, sans quoi je me verrai forcé de vous donner congé. – Monsieur, reprit Pierre avec beaucoup de gravité, vous insultez une main qui ne le mérite pas, sachez qu'elle a appartenu à un homme fort bien élevé. » Le propriétaire tourna les talons et sortit comme il était entré. Pierre le suivit, décrocha sa main et l'attacha à la sonnette pendue dans son alcôve•. « Cela vaut mieux, dit-il, cette main, comme le "Frère, il faut mourir" des Trappistes[1], me donnera des pensées sérieuses tous les soirs en m'endormant. » Au bout d'une heure je le quittai et je rentrai à mon domicile.

Je dormis mal la nuit suivante, j'étais agité, nerveux ; plusieurs fois je me réveillai en sursaut, un moment même je me figurai qu'un homme s'était introduit chez moi et je me levai pour regarder dans mes armoires et sous mon lit ; enfin, vers six heures du matin, comme je commençais à m'assoupir, un coup violent frappé à ma porte, me fit sauter du lit ; c'était le domestique de mon ami, à peine vêtu, pâle et tremblant. « Ah monsieur ! s'écria-t-il en sanglotant, mon pauvre maître qu'on a

---

1. *Trappistes* : moines cisterciens de l'ordre de la Trappe, ordre célèbre pour la sévérité de sa règle.

95 assassiné.» Je m'habillai à la hâte et je courus chez
Pierre. La maison était pleine de monde, on discutait, on
s'agitait, c'était un mouvement incessant, chacun pérorait[1], racontait et commentait l'événement de toutes les
façons. Je parvins à grand-peine jusqu'à la chambre, la
100 porte était gardée, je me nommai, on me laissa entrer.
Quatre agents de la police étaient debout au milieu, un
carnet à la main, ils examinaient, se parlaient bas de
temps en temps et écrivaient; deux docteurs causaient
près du lit sur lequel Pierre était étendu sans connais-
105 sance. Il n'était pas mort, mais il avait un aspect
effrayant. Ses yeux démesurément ouverts, ses prunelles
dilatées semblaient regarder fixement avec une indicible[2] épouvante une chose horrible et inconnue, ses
doigts étaient crispés, son corps, à partir du menton,
110 était recouvert d'un drap que je soulevai. Il portait au
cou les marques de cinq doigts qui s'étaient profondément enfoncés dans la chair, quelques gouttes de sang
maculaient sa chemise. En ce moment une chose me
frappa, je regardai par hasard la sonnette de son alcôve•,
115 la main d'écorché• n'y était plus. Les médecins l'avaient
sans doute enlevée pour ne point impressionner les personnes qui entreraient dans la chambre du blessé, car
cette main était vraiment affreuse. Je ne m'informai
point de ce qu'elle était devenue.
120 Je coupe maintenant, dans un journal du lendemain,
le récit du crime avec tous les détails que la police a pu
se procurer. Voici ce qu'on y lisait :
«Un attentat horrible a été commis hier sur la personne d'un jeune homme, M. Pierre B..., étudiant en
125 droit, qui appartient à une des meilleures familles de
Normandie. Ce jeune homme était rentré chez lui vers
dix heures du soir, il renvoya son domestique, le sieur
Bouvin, en lui disant qu'il était fatigué et qu'il allait se
mettre au lit. Vers minuit, cet homme fut réveillé tout à
130 coup par la sonnette de son maître qu'on agitait avec

---

1. *pérorait* : parlait longuement d'une manière prétentieuse.
2. *indicible* : indescriptible, inexprimable.

fureur. Il eut peur, alluma une lumière et attendit; la sonnette se tut environ une minute, puis reprit avec une telle force que le domestique, éperdu de terreur, se précipita hors de sa chambre et alla réveiller le concierge, ce dernier courut avertir la police et, au bout d'un quart d'heure environ, deux agents enfonçaient la porte. Un spectacle horrible s'offrit à leurs yeux, les meubles étaient renversés, tout annonçait qu'une lutte terrible avait eu lieu entre la victime et le malfaiteur. Au milieu de la chambre, sur le dos, les membres raides, la face livide et les yeux effroyablement dilatés, le jeune Pierre B... gisait sans mouvement; il portait au cou les empreintes profondes de cinq doigts. Le rapport du docteur Bourdeau, appelé immédiatement, dit que l'agresseur devait être doué d'une force prodigieuse et avoir une main extraordinairement maigre et nerveuse, car les doigts qui ont laissé dans le cou comme cinq trous de balle s'étaient presque rejoints à travers les chairs. Rien ne peut faire soupçonner le mobile du crime, ni quel peut en être l'auteur. La justice informe[1]. »

On lisait le lendemain dans le même journal :
« M. Pierre B..., la victime de l'effroyable attentat que nous racontions hier, a repris connaissance après deux heures de soins assidus donnés par M. le docteur Bourdeau: Sa vie n'est pas en danger, mais on craint fortement pour sa raison; on n'a aucune trace du coupable. »

En effet, mon pauvre ami était fou; pendant sept mois, j'allai le voir tous les jours à l'hospice où nous l'avions placé, mais il ne recouvra pas une lueur de raison. Dans son délire, il lui échappait des paroles étranges et, comme tous les fous, il avait une idée fixe, il se croyait toujours poursuivi par un spectre*. Un jour, on vint me chercher en toute hâte en me disant qu'il allait plus mal, je le trouvai à l'agonie. Pendant deux heures, il resta fort calme, puis tout à coup, se dressant sur son lit malgré nos efforts, il s'écria en agitant les bras et comme en proie à une épouvantable terreur : «Prends-la!

---

1. *La justice informe* : La justice fait une instruction, procède à une enquête.

prends-la! Il m'étrangle, au secours, au secours!» Il fit
deux fois le tour de la chambre en hurlant, puis il tomba
170 mort, la face contre terre.

Comme il était orphelin, je fus chargé de conduire son
corps au petit village de P... en Normandie, où ses
parents étaient enterrés. C'est de ce même village qu'il
venait, le soir où il nous avait trouvés buvant du punch
175 chez Louis R... et où il nous avait présenté sa main
d'écorché*. Son corps fut enfermé dans un cercueil de
plomb, et quatre jours après, je me promenais triste-
ment avec le vieux curé qui lui avait donné ses premières leçons, dans le petit cimetière où l'on creusait sa
180 tombe. Il faisait un temps magnifique, le ciel tout bleu
ruisselait de lumière, les oiseaux chantaient dans les
ronces du talus, où bien des fois, enfants tous deux, nous
étions venus manger des mûres. Il me semblait encore le
voir se faufiler le long de la haie et se glisser par le petit
185 trou que je connaissais bien, là-bas, tout au bout du terrain où l'on enterre les pauvres, puis nous revenions à la
maison, les joues et les lèvres noires du jus des fruits que
nous avions mangés; et je regardai les ronces, elles
étaient couvertes de mûres; machinalement j'en pris
190 une, et je la portai à ma bouche; le curé avait ouvert son
bréviaire et marmottait[1] tout bas ses *oremus*[2], et j'entendais au bout de l'allée la bêche des fossoyeurs qui creu-
saient la tombe. Tout à coup, ils nous appelèrent, le curé
ferma son livre et nous allâmes voir ce qu'ils nous vou-
195 laient. Ils avaient trouvé un cercueil. D'un coup de
pioche, ils firent sauter le couvercle et nous aperçûmes
un squelette démesurément long, couché sur le dos, qui,
de son œil creux, semblait encore nous regarder et nous
défier; j'éprouvai un malaise, je ne sais pourquoi j'eus
200 presque peur. «Tiens! s'écria un des hommes, regardez
donc, le gredin a un poignet coupé, voilà sa main.» Et il
ramassa à côté du corps une grande main desséchée

---

1. *marmottait* : marmonnait, disait tout bas.
2. *oremus* : mot latin prononcé par le prêtre pour inviter les fidèles à la prière, d'où
l'emploi familier de ce mot pour désigner la prière.

qu'il nous présenta. « Dis donc, fit l'autre en riant, on dirait qu'il te regarde et qu'il va te sauter à la gorge pour
205 que tu lui rendes sa main. – Allons mes amis, dit le curé, laissez les morts en paix et refermez ce cercueil, nous creuserons autre part la tombe de ce pauvre monsieur Pierre. »

Le lendemain tout était fini et je reprenais la route de
210 Paris après avoir laissé cinquante francs au vieux curé pour dire des messes pour le repos de l'âme de celui dont nous avions ainsi troublé la sépulture.

*Le rêve d'un éthérisé d'après les descriptions de patients,
gravure de Yan Dargent, XIXᵉ siècle.*

2me Série. — N° 112.   Le numéro (15 pages de texte) : 15 cent.   DIMANCHE 10 MAI 1885.

LA VIE POPULAIRE

LA VIE POPULAIRE
PARAIT DEUX FOIS PAR SEMAINE
LE JEUDI ET LE DIMANCHE

DIRECTION :
16, rue d'Enghien 16

ABONNEMENTS : Paris et Dép. : 4 n. — 9 fr. — 12 n. 16 fr. ; Union postale : — 11 fr. — 20 fr.

SOMMAIRE : I. Retour de la Sarcelle : Ma maison de campagne, par G. Monval. — II. La Main, par Guy de Maupassant. — III. L'Impériale d'Amassidat, par Albert Pinard. — IV. Le Joli Maquereau, par Adolphe Badin. — V. Gueule joyeuse, par ... — VI. Le roi des montagnes, par Edmond About. — VII. Germinal, par Émile Zola. — Avis et communications.

LA MAIN

« Je voyais l'horrible main noire courir comme une araignée
le long de mes rideaux et de mes murs. »

On faisait cercle autour de M. Bermutier, juge d'instruction, qui donnait son avis sur l'affaire mystérieuse de Saint-Cloud[1]. Depuis un mois, cet inexplicable crime affolait Paris. Personne n'y comprenait rien.

5   M. Bermutier, debout, le dos à la cheminée, parlait, assemblait les preuves, discutait les diverses opinions, mais ne concluait pas.

Plusieurs femmes s'étaient levées pour s'approcher et demeuraient debout, l'œil fixé sur la bouche rasée du
10 magistrat d'où sortaient les paroles graves. Elles frissonnaient, vibraient, crispées par leur peur curieuse, par l'avide et insatiable besoin d'épouvante qui hante leur âme, les torture comme une faim.

Une d'elles, plus pâle que les autres, prononça pen-
15 dant un silence :

« C'est affreux. Cela touche au "surnaturel". On ne saura jamais rien. »

Le magistrat se tourna vers elle :

« Oui, madame, il est probable qu'on ne saura jamais
20 rien. Quant au mot surnaturel que vous venez d'employer, il n'a rien à faire ici. Nous sommes en présence d'un crime fort habilement conçu, fort habilement exécuté, si bien enveloppé de mystère que nous ne pouvons le dégager des circonstances impénétrables qui l'en-
25 tourent. Mais j'ai eu, moi, autrefois, à suivre une affaire où vraiment semblait se mêler quelque chose de fantastique•. Il a fallu l'abandonner d'ailleurs, faute de moyens de l'éclaircir. »

Plusieurs femmes prononcèrent, en même temps, si
30 vite que leurs voix n'en firent qu'une :

« Oh! dites-nous cela. »

M. Bermutier sourit gravement, comme doit sourire un juge d'instruction. Il reprit :

« N'allez pas croire, au moins, que j'aie pu, même un
35 instant, supposer en cette aventure quelque chose de

---

1. *Saint-Cloud* : ville de la proche banlieue de Paris.

surhumain. Je ne crois qu'aux causes normales. Mais si, au lieu d'employer le mot "surnaturel" pour exprimer ce que nous ne comprenons pas, nous nous servions simplement du mot "inexplicable", cela vaudrait beaucoup
40 mieux. En tout cas, dans l'affaire que je vais vous dire, ce sont surtout les circonstances environnantes, les circonstances préparatoires qui m'ont ému. Enfin, voici les faits. »

*

J'étais alors juge d'instruction à Ajaccio, une petite
45 ville blanche, couchée au bord d'un admirable golfe qu'entourent partout de hautes montagnes.

Ce que j'avais surtout à poursuivre là-bas, c'étaient les affaires de vendetta*. Il y en a de superbes, de dramatiques au possible, de féroces, d'héroïques. Nous
50 retrouvons là les plus beaux sujets de vengeance qu'on puisse rêver, les haines séculaires[1], apaisées un moment, jamais éteintes, les ruses abominables, les assassinats devenant des massacres et presque des actions glorieuses. Depuis deux ans, je n'entendais parler que du
55 prix du sang, que de ce terrible préjugé corse qui force à venger toute injure sur la personne qui l'a faite, sur ses descendants et ses proches. J'avais vu égorger des vieillards, des enfants, des cousins, j'avais la tête pleine de ces histoires.

60 Or, j'appris un jour qu'un Anglais venait de louer pour plusieurs années une petite villa au fond du golfe. Il avait amené avec lui un domestique français, pris à Marseille en passant.

Bientôt tout le monde s'occupa de ce personnage singulier, qui vivait seul dans sa demeure, ne sortant que
65 pour chasser et pour pêcher. Il ne parlait à personne, ne venait jamais à la ville et, chaque matin, s'exerçait pendant une heure ou deux, à tirer au pistolet et à la carabine.

70 Des légendes se firent autour de lui. On prétendit que

---

1. *séculaires* : qui existent depuis un ou plusieurs siècles.

c'était un haut personnage fuyant sa patrie pour des raisons politiques ; puis on affirma qu'il se cachait après
avoir commis un crime épouvantable. On citait même
des circonstances particulièrement horribles.
75   Je voulus, en ma qualité de juge d'instruction, prendre
quelques renseignements sur cet homme ; mais il me fut
impossible de rien apprendre. Il se faisait appeler sir
John Rowell.
   Je me contentai donc de le surveiller de près ; mais on
80 ne me signalait, en réalité, rien de suspect à son égard.
   Cependant, comme les rumeurs sur son compte
continuaient, grossissaient, devenaient générales, je
résolus d'essayer de voir moi-même cet étranger, et je
me mis à chasser régulièrement dans les environs de sa
85 propriété.
   J'attendis longtemps une occasion. Elle se présenta
enfin sous la forme d'une perdrix que je tirai et que je
tuai devant le nez de l'Anglais. Mon chien me la rap-
porta ; mais, prenant aussitôt le gibier, j'allai m'excuser
90 de mon inconvenance et prier sir John Rowell d'accep-
ter l'oiseau mort.
   C'était un grand homme à cheveux rouges, à barbe
rouge, très haut, très large, une sorte d'hercule placide et
poli. Il n'avait rien de la raideur dite britannique et il me
95 remercia vivement de ma délicatesse en un français
accentué d'outre-Manche[1]. Au bout d'un mois, nous
avions causé ensemble cinq ou six fois.
   Un soir enfin, comme je passais devant sa porte, je
l'aperçus qui fumait sa pipe, à cheval sur une chaise,
100 dans son jardin. Je le saluai, et il m'invita à entrer pour
boire un verre de bière. Je ne me le fis pas répéter.
   Il me reçut avec toute la méticuleuse courtoisie
anglaise, parla avec éloge de la France, de la Corse,
déclara qu'il aimait beaucoup *cette* pays, et *cette* rivage.
105   Alors je lui posai, avec de grandes précautions et sous
la forme d'un intérêt très vif, quelques questions sur sa
vie, sur ses projets. Il répondit sans embarras, me

---

1. *outre-Manche* : de l'autre côté de la Manche, en Grande-Bretagne.

raconta qu'il avait beaucoup voyagé, en Afrique, dans les Indes, en Amérique. Il ajouta en riant :

110 « J'avé eu bôcoup d'aventures, oh ! yes. »

Puis je me remis à parler chasse, et il me donna les détails les plus curieux sur la chasse à l'hippopotame, au tigre, à l'éléphant et même la chasse au gorille.

Je dis :

115 « Tous ces animaux sont redoutables. »

Il sourit :

« Oh ! nô, le plus mauvais c'été l'homme. »

Il se mit à rire tout à fait, d'un bon rire de gros Anglais content :

120 « J'avé beaucoup chassé l'homme aussi. »

Puis il parla d'armes, et il m'offrit d'entrer chez lui pour me montrer des fusils de divers systèmes.

Son salon était tendu de noir, de soie noire brodée d'or. De grandes fleurs jaunes couraient sur l'étoffe 125 sombre, brillaient comme du feu.

Il annonça :

« C'été une drap japonaise. »

Mais, au milieu du plus large panneau, une chose étrange me tira l'œil. Sur un carré de velours rouge, un 130 objet noir se détachait. Je m'approchai : c'était une main, une main d'homme. Non pas une main de squelette, blanche et propre, mais une main noire desséchée, avec les ongles jaunes, les muscles à nu et des traces de sang ancien, de sang pareil à une crasse, sur les os cou-135 pés net, comme d'un coup de hache, vers le milieu de l'avant-bras.

Autour du poignet, une énorme chaîne de fer, rivée, soudée à ce membre malpropre, l'attachait au mur par un anneau assez fort pour tenir un éléphant en laisse.

140 Je demandai :

« Qu'est-ce que cela ? »

L'Anglais répondit tranquillement :

« C'été ma meilleur ennemi. Il vené d'Amérique. Il avé été fendu avec le sabre et arraché la peau avec une cail-145 lou coupante, et séché dans le soleil pendant huit jours. Aoh, très bonne pour moi, cette. »

Je touchai ce débris humain qui avait dû appartenir à un colosse. Les doigts, démesurément longs, étaient

attachés par des tendons énormes que retenaient des
150 lanières de peau par places. Cette main était affreuse à
voir, écorchée• ainsi, elle faisait penser naturellement à
quelque vengeance de sauvage.

Je dis :

« Cet homme devait être très fort. »
155   L'Anglais prononça avec douceur :

« Aoh yes ; mais je été plus fort que lui. J'avé mis cette
chaîne pour le tenir. »

Je crus qu'il plaisantait. Je dis :

« Cette chaîne maintenant est bien inutile, la main ne
160 se sauvera pas. »

Sir John Rowel reprit gravement :

« Elle voulé toujours s'en aller. Cette chaîne été nécessaire. »

D'un coup d'œil rapide, j'interrogeai son visage, me
165 demandant :

« Mais est-ce un fou, ou un mauvais plaisant ? »

Mais la figure demeurait impénétrable, tranquille et
bienveillante. Je parlai d'autre chose et j'admirai les fusils.

Je remarquai cependant que trois revolvers chargés
170 étaient posés sur les meubles, comme si cet homme eût
vécu dans la crainte constante d'une attaque.

Je revins plusieurs fois chez lui, puis je n'y allai plus.
On s'était accoutumé à sa présence ; il était devenu
indifférent à tous.

175   Une année entière s'écoula. Or un matin, vers la fin
de novembre, mon domestique me réveilla en m'annon-
çant que sir John Rowel avait été assassiné dans la nuit.

Une demi-heure plus tard, je pénétrais dans la maison
de l'Anglais avec le commissaire central[1] et le capitaine
180 de gendarmerie. Le valet, éperdu et désespéré pleurait
devant la porte. Je soupçonnai d'abord cet homme, mais
il était innocent.

On ne put jamais trouver le coupable.

En entrant dans le salon de sir John, j'aperçus du

---

1. *commissaire central* : commissaire de police.

23

185 premier coup d'œil le cadavre étendu sur le dos, au milieu de la pièce.

Le gilet était déchiré, une manche arrachée pendait, tout annonçait qu'une lutte terrible avait eu lieu.

L'Anglais était mort étranglé! Sa figure noire et gon-
190 flée, effrayante, semblait exprimer une épouvante abominable; il tenait entre ses dents serrées quelque chose; et le cou, percé de cinq trous qu'on aurait dit faits avec des pointes de fer, était couvert de sang.

Un médecin nous rejoignit. Il examina longtemps les
195 traces des doigts dans la chair et prononça ces étranges paroles:

«On dirait qu'il a été étranglé par un squelette.»

Un frisson me passa dans le dos, et je jetai les yeux sur le mur, à la place où j'avais vu jadis l'horrible main
200 d'écorché*. Elle n'y était plus. La chaîne, brisée, pendait.

Alors je me baissai vers le mort, et je trouvai dans sa bouche crispée un des doigts de cette main disparue, coupé ou plutôt scié par les dents juste à la deuxième
205 phalange.

Puis on procéda aux constatations. On ne découvrit rien. Aucune porte n'avait été forcée, aucune fenêtre, aucun meuble. Les deux chiens de garde ne s'étaient pas réveillés.

210 Voici, en quelques mots, la déposition du domestique:

«Depuis un mois, son maître semblait agité. Il avait reçu beaucoup de lettres, brûlées à mesure.

«Souvent, prenant une cravache, dans une colère qui
215 semblait de la démence, il avait frappé avec fureur cette main séchée, scellée au mur et enlevée, on ne sait comment, à l'heure même du crime.

«Il se couchait fort tard et s'enfermait avec soin. Il avait toujours des armes à portée du bras. Souvent, la
220 nuit, il parlait haut, comme s'il se fût querellé avec quelqu'un.»

Cette nuit-là, par hasard, il n'avait fait aucun bruit, et c'est seulement en venant ouvrir les fenêtres que le serviteur avait trouvé sir John assassiné. Il ne soupçonnait
225 personne.

Je communiquai ce que je savais du mort aux magistrats et aux officiers de la force publique, et on fit dans
toute l'île une enquête minutieuse. On ne découvrit rien.

Or, une nuit, trois mois après le crime, j'eus un
230 affreux cauchemar. Il me sembla que je voyais la main,
l'horrible main, courir comme un scorpion ou comme
une araignée le long de mes rideaux et de mes murs.
Trois fois, je me réveillai, trois fois je me rendormis,
trois fois je revis le hideux débris galoper autour de ma
235 chambre en remuant les doigts comme des pattes.

Le lendemain, on me l'apporta, trouvé dans le cimetière, sur la tombe de sir John Rowel, enterré là ; car on
n'avait pu découvrir sa famille. L'index manquait.

Voilà, mesdames, mon histoire. Je ne sais rien de
240 plus.

*

Les femmes, éperdues, étaient pâles, frissonnantes.
Une d'elles s'écria :

« Mais ce n'est pas un dénouement cela, ni une explication ! Nous n'allons pas dormir si vous ne nous dites
245 pas ce qui s'était passé selon vous. »

Le magistrat sourit avec sévérité :

« Oh ! moi, mesdames, je vais gâter, certes, vos rêves
terribles. Je pense tout simplement que le légitime propriétaire de la main n'était pas mort, qu'il est venu la
250 chercher avec celle qui lui restait. Mais je n'ai pu savoir
comment il a fait, par exemple. C'est là une sorte de
vendetta•. »

Une des femmes murmura :

« Non, ça ne doit pas être ainsi. »

255 Et le juge d'instruction, souriant toujours, conclut :

« Je vous avais bien dit que mon explication ne vous
irait pas. »

Questions

Compréhension

1. *Comparaison* des deux prologues : qui parle ? Quels sont les personnages ? Quel est leur comportement ? Quels aspects du fantastique* sont présentés ?*

2. *Comparaison des deux récits : qui raconte ? Quelles sont leurs structures et comment les indications de temps les font-elles apparaître ?*

3. *Quels éléments des récits inscrivent le fantastique dans le réel ?*

4. *Quel est le statut social des victimes du drame ? Quels indices font pressentir le drame ? Peuvent-ils avoir une explication rationnelle ?*

5. *En quoi les deux récits sont-ils fantastiques ?*

6. *En quoi les deux épilogues diffèrent-ils ?*

Écriture

7. *Quelle est la structure stylistique du conte* La Main d'écorché* *?*

8. *Quels emplois du présent le conte* La Main d'écorché *contient-il ?*

Mise en perspective

9. *Écrivez un récit où une main d'écorché aurait un effet non pas maléfique, mais bénéfique.*

10. *Comparez ce conte avec* La Main enchantée *de Nerval et* Le Pied de momie *de Théophile Gautier.*

J'avais loué, l'été dernier, une petite maison de campagne au bord de la Seine, à plusieurs lieues• de Paris, et j'allais y coucher tous les soirs. Je fis, au bout de quelques jours, la connaissance d'un de mes voisins, un
5 homme de trente à quarante ans, qui était bien le type le plus curieux que j'eusse jamais vu. C'était un vieux canotier, mais un canotier enragé, toujours près de l'eau, toujours sur l'eau, toujours dans l'eau. Il devait être né dans un canot, et il mourra bien certainement dans le
10 canotage final.

Un soir que nous nous promenions au bord de la Seine, je lui demandai de me raconter quelques anecdotes de sa vie nautique. Voilà immédiatement mon bonhomme qui s'anime, se transfigure, devient élo-
15 quent, presque poète. Il avait dans le cœur une grande passion, une passion dévorante, irrésistible : la rivière.

*

Ah! me dit-il, combien j'ai de souvenirs sur cette rivière que vous voyez couler là près de nous! Vous autres, habitants des rues, vous ne savez pas ce qu'est la
20 rivière. Mais écoutez un pêcheur prononcer ce mot. Pour lui, c'est la chose mystérieuse, profonde, inconnue, le pays des mirages et des fantasmagories•, où l'on voit, la nuit, des choses qui ne sont pas, où l'on entend des bruits que l'on ne connaît point, où l'on tremble sans
25 savoir pourquoi, comme en traversant un cimetière : et c'est en effet le plus sinistre des cimetières, celui où l'on n'a point de tombeau.

La terre est bornée pour le pêcheur, et dans l'ombre, quand il n'y a pas de lune, la rivière est illimitée. Un
30 marin n'éprouve point la même chose pour la mer. Elle est souvent dure et méchante c'est vrai, mais elle crie, elle hurle, elle est loyale, la grande mer ; tandis que la rivière est silencieuse et perfide. Elle ne gronde pas, elle coule toujours sans bruit, et ce mouvement éternel de
35 l'eau qui coule est plus effrayant pour moi que les hautes vagues de l'Océan.

Des rêveurs prétendent que la mer cache dans son sein d'immenses pays bleuâtres, où les noyés roulent parmi les grands poissons, au milieu d'étranges forêts et
40 dans des grottes de cristal. La rivière n'a que des profondeurs noires où l'on pourrit dans la vase. Elle est belle pourtant quand elle brille au soleil levant et qu'elle clapote doucement entre ses berges couvertes de roseaux qui murmurent.

45 Le poète a dit en parlant de l'Océan :

> Ô flots, que vous savez de lugubres histoires !
> Flots profonds, redoutés des mères à genoux,
> Vous vous les racontez en montant les marées
> Et c'est ce qui vous fait ces voix désespérées
50 > Que vous avez, le soir, quand vous venez vers nous.[1]

Eh bien, je crois que les histoires chuchotées par les roseaux minces avec leurs petites voix si douces doivent être encore plus sinistres que les drames lugubres
55 racontés par les hurlements des vagues.

Mais puisque vous me demandez quelques-uns de mes souvenirs, je vais vous dire une singulière• aventure qui m'est arrivée ici, il y a une dizaine d'années.

J'habitais comme aujourd'hui la maison de la mère
60 Lafon, et un de mes meilleurs camarades, Louis Bernet, qui a maintenant renoncé au canotage, à ses pompes[2] et à son débraillé pour entrer au Conseil d'État[3], était installé au village de C... deux lieues• plus bas. Nous dînions tous les jours ensemble, tantôt chez lui, tantôt
65 chez moi.

Un soir, comme je revenais tout seul et assez fatigué, traînant péniblement mon gros bateau, un océan de douze pieds[4], dont je me servais toujours la nuit, je m'ar-

---

1. Ce sont les cinq derniers vers d'*Oceano Nox*, poème de Victor Hugo qui évoque les marins morts en mer et fait partie du recueil *Les Rayons et les Ombres* (1840).
2. *pompes* : allusion à l'expression « *renoncer à Satan, à ses pompes et à ses œuvres* », *pompes* désignant ici les faux plaisirs du monde.
3. *Conseil d'État* : haute assemblée de magistrats et d'administrateurs ; son rôle est important dans le domaine législatif et administratif.
4. *océan de douze pieds* : dériveur d'environ quatre mètres que l'on peut manœuvrer à la voile ou à la rame et qui est surtout utilisé en rivière.

rêtai quelques secondes pour reprendre haleine auprès
70 de la pointe des roseaux, là-bas, deux cents mètres environ avant le pont du chemin de fer. Il faisait un temps
magnifique ; la lune resplendissait, le fleuve brillait, l'air
était calme et doux. Cette tranquillité me tenta ; je me
dis qu'il ferait bien bon fumer une pipe en cet endroit.
75 L'action suivit la pensée ; je saisis mon ancre et la jetai
dans la rivière.

Le canot, qui redescendait avec le courant, fila sa
chaîne jusqu'au bout, puis s'arrêta ; et je m'assis à l'arrière sur ma peau de mouton, aussi commodément qu'il
80 me fut possible. On n'entendait rien, rien : parfois seulement, je croyais saisir un petit clapotement presque
insensible de l'eau contre la rive, et j'apercevais des
groupes de roseaux plus élevés qui prenaient des figures
surprenantes et semblaient par moments s'agiter.

85 Le fleuve était parfaitement tranquille, mais je me
sentis ému par le silence extraordinaire qui m'entourait.
Toutes les bêtes, grenouilles et crapauds, ces chanteurs
nocturnes des marécages, se taisaient. Soudain, à ma
droite, contre moi, une grenouille coassa. Je tressaillis :
90 elle se tut ; je n'entendis plus rien, et je résolus de fumer
un peu pour me distraire. Cependant, quoique je fusse
un culotteur de pipes[1] renommé, je ne pus pas ; dès la
seconde bouffée, le cœur me tourna et je cessai. Je me
mis à chantonner ; le son de ma voix m'était pénible ;
95 alors, je m'étendis au fond du bateau et je regardai le
ciel. Pendant quelque temps, je demeurai tranquille,
mais bientôt les légers mouvements de la barque m'in-
quiétèrent. Il me sembla qu'elle faisait des embardées
gigantesques, touchant tour à tour les deux berges du
100 fleuve ; puis je crus qu'un être ou qu'une force invisible
l'attirait doucement au fond de l'eau et la soulevait
ensuite pour la laisser retomber. J'étais ballotté comme
au milieu d'une tempête ; j'entendis des bruits autour de

---

1. *culotteur de pipes* : grand fumeur de pipes ; le culot est le dépôt accumulé dans le
fourneau d'une pipe.

moi ; je me dressai d'un bond : l'eau brillait, tout était
105 calme.

Je compris que j'avais les nerfs un peu ébranlés et je
résolus de m'en aller. Je tirai sur ma chaîne ; le canot se
mit en mouvement, puis je sentis une résistance, je tirai
plus fort, l'ancre ne vint pas ; elle avait accroché quelque
110 chose au fond de l'eau et je ne pouvais la soulever ; je
recommençai à tirer, mais inutilement. Alors, avec mes
avirons, je fis tourner mon bateau et je le portai en
amont pour changer la position de l'ancre. Ce fut en
vain, elle tenait toujours ; je fus pris de colère et je
115 secouai la chaîne rageusement. Rien ne remua. Je m'assis découragé et je me mis à réfléchir sur ma position. Je
ne pouvais songer à casser cette chaîne ni à la séparer de
l'embarcation, car elle était énorme et rivée à l'avant
dans un morceau de bois plus gros que mon bras ; mais
120 comme le temps demeurait fort beau, je pensai que je ne
tarderais point, sans doute, à rencontrer quelque
pêcheur qui viendrait à mon secours. Ma mésaventure
m'avait calmé ; je m'assis et je pus enfin fumer ma pipe.
Je possédais une bouteille de rhum, j'en bus deux ou
125 trois verres, et ma situation me fit rire. Il faisait très
chaud, de sorte qu'à la rigueur je pouvais, sans grand
mal, passer la nuit à la belle étoile.

Soudain, un petit coup sonna contre mon bordage[1]. Je
fis un soubresaut, et une sueur froide me glaça des pieds
130 à la tête. Ce bruit venait sans doute de quelque bout de
bois entraîné par le courant, mais cela avait suffi et je me
sentis envahi de nouveau par une étrange agitation nerveuse. Je saisis ma chaîne et je me raidis dans un effort
désespéré. L'ancre tint bon. Je me rassis épuisé.

135 Cependant, la rivière s'était peu à peu couverte d'un
brouillard blanc très épais qui rampait sur l'eau fort bas,
de sorte que, en me dressant debout, je ne voyais plus le
fleuve, ni mes pieds, ni mon bateau, mais j'apercevais
seulement les pointes des roseaux, puis, plus loin, la

---

1. *bordage* : embarcation ; le *bordage* est le revêtement en bois ou en tôle couvrant
la carcasse d'un navire.

140 plaine toute pâle de la lumière de la lune, avec de grandes taches noires qui montaient dans le ciel, formées par des groupes de peupliers d'Italie. J'étais comme enseveli jusqu'à la ceinture dans une nappe de coton d'une blancheur singulière•, et il me venait des
145 imaginations fantastiques•. Je me figurais qu'on essayait de monter dans ma barque que je ne pouvais plus distinguer, et que la rivière, cachée par ce brouillard opaque, devait être pleine d'êtres étranges qui nageaient autour de moi. J'éprouvais un malaise horrible, j'avais les
150 tempes serrées, mon cœur battait à m'étouffer ; et, perdant la tête, je pensai à me sauver à la nage ; puis aussitôt cette idée me fit frissonner d'épouvante. Je me vis, perdu, allant à l'aventure dans cette brume épaisse, me débattant au milieu des herbes et des roseaux que je ne
155 pourrais éviter, râlant de peur, ne voyant pas la berge, ne retrouvant plus mon bateau, et il me semblait que je me sentirais tiré par les pieds tout au fond de cette eau noire.

En effet, comme il m'eût fallu remonter le courant au
160 moins pendant cinq cents mètres avant de trouver un point libre d'herbes et de joncs où je pusse prendre pied, il y avait pour moi neuf chances sur dix de ne pouvoir me diriger dans ce brouillard et de me noyer, quelque bon nageur que je fusse.

165 J'essayai de me raisonner. Je me sentais la volonté bien ferme de ne point avoir peur, mais il y avait en moi autre chose que ma volonté, et cette autre chose avait peur. Je me demandai ce que je pouvais redouter ; mon *moi* brave railla mon *moi* poltron•, et jamais aussi bien
170 que ce jour-là je ne saisis l'opposition des deux êtres qui sont en nous, l'un voulant, l'autre résistant, et chacun l'emportant tour à tour.

Cet effroi bête et inexplicable grandissait toujours et devenait de la terreur. Je demeurais immobile, les yeux
175 ouverts, l'oreille tendue et attendant. Quoi ? Je n'en savais rien, mais ce devait être terrible. Je crois que si un poisson se fût avisé de sauter hors de l'eau, comme cela arrive souvent, il n'en aurait pas fallu davantage pour me faire tomber raide, sans connaissance.

180 Cependant, par un effort violent, je finis par ressaisir

31

à peu près ma raison qui m'échappait. Je pris de nouveau ma bouteille de rhum et je bus à grand traits.

Alors une idée me vint et je me mis à crier de toutes mes forces en me tournant successivement vers les
185 quatre points de l'horizon. Lorsque mon gosier fut absolument paralysé, j'écoutais. – Un chien hurlait, très loin.

Je bus encore et je m'étendis tout de mon long au fond du bateau. Je restai ainsi peut-être une heure, peut-être deux, sans dormir, les yeux ouverts, avec des cau-
190 chemars autour de moi. Je n'osais pas me lever et pourtant je le désirais violemment ; je remettais de minute en minute. Je me disais : «Allons, debout !» et j'avais peur de faire un mouvement. À la fin, je me soulevai avec des précautions infinies, comme si ma vie eût dépendu du
195 moindre bruit que j'aurais fait, et je regardai par-dessus le bord.

Je fus ébloui par le plus merveilleux, le plus étonnant spectacle qu'il soit possible de voir. C'était une de ces fantasmagories• du pays des fées, une de ces visions
200 racontées par les voyageurs qui reviennent de très loin et que nous écoutons sans les croire.

Le brouillard qui, deux heures auparavant, flottait sur l'eau, s'était peu à peu retiré et ramassé sur les rives. Laissant le fleuve absolument libre, il avait formé sur
205 chaque berge une colline ininterrompue, haute de six ou sept mètres, qui brillait sous la lune avec l'éclat superbe des neiges. De sorte qu'on ne voyait rien autre chose[1] que cette rivière lamée[2] de feu entre ces deux montagnes blanches ; et là-haut, sur ma tête, s'étalait, pleine et
210 large, une grande lune illuminante au milieu d'un ciel bleuâtre et laiteux.

Toutes les bêtes de l'eau s'étaient réveillées ; les grenouilles coassaient furieusement, tandis que, d'instant en instant, tantôt à droite, tantôt à gauche, j'entendais
215 cette note courte, monotone et triste, que jette aux

---

1. *rien autre chose* : rien d'autre.
2. *lamée* : se dit d'un tissu orné de fils ou de fines lames d'or ou d'argent ; employé, ici, dans un sens imagé.

étoiles la voix cuivrée des crapauds. Chose étrange, je
n'avais plus peur; j'étais au milieu d'un paysage tellement extraordinaire que les singularités les plus fortes
n'eussent pu m'étonner.

220   Combien de temps cela dura-t-il, je n'en sais rien, car
j'avais fini par m'assoupir. Quand je rouvris les yeux, la
lune était couchée, le ciel plein de nuages. L'eau clapo-
tait lugubrement, le vent soufflait, il faisait froid, l'obscurité était profonde.

225   Je bus ce qui me restait de rhum, puis j'écoutai en
grelottant le froissement des roseaux et le bruit sinistre
de la rivière. Je cherchai à voir, mais je ne pus distinguer
mon bateau, ni mes mains elles-mêmes, que j'approchais de mes yeux.

230   Peu à peu, cependant, l'épaisseur du noir diminua.
Soudain je crus sentir qu'une ombre glissait tout près de
moi; je poussai un cri, une voix répondit; c'était un
pêcheur. Je l'appelai, il s'approcha et je lui racontai
ma mésaventure. Il mit alors son bateau bord à bord

235   avec le mien, et tous les deux nous tirâmes sur la chaîne.
L'ancre ne remua pas. Le jour venait, sombre, gris, plu-
vieux, glacial, une de ces journées qui vous apportent
des tristesses et des malheurs. J'aperçus une autre
barque, nous la hélâmes. L'homme qui la montait unit

240   ses efforts aux nôtres; alors, peu à peu, l'ancre céda. Elle
montait, mais doucement, doucement, et chargée d'un
poids considérable. Enfin nous aperçûmes une masse
noire, et nous la tirâmes à mon bord :

       C'était le cadavre d'une vieille femme qui avait une

245   grosse pierre au cou.

Questions

Compréhension

1. *Qui est le narrateur?*

2. *Comment Maupassant nous décrit-il son voisin?*

3. *Quelles sont les réactions successives du canotier?*

4. *Est-il exact de dire « cette rivière » à propos de la Seine? Pourquoi cette appellation?*

5. *Pourquoi les citadins sont-ils appelés « habitants des rues »?*

6. *Quels éléments de la description* introduisent le lecteur dans le fantastique* ? Quels éléments de la description annoncent le récit et le dénouement?*

7. *Attend-on l'apparition du fantastique dans la mer ou dans une rivière?*

8. *Quels éléments du récit le situent dans un monde familier et rassurant?*

9. *Que produit chez le narrateur l'absence de bruit et de mouvement autour de lui? Quelles sont les différentes positions du narrateur dans le bateau?*

10. *Quelle est la couleur dominante dans cette partie du récit? Que symbolise-t-elle?*

11. *Quelles sont les manifestations du fantastique?*

12. *Quelle impression laisse au lecteur la dernière phrase du conte?*

Écriture

13. *Quels procédés stylistiques*, dans les deux premiers paragraphes, mettent en relief le caractère passionné du canotier?*

14. *Faites l'analyse stylistique des lignes 18 à 45.*

Mise en images

15. *Qu'est-ce qu'un canotier d'après les tableaux des peintres de l'époque (Renoir, Manet)?*

16. *Quel paysage pourrait illustrer ce conte?*

LA PEUR

À J.-K. Huysmans.

On remonta sur le pont après dîner. Devant nous, la
Méditerranée n'avait pas un frisson sur toute sa surface,
qu'une grande lune calme moirait[1]. Le vaste bateau glissait, jetant sur le ciel, qui semblait ensemencé d'étoiles,
un gros serpent de fumée noire ; et, derrière nous, l'eau
toute blanche, agitée par le passage rapide du lourd bâtiment, battue par l'hélice, moussait, semblait se tordre,
remuait tant de clartés qu'on eût dit de la lumière de
lune bouillonnant.

Nous étions là, six ou huit, silencieux, admirant, l'œil
tourné vers l'Afrique lointaine où nous allions. Le
commandant, qui fumait un cigare au milieu de nous,
reprit soudain la conversation du dîner.

« Oui, j'ai eu peur ce jour-là. Mon navire est resté six
heures avec ce rocher dans le ventre, battu par la mer.
Heureusement que nous avons été recueillis, vers le soir,
par un charbonnier[2] anglais qui nous aperçut. »

Alors un grand homme à figure brûlée, à l'aspect
grave, un de ces hommes qu'on sent avoir traversé de
longs pays inconnus, au milieu de dangers incessants, et
dont l'œil tranquille semble garder, dans sa profondeur,
quelque chose des paysages étranges qu'il a vus ; un de
ces hommes qu'on devine trempés[3] dans le courage,
parla pour la première fois :

« Vous dites, commandant, que vous avez eu peur ; je
n'en crois rien. Vous vous trompez sur le mot et sur la
sensation que vous avez éprouvée. Un homme énergique
n'a jamais peur en face du danger pressant. Il est ému,
agité, anxieux ; mais la peur, c'est autre chose. »

Le commandant reprit en riant :

---

1. *moirait* : provoquait un effet de miroitement par des reflets changeants et
brillants.
2. *charbonnier* : cargo destiné à transporter du charbon en vrac.
3. *trempés* : pour le rendre plus résistant, on « trempe » l'acier, alors qu'il est encore
très chaud, dans un bain froid ; ici, au sens figuré de *très courageux*.

« Fichtre ! je vous réponds bien que j'ai eu peur, moi. »
Alors l'homme au teint bronzé prononça d'une voix
lente :

*

35 — Permettez-moi de m'expliquer ! La peur (et les
hommes les plus hardis peuvent avoir peur), c'est quelque chose d'effroyable, une sensation atroce, comme
une décomposition de l'âme, un spasme affreux de la
pensée et du cœur, dont le souvenir seul donne des frissons d'angoisse. Mais cela n'a lieu, quand on est brave,
40 ni devant une attaque, ni devant la mort inévitable, ni
devant toutes les formes connues du péril : cela a lieu
dans certaines circonstances anormales, sous certaines
influences mystérieuses, en face de risques vagues. La
vraie peur, c'est quelque chose comme une réminis-
45 cence[1] des terreurs fantastiques• d'autrefois. Un homme
qui croit aux revenants, et qui s'imagine apercevoir un
spectre• dans la nuit, doit éprouver la peur en toute son
épouvantable horreur.
Moi, j'ai deviné la peur en plein jour, il y a dix ans
50 environ. Je l'ai ressentie, l'hiver dernier, par une nuit de
décembre.
Et, pourtant, j'ai traversé bien des hasards, bien des
aventures qui semblaient mortelles. Je me suis battu
souvent. J'ai été laissé pour mort par des voleurs. J'ai été
55 condamné, comme insurgé, à être pendu, en Amérique,
et jeté à la mer du pont d'un bâtiment sur les côtes de
Chine. Chaque fois je me suis cru perdu, j'en ai pris
immédiatement mon parti, sans attendrissement et
même sans regrets.
60 Mais la peur, ce n'est pas cela.
Je l'ai pressentie en Afrique. Et pourtant elle est fille
du Nord ; le soleil la dissipe comme un brouillard.
Remarquez bien ceci, messieurs. Chez les Orientaux, la
vie ne compte pour rien ; on est résigné tout de suite ; les
65 nuits sont claires et vides de légendes, les âmes aussi

---

1. *réminiscence* : souvenir.

36

vides des inquiétudes sombres qui hantent les cerveaux
dans les pays froids. En Orient, on peut connaître la
panique, on ignore la peur.

Eh bien! voici ce qui m'est arrivé sur cette terre
70 d'Afrique :

Je traversais les grandes dunes au sud de Ouargla[1].
C'est là un des plus étranges pays du monde. Vous
connaissez le sable uni, le sable droit des interminables
plages de l'Océan. Eh bien! figurez-vous l'Océan lui-
75 même devenu sable au milieu d'un ouragan; imaginez
une tempête silencieuse de vagues immobiles en poussière jaune. Elles sont hautes comme des montagnes, ces
vagues inégales, différentes, soulevées tout à fait comme
des flots déchaînés, mais plus grandes encore, et striées
80 comme de la moire[2]. Sur cette mer furieuse, muette et
sans mouvement, le dévorant soleil du sud verse sa
flamme implacable et directe. Il faut gravir ces lames[3] de
cendre d'or, redescendre, gravir encore, gravir sans
cesse, sans repos et sans ombre. Les chevaux râlent[4],
85 enfoncent jusqu'aux genoux, et glissent en dévalant
l'autre versant des surprenantes collines.

Nous étions deux amis suivis de huit spahis[5] et de
quatre chameaux avec leurs chameliers. Nous ne par-
lions plus, accablés de chaleur, de fatigue, et desséchés
90 de soif comme ce désert ardent. Soudain un de ces
hommes poussa une sorte de cri; tous s'arrêtèrent; et
nous demeurâmes immobiles, surpris par un inexplicable phénomène connu des voyageurs en ces contrées
perdues.

95 Quelque part, près de nous, dans une direction indé-
terminée, un tambour battait, le mystérieux tambour des
dunes; il battait distinctement, tantôt plus vibrant, tantôt affaibli, arrêtant, puis reprenant son roulement fan-
tastique•.

---

1. *Ouargla* : oasis du Sahara, en Algérie.
2. *moire* : tissu à reflet changeant et ondulé.
3. *lames* : vagues de la mer, fortes et bien formées.
4. *râlent* : ont une respiration bruyante et précipitée.
5. *spahis* : cavaliers algériens faisant partie de l'armée française.

100   Les Arabes, épouvantés, se regardaient ; et l'un dit, en sa langue : « La mort est sur nous. » Et voilà que tout à coup mon compagnon, mon ami, presque mon frère, tomba de cheval, la tête en avant, foudroyé par une insolation.

105   Et pendant deux heures, pendant que j'essayais en vain de le sauver, toujours ce tambour insaisissable m'emplissait l'oreille de son bruit monotone, inter- mittent et incompréhensible ; et je sentais se glisser dans mes os la peur, la vraie peur, la hideuse peur, en face de
110 ce cadavre aimé, dans ce trou incendié par le soleil entre quatre monts de sable, tandis que l'écho inconnu nous jetait, à deux cents lieues• de tout village français, le battement rapide du tambour.

    Ce jour-là, je compris ce que c'était que d'avoir peur ;
115 je l'ai su mieux encore une autre fois...

    Le commandant interrompit le conteur :
    « Pardon, monsieur, mais ce tambour ? Qu'était-ce ? »
    Le voyageur répondit :

    Je n'en sais rien. Personne ne sait. Les officiers, sur-
120 pris souvent par ce bruit singulier•, l'attribuent générale- ment à l'écho grossi, multiplié, démesurément enflé par les vallonnements des dunes, d'une grêle de grains de sable emportés dans le vent et heurtant une touffe d'herbes sèches ; car on a toujours remarqué que le phé-
125 nomène se produit dans le voisinage de petites plantes brûlées par le soleil, et dures comme du parchemin.

    Ce tambour ne serait donc qu'une sorte de mirage du son. Voilà tout. Mais je n'appris cela que plus tard.

    J'arrive à ma seconde émotion.
130   C'était l'hiver dernier, dans une forêt du nord-est de la France. La nuit vint deux heures plus tôt, tant le ciel était sombre. J'avais pour guide un paysan qui marchait à mon côté, par un tout petit chemin, sous une voûte de sapins dont le vent déchaîné tirait des hurlements. Entre
135 les cimes, je voyais courir des nuages en déroute, des nuages éperdus qui semblaient fuir devant une épou- vante. Parfois, sous une immense rafale, toute la forêt s'inclinait dans le même sens avec un gémissement de

souffrance ; et le froid m'envahissait, malgré mon pas
140 rapide et mon lourd vêtement.

Nous devions souper et coucher chez un garde-
forestier dont la maison n'était plus éloignée de nous.
J'allais là pour chasser.

Mon guide, parfois, levait les yeux et murmurait :
145 «Triste temps!» Puis il me parla des gens chez qui nous
arrivions. Le père avait tué un braconnier deux ans
auparavant, et, depuis ce temps, il semblait sombre,
comme hanté d'un souvenir. Ses deux fils, mariés,
vivaient avec lui.

150 Les ténèbres étaient profondes. Je ne voyais rien
devant moi, ni autour de moi, et toute la branchure des
arbres entrechoqués emplissait la nuit d'une rumeur
incessante. Enfin, j'aperçus une lumière, et bientôt mon
compagnon heurtait une porte. Des cris aigus de femmes
155 nous répondirent. Puis, une voix d'homme, une voix
étranglée, demanda : «Qui va là?» Mon guide se
nomma. Nous entrâmes. Ce fut un inoubliable tableau.

Un vieux[1] homme à cheveux blancs, à l'œil fou, le
fusil chargé dans la main, nous attendait debout au
160 milieu de la cuisine, tandis que deux grands gaillards,
armés de haches, gardaient la porte. Je distinguai dans
les coins sombres deux femmes à genoux, le visage
caché contre le mur.

On s'expliqua. Le vieux remit son arme contre le mur
165 et ordonna de préparer ma chambre ; puis, comme les
femmes ne bougeaient point, il me dit brusquement :

«Voyez-vous, monsieur, j'ai tué un homme, voilà deux
ans cette nuit. L'autre année, il est revenu m'appeler. Je
l'attends encore ce soir.»

170 Puis il ajouta d'un ton qui me fit sourire :

«Aussi, nous ne sommes pas tranquilles.»

Je le rassurai comme je pus, heureux d'être venu justement ce soir-là, et d'assister au spectacle de cette ter-

---

1. *vieux* : on emploie aujourd'hui *vieil* devant les noms masculins commençant par
une voyelle ou un *h* aspiré.

reur superstitieuse. Je racontai des histoires, et je par-
175 vins à calmer à peu près tout le monde.

Près du foyer, un vieux chien, presque aveugle et
moustachu, un de ces chiens qui ressemblent à des gens
qu'on connaît, dormait le nez dans ses pattes.

Au dehors, la tempête acharnée battait la petite mai-
180 son, et, par un étroit carreau, une sorte de judas° placé
près de la porte, je voyais soudain tout un fouillis
d'arbres bousculés par le vent à la lueur de grands
éclairs.

Malgré mes efforts, je sentais bien qu'une terreur pro-
185 fonde tenait ces gens, et chaque fois que je cessais de
parler, toutes les oreilles écoutaient au loin. Las d'assister à ces craintes imbéciles, j'allais demander à me coucher, quand le vieux garde tout à coup fit un bond de sa
chaise, saisit de nouveau son fusil, en bégayant d'une
190 voix égarée : « Le voilà le voilà ! Je l'entends ! » Les deux
femmes retombèrent à genoux dans leurs coins en se
cachant le visage ; et les fils reprirent leurs haches. J'allais tenter encore de les apaiser, quand le chien endormi
s'éveilla brusquement et, levant sa tête, tendant le cou,
195 regardant vers le feu de son œil presque éteint, il poussa
un de ces lugubres hurlements qui font tressaillir les
voyageurs, le soir, dans la campagne. Tous les yeux se
portèrent sur lui, il restait maintenant immobile, dressé
sur ses pattes comme hanté d'une vision, et il se remit à
200 hurler vers quelque chose d'invisible, d'inconnu, d'affreux sans doute, car tout son poil se hérissait. Le garde,
livide, cria : « Il le sent ! il le sent ! il était là quand je l'ai
tué. » Et les femmes égarées se mirent, toutes les deux, à
hurler avec le chien.

205 Malgré moi, un grand frisson me courut entre les
épaules. Cette vision de l'animal dans ce lieu, à cette
heure, au milieu de ces gens éperdus, était effrayante à
voir.

Alors, pendant une heure, le chien hurla sans bouger ;
210 il hurla comme dans l'angoisse d'un rêve ; et la peur,
l'épouvantable peur entrait en moi ; la peur de quoi ? Le
sais-je ? C'était la peur, voilà tout.

Nous restions immobiles, livides, dans l'attente d'un
événement affreux, l'oreille tendue, le cœur battant,

215 bouleversés au moindre bruit. Et le chien se mit à tourner autour de la pièce, en sentant les murs et gémissant
toujours. Cette bête nous rendait fous! Alors, le paysan
qui m'avait amené, se jeta sur elle, dans une sorte de
paroxysme[1] de terreur furieuse, et, ouvrant une porte
220 donnant sur une petite cour, jeta l'animal dehors.

Il se tut aussitôt; et nous restâmes plongés dans un
silence plus terrifiant encore. Et soudain, tous ensemble,
nous eûmes une sorte de sursaut : un être glissait contre
le mur du dehors vers la forêt; puis il passa contre la
225 porte, qu'il sembla tâter, d'une main hésitante; puis on
n'entendit plus rien pendant deux minutes qui firent de
nous des insensés; puis il revint, frôlant toujours la
muraille; et il gratta légèrement, comme ferait un enfant
avec son ongle; puis soudain une tête apparut contre la
230 vitre du judas•, une tête blanche avec des yeux lumineux
comme ceux des fauves. Et un son sortit de sa bouche,
un son indistinct, un murmure plaintif.

Alors un bruit formidable éclata dans la cuisine. Le
vieux garde avait tiré. Et aussitôt les fils se précipitèrent,
235 bouchèrent le judas en dressant la grande table qu'ils
assujettirent[2] avec le buffet.

Et je vous jure qu'au fracas du coup de fusil que je
n'attendais point, j'eus une telle angoisse du cœur, de
l'âme et du corps, que je me sentis défaillir, prêt à mou-
240 rir de peur.

Nous restâmes là jusqu'à l'aurore, incapables de bouger, de dire un mot, crispés dans un affolement indicible.

On n'osa débarricader la sortie qu'en apercevant, par
245 la fente d'un auvent•, un mince rayon de jour.

Au pied du mur, contre la porte, le vieux chien gisait,
la gueule brisée d'une balle.

Il était sorti de la cour en creusant un trou sous une
palissade.

---

1. *paroxysme* : le plus haut degré.
2. *assujettirent* : fixèrent de manière à le maintenir stable.

*

250   L'homme au visage brun se tut; puis il ajouta :
« Cette nuit-là pourtant, je ne courus aucun danger ;
mais j'aimerais mieux recommencer toutes les heures où
j'ai affronté les plus terribles périls, que la seule minute
du coup de fusil sur la tête barbue du judas•. »

Edvard Munch, Le Cri, 1893. Oslo, National Gallery.

Compréhension

1. *Comparez le décor des deux récits.*

2. *Comparez les deux narrateurs.*

3. *Qu'est-ce que la peur ? En quoi est-elle liée au fantastique* ?*

4. *Comparez les deux récits du second narrateur.*

Écriture / Réécriture

5. *Quels sont les modes personnels et les temps employés dans le premier récit ? Justifiez leur emploi.*

6. *Quels procédés stylistiques* font ressortir les caractéristiques du désert et de la forêt ?*

7. *À partir du moment où le chien se met à hurler, imaginez une autre fin au second récit.*

Mise en perspective / Mise en musique

8. *Comparez ce conte avec* La Peur *de Tchekhov.*

9. *Décrivez un lieu qui vous est familier en usant de métaphores*.*

10. *Quels morceaux de musique accompagneraient le mieux les deux récits ?*

Illustration pour le conte Apparition *paru dans le recueil* Clair de lune, *Paris, 1884.*

APPARITION

On parlait de séquestration à propos d'un procès récent[1]. C'était à la fin d'une soirée intime, rue de Grenelle[2], dans un ancien hôtel[3], et chacun avait son histoire, une histoire qu'il affirmait vraie.

Alors le vieux marquis de La Tour-Samuel, âgé de quatre-vingt-deux ans, se leva et vint s'appuyer à la cheminée. Il dit de sa voix un peu tremblante :

*

Moi aussi, je sais une chose étrange, tellement étrange, qu'elle a été l'obsession de ma vie. Voici maintenant cinquante-six ans que cette aventure m'est arrivée, et il ne se passe pas un mois sans que je la revoie en rêve. Il m'est demeuré de ce jour-là une marque, une empreinte de peur, me comprenez-vous ? Oui, j'ai subi l'horrible épouvante, pendant dix minutes, d'une telle façon que depuis cette heure une sorte de terreur constante m'est restée dans l'âme. Les bruits inattendus me font tressaillir jusqu'au cœur ; les objets que je distingue mal dans l'ombre du soir me donnent une envie folle de me sauver. J'ai peur la nuit, enfin.

Oh ! je n'aurais pas avoué cela avant d'être arrivé à l'âge où je suis. Maintenant je peux tout dire. Il est permis de n'être pas brave devant les dangers imaginaires, quand on a quatre-vingt-deux ans. Devant les dangers véritables, je n'ai jamais reculé, mesdames.

Cette histoire m'a tellement bouleversé l'esprit, a jeté en moi un trouble si profond, si mystérieux, si épouvantable, que je ne l'ai même jamais racontée. Je l'ai gardée dans le fond intime de moi, dans ce fond où l'on cache les secrets pénibles, les secrets honteux, toutes les inavouables faiblesses que nous avons dans notre existence.

---

1. Allusion à un fait d'actualité qui fit grand bruit : Mlle de Monasterio avait été internée dans une maison de santé par son frère qui espérait ainsi pouvoir disposer de ses biens personnels.
2. Rue de Paris située dans le xve arrondissement.
3. *hôtel* : hôtel particulier, demeure d'une personne riche.

Je vais vous dire l'aventure telle quelle, sans chercher à l'expliquer. Il est bien certain qu'elle est explicable, à moins que je n'aie eu mon heure de folie. Mais non, je n'ai pas été fou, et je vous en donnerai la preuve. Imaginez ce que vous voudrez. Voici les faits tout simples.

C'était en 1827, au mois de juillet. Je me trouvais à Rouen en garnison.

Un jour, comme je me promenais sur le quai, je rencontrai un homme que je crus reconnaître sans me rappeler au juste qui c'était. Je fis, par instinct, un mouvement pour m'arrêter. L'étranger aperçut ce geste, me regarda et tomba dans mes bras.

C'était un ami de jeunesse que j'avais beaucoup aimé. Depuis cinq ans que je ne l'avais vu, il semblait vieilli d'un demi-siècle. Ses cheveux étaient tout blancs ; et il marchait courbé, comme épuisé. Il comprit ma surprise et me conta sa vie. Un malheur terrible l'avait brisé.

Devenu follement amoureux d'une jeune fille, il l'avait épousée dans une sorte d'extase de bonheur. Après un an d'une félicité surhumaine et d'une passion inapaisée, elle était morte subitement d'une maladie de cœur, tuée par l'amour lui-même, sans doute.

Il avait quitté son château le jour même de l'enterrement, et il était venu habiter son hôtel de Rouen. Il vivait là, solitaire et désespéré, rongé par la douleur, si misérable qu'il ne pensait qu'au suicide.

« Puisque je te retrouve ainsi, me dit-il, je te demanderai de me rendre un grand service, c'est d'aller chercher chez moi dans le secrétaire de ma chambre, de notre chambre, quelques papiers dont j'ai un urgent besoin. Je ne puis charger de ce soin un subalterne ou un homme d'affaires, car il me faut une impénétrable discrétion et un silence absolu. Quant à moi, pour rien au monde je ne rentrerai dans cette maison.

« Je te donnerai la clef de cette chambre que j'ai fermée moi-même en partant, et la clef de mon secrétaire. Tu remettras en outre un mot de moi à mon jardinier qui t'ouvrira le château.

« Mais viens déjeuner avec moi demain, et nous causerons de cela. »

Je lui promis de lui rendre ce léger service. Ce n'était

d'ailleurs qu'une promenade pour moi, son domaine se trouvant situé à cinq lieues* de Rouen environ. J'en avais pour une heure à cheval.

75 À dix heures, le lendemain, j'étais chez lui. Nous déjeunâmes en tête à tête ; mais il ne prononça pas vingt paroles. Il me pria de l'excuser ; la pensée de la visite que j'allais faire dans cette chambre, où gisait son bonheur, le bouleversait, me disait-il. Il me parut en effet
80 singulièrement agité, préoccupé, comme si un mystérieux combat se fût livré dans son âme.

Enfin il m'expliqua exactement ce que je devais faire. C'était bien simple. Il me fallait prendre deux paquets de lettres et une liasse de papiers enfermés dans le pre-
85 mier tiroir de droite du meuble dont j'avais la clef. Il ajouta :

« Je n'ai pas besoin de te prier de n'y point jeter les yeux. »

Je fus presque blessé de cette parole, et je le lui dis un
90 peu vivement. Il balbutia :

« Pardonne-moi, je souffre trop. »

Et il se mit à pleurer.

Je le quittai vers une heure pour accomplir ma mission.

95 Il faisait un temps radieux, et j'allais au grand trot à travers les prairies, écoutant des chants d'alouettes et le bruit rythmé de mon sabre sur ma botte.

Puis j'entrai dans la forêt et je mis au pas mon cheval. Des branches d'arbres me caressaient le visage ; et
100 parfois j'attrapais une feuille avec mes dents et je la mâchais avidement, dans une de ces joies de vivre qui vous emplissent, on ne sait pourquoi, d'un bonheur tumultueux et comme insaisissable, d'une sorte d'ivresse de force.

105 En approchant du château, je cherchais dans ma poche la lettre que j'avais pour le jardinier, et je m'aperçus avec étonnement qu'elle était cachetée. Je fus tellement surpris et irrité que je faillis revenir sans m'acquitter de ma commission. Puis je songeai que j'allais
110 montrer là une susceptibilité de mauvais goût. Mon ami avait pu d'ailleurs fermer ce mot sans y prendre garde, dans le trouble où il était.

47

Le manoir semblait abandonné depuis vingt ans. La barrière, ouverte et pourrie, tenait debout on ne sait
115 comment. L'herbe emplissait les allées ; on ne distinguait plus les plates-bandes du gazon.

Au bruit que je fis en tapant à coups de pied dans un volet un vieil homme sortit d'une porte de côté et parut stupéfait de me voir. Je sautai à terre et je remis ma
120 lettre. Il la lut, la relut, la retourna, me considéra en dessous, mit le papier dans sa poche et prononça :

« Eh bien ! qu'est-ce que vous désirez ? »

Je répondis brusquement :

« Vous devez le savoir, puisque vous avez reçu, là-
125 dedans les ordres de votre maître ; je veux entrer dans ce château. »

Il semblait atterré. Il déclara :

« Alors, vous allez dans... dans sa chambre ? »

Je commençais à m'impatienter.

130 « Parbleu ! Mais est-ce que vous auriez l'intention de m'interroger, par hasard ? »

Il balbutia :

« Non... monsieur... mais c'est que... c'est qu'elle n'a pas été ouverte depuis... depuis la... mort. Si vous vou-
135 lez m'attendre cinq minutes, je vais aller... aller voir si... »

Je l'interrompis avec colère :

« Ah ! çà, voyons, vous fichez-vous de moi ? Vous n'y pouvez pas entrer, puisque voici la clef. »

140 Il ne savait plus que dire.

« Alors, monsieur, je vais vous montrer la route.

— Montrez-moi l'escalier et laissez-moi seul. Je la trouverai bien sans vous.

— Mais... monsieur... cependant... »

145 Cette fois, je m'emportai tout à fait :

« Maintenant, taisez-vous, n'est-ce pas ? ou vous aurez affaire à moi. »

Je l'écartai violemment et je pénétrai dans la maison.

Je traversai d'abord la cuisine, puis deux petites
150 pièces que cet homme habitait avec sa femme. Je franchis ensuite un grand vestibule, je montai l'escalier et je reconnus la porte indiquée par mon ami.

Je l'ouvris sans peine et j'entrai.

L'appartement était tellement sombre que je n'y dis-
155 tinguai rien d'abord. Je m'arrêtai, saisi par cette odeur
moisie et fade des pièces inhabitées, et condamnées, des
chambres mortes. Puis, peu à peu, mes yeux s'habi-
tuèrent à l'obscurité, et je vis assez nettement une
grande pièce en désordre, avec un lit sans draps, mais
160 gardant ses matelas et ses oreillers, dont l'un portait
l'empreinte profonde d'un coude ou d'une tête comme
si on venait de se poser dessus.

Les sièges semblaient en déroute. Je remarquai qu'une
porte, celle d'une armoire sans doute, était demeurée
165 entrouverte.

J'allai d'abord à la fenêtre pour donner du jour et je
l'ouvris; mais les ferrures du contrevent* étaient tellement rouillées que je ne pus les faire céder.

J'essayai même de les casser avec mon sabre, sans y
170 parvenir. Comme je m'irritais de ces efforts inutiles, et
comme mes yeux s'étaient enfin parfaitement accoutu-
més à l'ombre, je renonçai à l'espoir d'y voir plus clair et
j'allai au secrétaire.

Je m'assis dans un fauteuil, j'abattis la tablette, j'ou-
175 vris le tiroir indiqué. Il était plein jusqu'aux bords. Il ne
me fallait que trois paquets, que je savais comment
reconnaître, et je me mis à les chercher.

Je m'écarquillais les yeux à déchiffrer les suscriptions[1], quand je crus entendre ou plutôt sentir un frôle-
180 ment derrière moi. Je n'y pris point garde, pensant
qu'un courant d'air avait fait remuer quelque étoffe.
Mais, au bout d'une minute, un autre mouvement,
presque indistinct, me fit passer sur la peau un singulier*
petit frisson désagréable. C'était tellement bête d'être
185 ému, même à peine, que je ne voulus pas me retourner,
par pudeur pour moi-même. Je venais alors de découvrir
la seconde des liasses qu'il me fallait; et je trouvais justement la troisième, quand un grand et pénible soupir,
poussé contre mon épaule, me fit faire un bond de fou à
190 deux mètres de là. Dans mon élan je m'étais retourné, la

---

1. *suscriptions* : adresses écrites sur des enveloppes.

main sur la poignée de mon sabre, et certes, si je ne l'avais pas senti à mon côté, je me serais enfui comme un lâche.

195 Une grande femme vêtue de blanc me regardait, debout derrière le fauteuil où j'étais assis une seconde plus tôt.

Une telle secousse me courut dans les membres que je faillis m'abattre à la renverse! Oh! personne ne peut comprendre, à moins de les avoir ressenties, ces épou-
200 vantables et stupides terreurs. L'âme se fond; on ne sent plus son cœur; le corps entier devient mou comme une éponge; on dirait que tout l'intérieur de nous s'écroule.

Je ne crois pas aux fantômes; eh bien! j'ai défailli sous la hideuse peur des morts, et j'ai souffert, oh! souf-
205 fert en quelques instants plus qu'en tout le reste de ma vie, dans l'angoisse irrésistible des épouvantes surnatu-relles.

Si elle n'avait pas parlé, je serais mort peut-être! Mais elle parla; elle parla d'une voix douce et douloureuse qui
210 faisait vibrer les nerfs. Je n'oserais pas dire que je rede-vins maître de moi et que je retrouvai ma raison. Non. J'étais éperdu à ne plus savoir ce que je faisais; mais cette espèce de fierté intime que j'ai en moi, un peu d'orgueil de métier aussi, me faisaient garder, presque
215 malgré moi, une contenance honorable. Je posais[1] pour moi, et pour elle sans doute, pour elle, quelle qu'elle fût, femme ou spectre•. Je me suis rendu compte de tout cela plus tard, car je vous assure que, dans l'instant de l'apparition, je ne songeais à rien. J'avais peur.

220 Elle dit :

« Oh! monsieur, vous pouvez me rendre un grand ser-vice! »

Je voulus répondre, mais il me fut impossible de pro-noncer un mot. Un bruit vague sortit de ma gorge.

225 Elle reprit :

« Voulez-vous? Vous pouvez me sauver, me guérir. Je souffre affreusement. Je souffre, oh! je souffre! »

---

1. *Je posais* : Je me donnais une contenance.

Et elle s'assit doucement dans mon fauteuil. Elle me regardait :

230 « Voulez-vous ? »

Je fis : « Oui ! » de la tête, ayant encore la voix paralysée.

Alors elle me tendit un peigne en écaille et elle murmura :

235 « Peignez-moi, oh ! peignez-moi ; cela me guérira ; il faut qu'on me peigne. Regardez ma tête... Comme je souffre ; et mes cheveux comme ils me font mal ! »

Ses cheveux dénoués, très longs, très noirs, me semblait-il, pendaient par-dessus le dossier du fauteuil et 240 touchaient la terre.

Pourquoi ai-je fait ceci ? Pourquoi ai-je reçu en frissonnant ce peigne, et pourquoi ai-je pris dans mes mains ses longs cheveux qui me donnèrent à la peau une sensation de froid atroce comme si j'eusse manié des ser- 245 pents ? Je n'en sais rien.

Cette sensation m'est restée dans les doigts et je tressaille en y songeant.

Je la peignai. Je maniai je ne sais comment cette chevelure de glace. Je la tordis, je la renouai et la dénouai ; 250 je la tressai comme on tresse la crinière d'un cheval. Elle soupirait, penchait la tête, semblait heureuse.

Soudain elle me dit : « Merci ! » m'arracha le peigne des mains et s'enfuit par la porte que j'avais remarquée entrouverte.

255 Resté seul, j'eus, pendant quelques secondes, ce trouble effaré° des réveils après les cauchemars. Puis je repris enfin mes sens ; je courus à la fenêtre et je brisai les contrevents° d'une poussée furieuse.

Un flot de jour entra. Je m'élançai sur la porte par où 260 cet être était parti. Je la trouvai fermée et inébranlable.

Alors une fièvre de fuite m'envahit, une panique, la vraie panique des batailles. Je saisis brusquement les trois paquets de lettres sur le secrétaire ouvert ; je traversai l'appartement en courant, je sautai les marches de 265 l'escalier quatre par quatre, je me trouvai dehors je ne sais par où, et, apercevant mon cheval à dix pas de moi, je l'enfourchai d'un bond et partis au galop.

Je ne m'arrêtai qu'à Rouen, et devant mon logis.

Ayant jeté la bride à mon ordonnance[1], je me sauvai
270 dans ma chambre où je m'enfermai pour réfléchir.

Alors, pendant une heure, je me demandai anxieuse-
ment si je n'avais pas été le jouet d'une hallucination.
Certes, j'avais eu un de ces incompréhensibles ébran-
lements nerveux, un de ces affolements du cerveau qui
275 enfantent les miracles, à qui le Surnaturel doit sa puissance.

Et j'allais croire à une vision, à une erreur de mes
sens, quand je m'approchai de ma fenêtre. Mes yeux,
par hasard, descendirent sur ma poitrine. Mon dolman[2]
280 était plein de longs cheveux de femme qui s'étaient
enroulés aux boutons!

Je les saisis un à un et je les jetai dehors avec des
tremblements dans les doigts.

Puis j'appelai mon ordonnance. Je me sentais trop
285 ému, trop troublé, pour aller le jour même chez mon
ami. Et puis je voulais mûrement réfléchir à ce que je
devais lui dire.

Je lui fis porter ses lettres, dont il remit un reçu au
soldat. Il s'informa beaucoup de moi. On lui dit que
290 j'étais souffrant, que j'avais reçu un coup de soleil, je ne
sais quoi. Il parut inquiet.

Je me rendis chez lui le lendemain, dès l'aube, résolu à
lui dire la vérité. Il était sorti la veille au soir et pas rentré.

Je revins dans la journée, on ne l'avait pas revu. J'at-
295 tendis une semaine. Il ne reparut pas. Alors je prévins la
justice. On le fit rechercher partout, sans découvrir une
trace de son passage ou de sa retraite.

Une visite minutieuse fut faite du château abandonné.
On n'y découvrit rien de suspect.

300 Aucun indice ne révéla qu'une femme y eût été cachée.

L'enquête n'aboutissant à rien, les recherches furent
interrompues.

Et, depuis cinquante-six ans, je n'ai rien appris. Je ne
sais rien de plus.

---

1. *ordonnance* : soldat servant de domestique à un officier.
2. *mon dolman* : ma veste d'uniforme.

Questions

Compréhension

1. Qui est le narrateur ?

2. Quelle est la structure narrative* du récit ?

3. Qu'est-ce qui rend le personnage principal crédible ? Quelle est son évolution ?

4. Quels éléments font penser que le narrateur entre dans un autre monde ?

5. L'apparition est-elle «femme ou spectre*» ? Quels éléments font pencher pour l'une ou l'autre interprétation ?

6. Quels mystères successifs le narrateur affronte-t-il ? Quelle explication rationnelle leur est-elle donnée ?

Écriture

7. Quels sont les différents langages du narrateur ?

8. En quoi le langage de l'ami est-il étonnant après ce que nous avons appris de lui ?

9. En quoi le dialogue entre le narrateur et le gardien illustre-t-il ce que l'auteur dit de leur attitude avant chaque réplique ?

Mise en perspective / Mise en images

10. Comparez ce conte avec Véra de Villiers de l'Isle-Adam.

11. Faites le découpage et les dialogues d'un film s'inspirant de ce conte.

Lui?

À *Pierre Decourcelle*[1].

Mon cher ami, tu n'y comprends rien? et je le conçois. Tu me crois devenu fou? Je le suis peut-être un peu, mais non pas pour les raisons que tu supposes.

Oui. Je me marie. Voilà.

5 Et pourtant mes idées et mes convictions n'ont pas changé. Je considère l'accouplement légal comme une bêtise. Je suis certain que huit maris sur dix sont cocus. Et ils ne méritent pas moins pour avoir eu l'imbécillité d'enchaîner leur vie, de renoncer à l'amour libre, la
10 seule chose gaie et bonne au monde, de couper l'aile à la fantaisie qui nous pousse sans cesse à toutes les femmes, etc., etc. Plus que jamais je me sens incapable d'aimer une femme parce que j'aimerai toujours trop toutes les autres. Je voudrais avoir mille bras, mille lèvres et
15 mille... tempéraments pour pouvoir étreindre en même temps une armée de ces êtres charmants et sans importance.

Et cependant je me marie.

J'ajoute que je connais guère ma femme de demain. Je
20 l'ai vue seulement quatre ou cinq fois. Je sais qu'elle ne me déplaît point; cela me suffit pour ce que j'en veux faire. Elle est petite, blonde et grasse. Après demain, je désirerai ardemment une femme grande, brune et mince.

25 Elle n'est pas riche. Elle appartient à une famille moyenne. C'est une jeune fille comme on en trouve à la grosse[2], bonnes à marier, sans qualités et sans défauts apparents, dans la bourgeoisie ordinaire. On dit d'elle : «Mlle Lajolle est bien gentille.» On dira demain : «Elle
30 est fort gentille, Mme Raymon.» Elle appartient enfin à la légion des jeunes filles honnêtes «dont on est heureux de faire sa femme» jusqu'au jour où on découvre qu'on

---

1. Auteur dramatique et chroniqueur au *Gaulois*.
2. *à la grosse* : en grand quantité. *La grosse* est une douzaine de douzaines.

préfère justement toutes les autres femmes à celle qu'on
a choisie.
35 Alors pourquoi me marier, diras-tu?
J'ose à peine t'avouer l'étrange et invraisemblable raison qui me pousse à cet acte insensé.
Je me marie pour n'être pas seul!
Je ne sais comment dire cela, comment me faire
40 comprendre. Tu auras pitié de moi, et tu me mépriseras,
tant mon état d'esprit est misérable.
Je ne veux plus être seul, la nuit. Je veux sentir un être
près de moi, contre moi, un être qui peut parler, dire
quelque chose, n'importe quoi.
45 Je veux pouvoir briser son sommeil; lui poser une
question quelconque brusquement, une question stupide
pour entendre une voix, pour sentir habitée ma demeure,
pour sentir une âme en éveil, un raisonnement en travail,
pour voir, allumant brusquement ma bougie, une figure
50 humaine à mon côté... parce que... parce que... (je n'ose
pas avouer cette honte)... parce que j'ai peur, tout seul.
Oh! tu ne me comprends pas encore.
Je n'ai pas peur d'un danger. Un homme entrerait, je
le tuerais sans frissonner. Je n'ai pas peur des revenants;
55 je ne crois pas au surnaturel. Je n'ai pas peur des morts;
je crois à l'anéantissement définitif de chaque être qui
disparaît.
Alors!... oui. Alors!... Eh bien! j'ai peur de moi! j'ai
peur de la peur; peur des spasmes de mon esprit qui
60 s'affole, peur de cette horrible sensation de la terreur
incompréhensible.
Ris si tu veux. Cela est affreux, inguérissable. J'ai peur
des murs, des meubles, des objets familiers qui s'animent, pour moi, d'une sorte de vie animale. J'ai peur
65 surtout du trouble horrible de ma pensée, de ma raison
qui m'échappe brouillée, dispersée par une mystérieuse
et invisible angoisse.
Je sens d'abord une vague inquiétude qui me passe
dans l'âme et me fait courir un frisson sur la peau. Je
70 regarde autour de moi. Rien! Et je voudrais quelque
chose! Quoi? Quelque chose de compréhensible.
Puisque j'ai peur uniquement parce que je ne
comprends pas ma peur.

Je parle ! j'ai peur de ma voix. Je marche ! j'ai peur de
75 l'inconnu de derrière la porte, de derrière le rideau, de
dans l'armoire, de sous le lit. Et pourtant je sais qu'il n'y
a rien nulle part.

Je me retourne brusquement parce que j'ai peur de ce
qui est derrière moi, bien qu'il n'y ait rien et que je le
80 sache.

Je m'agite, je sens mon effarement grandir ; et je
m'enferme dans ma chambre ; et je m'enfonce dans
mon lit, et je me cache sous mes draps ; et blotti, roulé
comme une boule, je ferme les yeux désespérément, et
85 je demeure ainsi pendant un temps infini avec cette
pensée que ma bougie demeure allumée sur ma table de
nuit et qu'il faudrait pourtant l'éteindre. Et je n'ose pas.

N'est-ce pas affreux, d'être ainsi ?

Autrefois je n'éprouvais rien de cela. Je rentrais tran-
90 quillement. J'allais et je venais en mon logis sans que
rien troublât la sérénité de mon âme. Si l'on m'avait dit
quelle maladie de peur invraisemblable, stupide et terrible, devait me saisir un jour, j'aurais bien ri ; j'ouvrais
les portes dans l'ombre avec assurance : je me couchais
95 lentement, sans pousser les verrous, et je ne me relevais
jamais au milieu des nuits pour m'assurer que toutes les
issues de ma chambre étaient fortement closes.

Cela a commencé l'an dernier d'une singulière façon.

C'était en automne, par un soir humide. Quand ma
100 bonne fut partie, après mon dîner, je me demandai ce
que j'allais faire. Je marchai quelque temps à travers ma
chambre. Je me sentais las, accablé sans raison, incapable de travailler, sans force même pour lire. Une pluie
fine mouillait les vitres ; j'étais triste, tout pénétré par
105 une de ces tristesses sans causes qui vous donnent envie
de pleurer, qui vous font désirer de parler à n'importe
qui pour secouer la lourdeur de notre pensée.

Je me sentais seul. Mon logis me paraissait vide
comme il n'avait jamais été. Une solitude infinie et
110 navrante m'entourait. Que faire ? Je m'assis. Alors une
impatience nerveuse me courut dans les jambes. Je me
relevai, et je me remis à marcher. J'avais peut-être aussi
un peu de fièvre, car mes mains, que je tenais rejointes
derrière mon dos, comme on fait souvent quand on se

115 promène avec lenteur, se brûlaient l'une à l'autre, et je le remarquai. Puis soudain un frisson de froid me courut dans le dos. Je pensai que l'humidité du dehors entrait chez moi, et l'idée de faire du feu me vint. J'en allumai ; c'était la première fois de l'année. Et je m'assis de nou-
120 veau en regardant la flamme. Mais bientôt l'impossibilité de rester en place me fit encore me relever, et je sentis qu'il fallait m'en aller, me secouer, trouver un ami.

Je sortis. J'allai chez trois camarades que je ne rencontrai pas ; puis, je gagnai le boulevard, décidé à décou-
125 vrir une personne de connaissance.

Il faisait triste partout. Les trottoirs trempés luisaient. Une tiédeur d'eau, une de ces tiédeurs qui vous glacent par frissons brusques, une tiédeur pesante de pluie impalpable accablait la rue, semblait lasser et obscurcir
130 la flamme du gaz.

J'allais d'un pas mou, me répétant : «Je ne trouverai personne avec qui causer.»

J'inspectai plusieurs fois les cafés, depuis la Madeleine[1] jusqu'au faubourg Poissonnière. Des gens tristes
135 assis devant des tables, semblaient n'avoir pas même la force de finir leurs consommations.

J'errai longtemps ainsi, et vers minuit, je me mis en route pour rentrer chez moi. J'étais fort calme, mais fort las. Mon concierge, qui se couche avant onze heures,
140 m'ouvrit tout de suite, contrairement à son habitude ; et je pensai : «Tiens, un autre locataire vient sans doute de remonter.»

Quand je sors de chez moi, je donne toujours à ma porte deux tours de clef. Je la trouvai simplement tirée,
145 et cela me frappa. Je supposai qu'on m'avait monté des lettres dans la soirée.

J'entrai. Mon feu brûlait encore et éclairait même un peu l'appartement. Je pris une bougie pour aller l'allumer au foyer, lorsqu'en jetant les yeux devant moi,
150 j'aperçus quelqu'un assis dans mon fauteuil, et qui se chauffait les pieds en me tournant le dos.

---

1. Place de Paris située à environ trois kilomètres du faubourg Poissonnière.

Je n'eus pas peur, oh! non, pas le moins du monde.
Une supposition très vraisemblable me traversa l'esprit;
celle qu'un de mes amis était venu pour me voir. La
155 concierge, prévenue par moi à ma sortie, avait dit que
j'allais rentrer, avait prêté sa clef. Et toutes les circonstances de mon retour, en une seconde, me
revinrent à la pensée : le cordon[1] tiré tout de suite, ma
porte seulement poussée.
160　　Mon ami, dont je ne voyais que les cheveux, s'était
endormi devant mon feu en m'attendant, et je m'avançai pour le réveiller. Je le voyais parfaitement, un de ses
bras pendant à droite; ses pieds étaient croisés l'un sur
l'autre; sa tête, penchée un peu sur le côté gauche du
165 fauteuil, indiquait bien le sommeil. Je me demandais :
«Qui est-ce?» On y voyait peu d'ailleurs dans la pièce.
J'avançai la main pour lui toucher l'épaule!...
　　Je rencontrai le bois du siège! Il n'y avait plus personne. Le fauteuil était vide!
170　　Quel sursaut, miséricorde!
　　Je reculai d'abord comme si un danger terrible eût
apparu devant moi.
　　Puis je me retournai, sentant quelqu'un derrière mon
dos; puis, aussitôt, un impérieux[2] besoin de revoir le
175 fauteuil me fit pivoter encore une fois. Et je demeurai
debout, haletant d'épouvante, tellement éperdu que je
n'avais plus une pensée, prêt à tomber.
　　Mais je suis un homme de sang-froid, et tout de suite
la raison me revint. Je songeai : «Je viens d'avoir une
180 hallucination, voilà tout.» Et je réfléchis immédiatement
sur ce phénomène. La pensée va vite dans ces
moments-là.
　　J'avais eu une hallucination – c'était là un fait
incontestable. Or, mon esprit était demeuré tout le
185 temps lucide, fonctionnant régulièrement et logique-
ment. Il n'y avait donc aucun trouble du côté du cerveau. Les yeux seuls s'étaient trompés, avaient trompé

---

1. *cordon* : corde permettant au concierge d'ouvrir la porte d'entrée de l'immeuble.
2. *impérieux* : pressant, qui s'impose.

ma pensée. Les yeux avaient eu une vision, une de ces visions qui font croire aux miracles les gens naïfs. C'était là un accident nerveux de l'appareil optique[1], rien de plus, un peu de congestion[2] peut-être.

Et j'allumai ma bougie. Je m'aperçus, en me baissant vers le feu, que je tremblais, et je me relevai d'une secousse, comme si on m'eût touché par derrière.

Je n'étais point tranquille assurément.

Je fis quelques pas ; je parlai haut. Je chantai à mi-voix quelques refrains.

Puis je fermai la porte de ma chambre à double tour, et je me sentis un peu rassuré. Personne ne pouvait entrer, au moins.

Je m'assis encore et je réfléchis longtemps à mon aventure ; puis je me couchai, et je soufflai ma lumière.

Pendant quelques minutes, tout alla bien. Je restais sur le dos, assez paisiblement. Puis le besoin me vint de regarder dans ma chambre ; et je me mis sur le côté.

Mon feu n'avait plus que deux ou trois tisons rouges qui éclairaient juste les pieds du fauteuil ; et je crus revoir l'homme assis dessus.

J'enflammai une allumette d'un mouvement rapide. Je m'étais trompé, je ne voyais plus rien.

Je me levai, cependant, et j'allai cacher le fauteuil derrière mon lit.

Puis je refis l'obscurité et je tâchai de m'endormir. Je n'avais pas perdu connaissance depuis plus de cinq minutes, quand j'aperçus, en songe, et nettement comme dans la réalité, toute la scène de la soirée. Je me réveillai éperdument, et, ayant éclairé mon logis, je demeurai assis dans mon lit, sans oser même essayer de redormir.

Deux fois cependant le sommeil m'envahit, malgré moi, pendant quelques secondes. Deux fois je revis la chose. Je me croyais devenu fou.

Quand le jour parut, je me sentis guéri et je sommeillai paisiblement jusqu'à midi.

---

1. *appareil optique* : organe de la vue.
2. *congestion* : afflux de sang au cerveau.

C'était fini, bien fini. J'avais eu la fièvre, le cauche-
225 mar, que sais-je? J'avais été malade, enfin. Je me trouvai
néanmoins fort bête.

Je fus très gai ce jour-là. Je dînai au cabaret; j'allai
voir le spectacle, puis je me mis en chemin pour rentrer.
Mais voilà qu'en approchant de ma maison une inquié-
230 tude étrange me saisit. J'avais peur de le revoir, lui. Non
pas peur de lui, non pas peur de sa présence, à laquelle
je ne croyais point, mais j'avais peur d'un trouble nouveau de mes yeux, peur de l'hallucination, peur de
l'épouvante qui me saisirait.

235 Pendant plus d'une heure, j'errai de long en large sur
le trottoir; puis je me trouvai trop imbécile à la fin et
j'entrai. Je haletais tellement que je ne pouvais plus
monter mon escalier. Je restai encore plus de dix
minutes devant mon logement sur le palier, puis, brus-
240 quement, j'eus un élan de courage, un roidissement[1] de
volonté. J'enfonçai ma clef; je me précipitai en avant
une bougie à la main, je poussai d'un coup de pied la
porte entrebâillée de ma chambre, et je jetai un regard
effaré vers la cheminée. Je ne vis rien. «Ah!...»

245 Quel soulagement! Quelle joie! Quelle délivrance!
J'allais et je venais d'un air gaillard[2]. Mais je ne me sentais pas rassuré; je me retournais par sursauts; l'ombre
des coins m'inquiétait.

Je dormis mal, réveillé sans cesse par des bruits ima-
250 ginaires. Mais je ne le vis pas. Non. C'était fini!

Depuis ce jour-là j'ai peur tout seul, la nuit. Je la sens
là, près de moi, autour de moi, la vision. Elle ne m'est
point apparue de nouveau. Oh non! Et qu'importe,
d'ailleurs, puisque je sais que ce n'est rien!

255 Elle me gêne cependant parce que j'y pense sans
cesse.

– Une main pendait du côté droit, sa tête était penchée du côté gauche comme celle d'un homme qui

---

1. *roidissement* : ancienne forme de *raidissement*; affermissement.
2. *gaillard* : plein de vigueur et d'entrain.

dort... Allons, assez, nom de Dieu! je n'y veux plus son-
260 ger!

Qu'est-ce que cette obsession, pourtant? Pourquoi
cette persistance? Ses pieds étaient tout près du feu!

Il me hante, c'est fou, mais c'est ainsi. Qui, Il? Je sais
bien qu'il n'existe pas, que ce n'est rien! Il n'existe que
265 dans mon appréhension, que dans ma crainte, que dans
mon angoisse! Allons, assez!...

Oui, mais j'ai beau me raisonner, me roidir[1], je ne
peux plus rester seul chez moi, parce qu'il y est. Je ne le
verrai plus, je le sais, il ne se montrera plus, c'est fini
270 cela. Mais il y est tout de même, dans ma pensée. Il
demeure invisible, cela n'empêche qu'il y soit. Il est derrière les portes, dans l'armoire fermée, sous le lit, dans
tous les coins obscurs, dans toutes les ombres. Si je
tourne la porte, si j'ouvre l'armoire, si je baisse ma
275 lumière sous le lit, si j'éclaire les coins, les ombres, il n'y
est plus; mais alors je le sens derrière moi. Je me
retourne, certain cependant que je ne le verrai pas, que
je ne le verrai plus. Il n'en est pas moins derrière moi,
encore.

280 C'est stupide, mais c'est atroce. Que veux-tu? Je n'y
peux rien.

Mais si nous étions deux chez moi, je sens, oui, je sens
assurément, qu'il n'y serait plus! Car il est là parce que
je suis seul, uniquement parce que je suis seul!

---

1. *me roidir* : me raidir, montrer du courage.

Compréhension

1. *Quelle a été la réaction de son ami, lorsque le narrateur lui a annoncé son mariage ? Pourquoi cette réaction ?*

2. *Quelle est la raison pour laquelle le narrateur a l'intention de se marier ? Quelle conception de la femme cette intention révèle-t-elle ?*

3. *De quoi le narrateur a-t-il peur ?*

4. *Quelles circonstances favorisent-elles l'événement ? « L'apparition » est-elle un événement surnaturel ?*

5. *Si le fantastique* ne se situe pas dans « l'apparition », où se situe-t-il ?*

Écriture

6. *Sous quelle forme est écrit ce récit ? Pourquoi Maupassant a-t-il choisi ce genre littéraire ?*

7. *De quelle manière, dans les lignes 81 à 97, Maupassant fait-il saisir, par l'écriture, l'opposition entre ce que le narrateur est et ce qu'il était ?*

Mise en perspective

8. *Rédigez la réponse de l'ami du narrateur à cette lettre.*

9. *Partagez-vous l'opinion de Maupassant sur le mariage ? Justifiez votre réponse.*

10. *Comparez ce conte avec* Le Double *de Dostoïevski.*

Vincent Van Gogh, La Chaise et la Pipe, *1888-1889, Londres, The National Gallery.*

La Chevelure

Les murs de la cellule étaient nus, peints à la chaux.
Une fenêtre étroite et grillée, percée très haut de façon
qu'on ne pût pas y atteindre, éclairait cette petite pièce
claire et sinistre ; et le fou, assis sur une chaise de paille,
5 nous regardait d'un œil fixe, vague et hanté. Il était fort
maigre, avec des joues creuses et des cheveux presque
blancs qu'on devinait blanchis en quelques mois. Ses
vêtements semblaient trop larges pour ses membres
secs, pour sa poitrine rétrécie, pour son ventre creux.
10 On sentait cet homme ravagé, rongé par sa pensée, par
une Pensée, comme un fruit par un ver. Sa Folie, son
idée était là, dans cette tête obstinée, harcelante, dévorante. Elle mangeait le corps peu à peu. Elle, l'Invisible,
l'Impalpable, l'Insaisissable, l'Immatérielle Idée minait
15 la chair, buvait le sang, éteignait la vie.
   Quel mystère que cet homme tué par un Songe ! Il
faisait peine, peur et pitié, ce Possédé ! Quel rêve
étrange, épouvantable et mortel habitait dans ce front,
qu'il plissait de rides profondes, sans cesse remuantes ?
20 Le médecin me dit : «Il a de terribles accès de fureur,
c'est un des déments les plus singuliers• que j'aie vus. Il
est atteint de folie érotique et macabre. C'est une sorte
de nécrophile[1]. Il a d'ailleurs écrit son journal qui nous
montre le plus clairement du monde la maladie de son
25 esprit. Sa folie y est pour ainsi dire palpable[2]. Si cela
vous intéresse vous pouvez parcourir ce document.» Je
suivis le docteur dans son cabinet, et il me remit le journal de ce misérable homme. «Lisez, dit-il, et vous me
direz votre avis. »
30 Voici ce que contenait ce cahier :

*

Jusqu'à l'âge de trente-deux ans, je vécus tranquille,
sans amour. La vie m'apparaissait très simple, très

---

1. *nécrophile* : personne pervertie qui abuse sexuellement de cadavres.
2. *palpable* : réelle, presque matérielle.

bonne et très facile. J'étais riche. J'avais du goût pour
tant de choses que je ne pouvais éprouver de passion
35 pour rien. C'est bon de vivre ! Je me réveillais heureux,
chaque jour, pour faire des choses qui me plaisaient, et
je me couchais satisfait, avec l'espérance paisible du lendemain et de l'avenir sans souci.

J'avais eu quelques maîtresses sans avoir jamais senti
40 mon cœur affolé par le désir ou mon âme meurtrie
d'amour après la possession. C'est bon de vivre ainsi.
C'est meilleur d'aimer, mais terrible. Encore, ceux qui
aiment comme tout le monde doivent-ils éprouver un
ardent bonheur, moindre que le mien peut-être, car
45 l'amour est venu me trouver d'une incroyable manière.

Étant riche, je recherchais les meubles anciens et les
vieux objets ; et souvent je pensais aux mains inconnues
qui avaient palpé ces choses, aux yeux qui les avaient
admirées, aux cœurs qui les avaient aimées, car on aime
50 les choses ! Je restais souvent pendant des heures, des
heures et des heures, à regarder une petite montre du
siècle dernier. Elle était si mignonne, si jolie, avec son
émail et son or ciselé. Et elle marchait encore comme au
jour où une femme l'avait achetée dans le ravissement
55 de posséder ce fin bijou. Elle n'avait point cessé de pal-
piter, de vivre sa vie de mécanique, et elle continuait
toujours son tic-tac régulier, depuis un siècle passé. Qui
donc l'avait portée la première sur son sein dans la tiédeur des étoffes, le cœur de la montre battant contre le
60 cœur de la femme ? Quelle main l'avait tenue au bout de
ses doigts un peu chauds, l'avait tournée, retournée, puis
avait essuyé les bergers de porcelaine ternis une seconde
par la moiteur de la peau ? Quels yeux avaient épié sur
ce cadran fleuri l'heure attendue, l'heure chérie, l'heure
65 divine ?

Comme j'aurais voulu la connaître, la voir, la femme
qui avait choisi cet objet exquis et rare ! Elle est morte !
Je suis possédé par le désir des femmes d'autrefois ;
j'aime de loin, toutes celles qui ont aimé ! – L'histoire
70 des tendresses passées m'emplit le cœur de regrets. Oh !
la beauté, les sourires, les caresses jeunes, les espé-
rances ! Tout cela ne devrait-il pas être éternel !

Comme j'ai pleuré, pendant des nuits entières, sur les

pauvres femmes de jadis, si belles, si tendres, si douces,
75 dont les bras se sont ouverts pour le baiser et qui sont
mortes! Le baiser est immortel, lui! Il va de lèvre en
lèvre, de siècle en siècle, d'âge en âge. – Les hommes le
recueillent, le donnent et meurent.

Le passé m'attire, le présent m'effraie parce que l'ave-
80 nir c'est la mort. Je regrette tout ce qui s'est fait, je
pleure tous ceux qui ont vécu; je voudrais arrêter le
temps, arrêter l'heure. Mais elle va, elle va, elle passe,
elle me prend de seconde en seconde un peu de moi
pour le néant de demain. Et je ne revivrai jamais.

85 Adieu celles d'hier. Je vous aime.

Mais je ne suis pas à plaindre. Je l'ai trouvée, moi,
celle que j'attendais; et j'ai goûté par elle d'incroyables
plaisirs.

Je rôdais dans Paris par un matin de soleil, l'âme en
90 fête, le pied joyeux, regardant les boutiques avec cet
intérêt vague du flâneur. Tout à coup, j'aperçus chez un
marchand d'antiquités un meuble italien du xviie siècle.
Il était fort beau, fort rare. Je l'attribuai à un artiste vénitien du monde de Vitelli[1], qui fut célèbre à cette époque.

95 Puis je passai.

Pourquoi le souvenir de ce meuble me poursuivit-il
avec tant de force que je revins sur mes pas? Je m'arrêtai de nouveau devant le magasin pour le revoir, et je
sentis qu'il me tentait.

100 Quelle singulière• chose que la tentation! On regarde
un objet et, peu à peu, il vous séduit, vous trouble, vous
envahit comme ferait un visage de femme. Son charme
entre en vous, charme étrange qui vient de sa forme, de
sa couleur, de sa physionomie de chose; et on l'aime
105 déjà, on le désire, on le veut. Un besoin de possession
vous gagne, besoin doux d'abord, comme timide, mais
qui s'accroît, devient violent, irrésistible.

Et les marchands semblent deviner à la flamme du
regard l'envie secrète et grandissante.

---

1. Aucun des artistes de ce nom, qui vécurent au xviie siècle, ne fut ébéniste.

110 J'achetai ce meuble et je le fis porter chez moi tout de suite. Je le plaçai dans ma chambre.

Oh! je plains ceux qui ne connaissent pas cette lune de miel du collectionneur avec le bibelot qu'il vient d'acheter. On le caresse de l'œil et de la main comme
115 s'il était de chair; on revient à tout moment près de lui, on y pense toujours, où qu'on aille, quoi qu'on fasse. Son souvenir aimé vous suit dans la rue, dans le monde, partout; et quand on rentre chez soi, avant même d'avoir ôté ses gants et son chapeau, on va le contem-
120 pler avec une tendresse d'amant.

Vraiment, pendant huit jours, j'adorai ce meuble. J'ouvrais à chaque instant ses portes, ses tiroirs; je le maniais avec ravissement, goûtant toutes les joies intimes de la possession.
125 Or, un soir, je m'aperçus, en tâtant l'épaisseur d'un panneau, qu'il devait y avoir là une cachette. Mon cœur se mit à battre, et je passai la nuit à chercher le secret sans le pouvoir découvrir.

J'y parvins le lendemain en enfonçant une lame dans
130 une fente de la boiserie. Une planche glissa et j'aperçus, étalée sur un fond de velours noir, une merveilleuse chevelure de femme!

Oui, une chevelure, une énorme natte de cheveux blonds, presque roux, qui avaient dû être coupés contre
135 la peau, et liés par une corde d'or.

Je demeurai stupéfait, tremblant, troublé! Un parfum presque insensible, si vieux qu'il semblait l'âme d'une odeur, s'envolait de ce tiroir mystérieux et de cette sur-prenante relique.
140 Je la pris, doucement, presque religieusement, et je la tirai de sa cachette. Aussitôt elle se déroula, répandant son flot doré qui tomba jusqu'à terre, épais et léger, souple et brillant comme la queue en feu d'une comète.

Une émotion étrange me saisit. Qu'était-ce que cela?
145 Quand? comment? pourquoi ces cheveux avaient-ils été enfermés dans ce meuble? Quelle aventure, quel drame cachait ce souvenir?

Qui les avait coupés? un amant, un jour d'adieu? un mari, un jour de vengeance? ou bien celle qui les avait
150 portés sur son front, un jour de désespoir?

Était-ce à l'heure d'entrer au cloître qu'on avait jeté là
cette fortune d'amour, comme un gage laissé au monde
des vivants? Était-ce à l'heure de la clouer dans la
tombe, la jeune et belle morte, que celui qui l'adorait
155 avait gardé la parure de sa tête, la seule chose qu'il pût
conserver d'elle, la seule partie vivante de sa chair qui
ne dût point pourrir, la seule qu'il pouvait aimer encore
et caresser, et baiser dans ses rages de douleur?

N'était-ce point étrange que cette chevelure fût
160 demeurée ainsi, alors qu'il ne restait plus une parcelle
du corps dont elle était née?

Elle me coulait sur les doigts, me chatouillait la peau
d'une caresse singulière•, d'une caresse de morte. Je me
sentais attendri comme si j'allais pleurer.
165 Je la gardai longtemps, longtemps en mes mains, puis
il me sembla qu'elle m'agitait, comme si quelque chose
de l'âme fût resté caché dedans. Et je la remis sur le
velours terni par le temps, et je repoussai le tiroir, et je
refermai le meuble, et je m'en allai par les rues pour
170 rêver.

J'allais devant moi, plein de tristesse, et aussi plein de
trouble, de ce trouble qui vous reste au cœur après un
baiser d'amour. Il me semblait que j'avais vécu autrefois
déjà, que j'avais dû connaître cette femme.
175 Et les vers de Villon me montèrent aux lèvres, ainsi
qu'y monte un sanglot :

> Dictes-moy où, ne en quel pays
> Est Flora, la belle Romaine,
> Archipiada, ne Thaïs,
180 > Qui fut sa cousine germaine?
> Écho parlant quand bruyt on maine
> Dessus rivière, ou sus estan;
> Qui beauté eut plus que humaine?
> Mais où sont les neiges d'antan?

185 > . . . .

> La royne blanche comme un lys
> Qui chantait à voix de sereine,
> Berthe au grand pied, Bietris, Allys,

69

Harembouges qui tint le Mayne,
190   *Et Jehanne la bonne Lorraine*
    Que Anglais bruslèrent à Rouen?
    Où sont-ils, Vierge souveraine?
    Mais où sont les neiges d'antan?[1]

195   Quand je rentrai chez moi, j'éprouvai un irrésistible désir de revoir mon étrange trouvaille ; et je la repris, et je sentis, en la touchant, un long frisson qui me courut dans les membres.

Durant quelques jours, cependant, je demeurai dans 200 mon état ordinaire, bien que la pensée vive de cette chevelure ne me quittât plus.

Dès que je rentrais, il fallait que je la visse et que je la maniasse. Je tournais la clef de l'armoire avec ce frémissement qu'on a en ouvrant la porte de la bien-aimée, 205 car j'avais aux mains et au cœur un besoin confus, singulier*, continu, sensuel de tremper mes doigts dans ce ruisseau charmant de cheveux morts.

Puis, quand j'avais fini de la caresser, quand j'avais refermé le meuble, je la sentais là toujours, comme si 210 elle eût été un être vivant, caché, prisonnier ; je la sentais et je la désirais encore ; j'avais de nouveau le besoin impérieux[2] de la reprendre, de la palper, de m'énerver jusqu'au malaise par ce contact froid, glissant, irritant, affolant, délicieux.

215   Je vécus ainsi un mois ou deux, je ne sais plus. Elle m'obsédait, me hantait. J'étais heureux et torturé, comme dans une attente d'amour, comme après les aveux qui précèdent l'étreinte.

Je m'enfermais seul avec elle pour la sentir sur ma 220 peau, pour enfoncer mes lèvres dedans, pour la baiser, la mordre. Je l'enroulais autour de mon visage, je la buvais, je noyais mes yeux dans son onde dorée afin de voir le jour blond, à travers.

---

1. Ces vers de Villon (1431-v. 1463) sont extraits de la *Ballade des Dames et des Seigneurs du temps jadis.*
2. *impérieux* : pressant, qui s'impose.

Je l'aimais! Oui, je l'aimais. Je ne pouvais plus me
225 passer d'elle, ni rester une heure sans la revoir.
Et j'attendais... j'attendais... quoi? Je ne le savais pas?
– Elle.
Une nuit je me réveillai brusquement avec la pensée
que je ne me trouvais pas seul dans ma chambre.
230 J'étais seul pourtant. Mais je ne pus me rendormir; et
comme je m'agitais dans une fièvre d'insomnie, je me
levai pour aller toucher la chevelure. Elle me parut plus
douce que de coutume, plus animée. Les morts
reviennent-ils? Les baisers dont je la réchauffais me fai-
235 saient défaillir de bonheur; et je l'emportai dans mon
lit, et je me couchai, en la pressant sur mes lèvres,
comme une maîtresse qu'on va posséder.
Les morts reviennent! Elle est venue. Oui, je l'ai vue,
je l'ai tenue, je l'ai eue, telle qu'elle était vibrante autre-
240 fois, grande, blonde, grasse, les seins froids, la hanche
en forme de lyre; et j'ai parcouru de mes caresses cette
ligne ondulante et divine qui va de la gorge aux pieds en
suivant toutes les courbes de la chair.
Oui, je l'ai eue, tous les jours, toutes les nuits. Elle est
245 revenue, la Morte, la belle Morte, l'Adorable, la Mystérieuse, l'Inconnue, toutes les nuits.
Mon bonheur fut si grand, que je ne l'ai pu cacher.
J'éprouvais près d'elle un ravissement surhumain, la joie
profonde, inexplicable de posséder l'Insaisissable, l'In-
250 visible, la Morte! Nul amant ne goûta des jouissances
plus ardentes, plus terribles!
Je n'ai point su cacher mon bonheur. Je l'aimais si
fort que je n'ai plus voulu la quitter. Je l'ai emportée
avec moi toujours, partout. Je l'ai promenée par la ville
255 comme ma femme, et conduite au théâtre en des loges
grillées[1], comme ma maîtresse... Mais on l'a vue... on a
deviné... on me l'a prise... Et on m'a jeté dans une prison, comme un malfaiteur. On l'a prise... Oh! misère!...

---

1. *des loges grillées* : loges qu'on peut fermer par un treillis pour ne pas être vu des
autres spectateurs.

*

Le manuscrit s'arrêtait là. Et soudain, comme je rele-
260 vais sur le médecin des yeux effarés, un cri épouvantable, un hurlement de fureur impuissante et de désir
exaspéré s'éleva dans l'asile.

«Écoutez-le, dit le docteur. Il faut doucher cinq fois
par jour ce fou obscène. Il n'y a pas que le sergent Ber-
265 trand[1] qui ait aimé les mortes.»

Je balbutiai, ému d'étonnement, d'horreur et de pitié :
«Mais... cette chevelure... existe-t-elle réellement?»

Le médecin se leva, ouvrit une armoire pleine de
fioles et d'instruments et il me jeta, à travers son cabi-
270 net, une longue fusée de cheveux blonds qui vola vers
moi comme un oiseau d'or.

Je frémis en sentant sur mes mains son toucher cares-
sant et léger. Et je restai le cœur battant de dégoût et
d'envie, de dégoût comme au contact des objets traînés
275 dans les crimes, d'envie comme devant la tentation
d'une chose infâme et mystérieuse.

Le médecin reprit en haussant les épaules :
«L'esprit de l'homme est capable de tout.»

---

1. *le sergent Bertrand* : ce sergent avait été condamné en 1849 pour viol de
sépultures à l'issue d'un procès retentissant.

Questions

Compréhension

1. *Quels éléments, dans sa présentation, donnent au récit l'apparence de la vérité ?*

2. *Quels sont les effets de la folie ? En quoi est-elle fantastique• ?*

3. *De quelle sorte de folie est victime le personnage du récit ? Était-elle prévisible ?*

4. *Quel rôle jouent les «vieux objets» dans la lutte contre la fuite du temps ?*

5. *De quelle manière érotisme et fantastique sont-ils liés ?*

6. *Quelle est la réaction du narrateur à la fin du conte ?*

Écriture / Réécriture

7. *Par quels procédés• Maupassant suggère-t-il l'amour dans la relation qui s'établit entre le personnage et le meuble vénitien ?*

8. *Relevez les images de l'eau. Que symbolisent-elles ?*

9. *Écrivez un autre récit à partir de la formule : «L'esprit de l'homme est capable de tout.»*

Mise en perspective / Mise en images

10. *Quel poème de Baudelaire mettriez-vous en regard de ce conte ? Justifiez votre choix.*

11. *Que vous suggère le tableau de Van Gogh,* La Chaise *? Quelle partie du conte illustre-t-il ?*

Mon cher docteur, je me mets entre vos mains. Faites de moi ce qu'il vous plaira.

Je vais vous dire bien franchement mon étrange état d'esprit, et vous apprécierez s'il ne vaudrait pas mieux
5 qu'on prît soin de moi pendant quelque temps dans une maison de santé plutôt que de me laisser en proie aux hallucinations et aux souffrances qui me harcèlent.

Voici l'histoire, longue et exacte, du mal singulier° de mon âme.

10 Je vivais comme tout le monde, regardant la vie avec les yeux ouverts et aveugles de l'homme, sans m'étonner et sans comprendre. Je vivais comme vivent les bêtes, comme nous vivons tous, accomplissant toutes les fonctions de l'existence, examinant et croyant voir, croyant
15 savoir, croyant connaître ce qui m'entoure, quand, un jour, je me suis aperçu que tout est faux.

C'est une phrase de Montesquieu qui a éclairé brusquement ma pensée. La voici : « Un organe de plus ou de moins dans notre machine nous aurait fait une autre
20 intelligence.[1]

« ... Enfin toutes les lois établies sur ce que notre machine est d'une certaine façon seraient différentes si notre machine n'était pas de cette façon. »

J'ai réfléchi à cela pendant des mois, des mois et des
25 mois, et, peu à peu, une étrange clarté est entrée en moi, et cette clarté y a fait la nuit.

En effet, nos organes sont les seuls intermédiaires entre le monde extérieur et nous. C'est-à-dire que l'être intérieur, qui constitue le moi, se trouve en contact, au
30 moyen de quelques filets nerveux, avec l'être extérieur qui constitue le monde.

Or, outre que cet être extérieur nous échappe par ses proportions, sa durée, ses propriétés innombrables et

---

1. La phrase de Montesquieu (1689-1755) extraite de l'*Essai sur le goût* est un peu différente : « Un organe de plus ou de moins dans notre machine nous aurait fait une autre éloquence. »

impénétrables, ses origines, son avenir ou ses fins, ses
35 formes lointaines et ses manifestations infinies, nos
organes ne nous fournissent encore sur la parcelle de lui
que nous pouvons connaître que des renseignements
aussi incertains que peu nombreux.

Incertains, parce que ce sont uniquement les pro-
40 priétés de nos organes qui déterminent pour nous les
propriétés apparentes de la matière.

Peu nombreux, parce que nos sens n'étant qu'au
nombre de cinq, le champ de leurs investigations et la
nature de leurs révélations se trouvent fort restreints.
45 Je m'explique. – L'œil nous indique les dimensions,
les formes et les couleurs. Il nous trompe sur ces trois
points.

Il ne peut nous révéler que les objets et les êtres de
dimension moyenne, en proportion avec la taille
50 humaine, ce qui nous a amenés à appliquer le mot grand
à certaines choses et le mot petit à certaines autres, uniquement parce que sa faiblesse ne lui permet pas de
connaître ce qui est trop vaste ou trop menu pour lui.
D'où il résulte qu'il ne sait et ne voit presque rien, que
55 l'univers presque entier lui demeure caché, l'étoile qui
habite l'espace et l'animalcule[1] qui habite la goutte
d'eau.

S'il avait même cent millions de fois sa puissance normale, s'il apercevait dans l'air que nous respirons toutes
60 les races d'êtres invisibles, ainsi que les habitants des
planètes voisines, il existerait encore des nombres infinis de races de bêtes plus petites et des mondes tellement lointains qu'il ne les atteindrait pas.

Donc toutes nos idées de proportion sont fausses
65 puisqu'il n'y a pas de limite possible dans la grandeur ni
dans la petitesse.

Notre appréciation sur les dimensions et les formes
n'a aucune valeur absolue, étant déterminée uniquement
par la puissance d'un organe et par une comparaison
70 constante avec nous-mêmes.

---

1. *animalcule* : animal qu'on ne peut voir qu'au microscope.

Ajoutons que l'œil est encore incapable de voir le transparent. Un verre sans défaut le trompe. Il le confond avec l'air qu'il ne voit pas non plus.

Passons à la couleur.

75 La couleur existe parce que notre œil est constitué de telle sorte qu'il transmet au cerveau, sous forme de couleur, les diverses façons dont les corps absorbent et décomposent, suivant leur constitution chimique, les rayons lumineux qui les frappent.

80 Toutes les proportions de cette absorption et de cette décomposition constituent les nuances.

Donc cet organe impose à l'esprit sa manière de voir, ou mieux sa façon arbitraire de constater les dimensions et d'apprécier les rapports de la lumière et de la matière.

85 Examinons l'ouïe.

Plus encore qu'avec l'œil, nous sommes les jouets et les dupes de cet organe fantaisiste.

Deux corps se heurtant produisent un certain ébranlement de l'atmosphère. Ce mouvement fait tressaillir
90 dans notre oreille une certaine petite peau qui change immédiatement en bruit ce qui n'est, en réalité, qu'une vibration.

La nature est muette. Mais le tympan possède la propriété miraculeuse de nous transmettre sous forme de
95 sens, et de sens différents suivant le nombre des vibrations, tous les frémissements des ondes invisibles de l'espace.

Cette métamorphose accomplie par le nerf auditif dans le court trajet de l'oreille au cerveau nous a permis
100 de créer un art étrange, la musique, le plus poétique et le plus précis des arts, vague comme un songe et exact comme l'algèbre.

Que dire du goût et de l'odorat? Connaîtrions-nous les parfums et la qualité des nourritures sans les proprié-
105 tés bizarres de notre nez et de notre palais?

L'humanité pourrait exister cependant sans l'oreille, sans le goût et sans l'odorat, c'est-à-dire sans aucune notion du bruit, de la saveur et de l'odeur.

Donc, si nous avions quelques organes de moins, nous
110 ignorerions d'admirables et singulières• choses, mais si nous avions quelques organes de plus, nous découvri-

rions autour de nous une infinité d'autres choses que nous ne soupçonnerons jamais faute de moyen de les constater.

115 Donc, nous nous trompons en jugeant le Connu, et nous sommes entourés d'Inconnu inexploré.

Donc, tout est incertain et appréciable de manières différentes.

Tout est faux, tout est possible, tout est douteux.

120 Formulons cette certitude en nous servant du vieux dicton : « Vérité en deçà des Pyrénées, erreur au-delà. »[1]

Et disons : vérité dans notre organe, erreur à côté.

Deux et deux ne doivent plus faire quatre en dehors de notre atmosphère.

125 Vérité sur la terre, erreur plus loin, d'où je conclus que les mystères entrevus comme l'électricité, le sommeil hypnotique, la transmission de la volonté, la suggestion, tous les phénomènes magnétiques, ne nous demeurent cachés, que parce que la nature ne nous a

130 pas fourni l'organe, ou les organes nécessaires pour les comprendre.

Après m'être convaincu que tout ce que me révèlent mes sens n'existe que pour moi tel que je le perçois et serait totalement différent pour un autre être autrement

135 organisé, après en avoir conclu qu'une humanité diversement faite aurait sur le monde, sur la vie, sur tout, des idées absolument opposées aux nôtres, car l'accord des croyances ne résulte que de la similitude des organes humains, et les divergences d'opinions ne proviennent

140 que des légères différences de fonctionnement de nos filets nerveux, j'ai fait un effort de pensée surhumain pour soupçonner l'impénétrable qui m'entoure.

Suis-je devenu fou ?

Je me suis dit : « Je suis enveloppé de choses

145 inconnues. » J'ai supposé l'homme sans oreilles et soupçonnant le son comme nous soupçonnons tant de mystères cachés, l'homme constatant des phénomènes

---

1. Cette phrase de Pascal (1623-1662) est extraite des *Pensées*, fragment 294, édition Brunschvicg.

acoustiques dont il ne pourrait déterminer ni la nature,
ni la provenance. Et j'ai eu peur de tout, autour de moi,
150 peur de l'air, peur de la nuit. Du moment que nous ne
pouvons connaître presque rien, et du moment que tout
est sans limites, quel est le reste? Le vide n'est pas?
Qu'y a-t-il dans le vide apparent?

Et cette terreur confuse du surnaturel qui hante
155 l'homme depuis la naissance du monde est légitime
puisque le surnaturel n'est autre chose que ce qui nous
demeure voilé!

Alors j'ai compris l'épouvante. Il m'a semblé que je
touchais sans cesse à la découverte d'un secret de l'uni-
160 vers.

J'ai tenté d'aiguiser mes organes, de les exciter, de
leur faire percevoir par moments l'invisible.

Je me suis dit : «Tout est un être. Le cri qui passe
dans l'air est un être comparable à la bête puisqu'il naît,
165 produit un mouvement, se transforme encore pour mourir. Or, l'esprit craintif qui croit à des êtres incorporels
n'a donc pas tort. Qui sont-ils?»

Combien d'hommes les pressentent, frémissent à leur
approche, tremblent à leur inappréciable contact. On les
170 sent auprès de soi, autour de soi, mais on ne les peut
distinguer, car nous n'avons pas l'œil qui les verrait, ou
plutôt l'organe inconnu qui pourrait les découvrir.

Alors, plus que personne, je les sentais, moi, ces passants surnaturels. Êtres ou mystères? Le sais-je? Je ne
175 pourrais dire ce qu'ils sont, mais je pourrais toujours
signaler leur présence. Et j'ai vu – j'ai vu un être invisible – autant qu'on peut les voir, ces êtres.

Je demeurais des nuits entières immobile, assis devant
ma table, la tête dans mes mains et songeant à cela,
180 songeant à eux. Souvent j'ai cru qu'une main intangible,
ou plutôt qu'un corps insaisissable, m'effleurait légèrement les cheveux. Il ne me touchait pas, n'étant point
d'essence charnelle, mais d'essence impondérable[1],
inconnaissable.

---

1. *impondérable* : qui n'a pas de poids décelable.

185 Or, un soir, j'ai entendu craquer mon parquet derrière
moi. Il a craqué d'une façon singulière*. J'ai frémi. Je me
suis tourné. Je n'ai rien vu. Et je n'y ai plus songé.

Mais le lendemain, à la même heure, le même bruit
s'est produit. J'ai eu tellement peur que je me suis levé,
190 sûr, sûr, sûr, que je n'étais pas seul dans ma chambre.
On ne voyait rien pourtant. L'air était limpide, transparent partout. Mes deux lampes éclairaient tous les
coins.

Le bruit ne recommença pas et je me calmai peu à
195 peu ; je restais inquiet cependant, je me retournais
souvent.

Le lendemain je m'enfermai de bonne heure, cherchant comment je pourrais parvenir à voir l'Invisible qui
me visitait.

200 Et je l'ai vu. J'en ai failli mourir de terreur.

J'avais allumé toutes les bougies de ma cheminée et
de mon lustre. La pièce était éclairée comme pour une
fête. Mes deux lampes brûlaient sur ma table.

En face de moi, mon lit, un vieux lit de chêne à
205 colonnes. À droite, ma cheminée. À gauche, ma porte
que j'avais fermée au verrou. Derrière moi, une très
grande armoire à glace. Je me regardai dedans. J'avais
des yeux étranges et les pupilles très dilatées.

Puis je m'assis comme tous les jours.

210 Le bruit s'était produit, la veille et l'avant-veille, à
neuf heures vingt-deux minutes. J'attendis. Quand arriva
le moment précis, je perçus une indescriptible sensation, comme si un fluide, un fluide irrésistible eût pénétré en moi par toutes les parcelles de ma chair, noyant
215 mon âme dans une épouvante atroce et bonne. Et le
craquement se fit, tout contre moi.

Je me dressai en me tournant si vite que je faillis tomber. On y voyait comme en plein jour, et je ne me vis
pas dans la glace ! Elle était vide, claire, pleine de
220 lumière. Je n'étais pas dedans, et j'étais en face, cependant. Je la regardais avec des yeux affolés. Je n'osais pas
aller vers elle, sentant bien qu'il était entre nous, lui,
l'Invisible, et qu'il me cachait.

Oh ! comme j'eus peur ! Et voilà que je commençai à
225 m'apercevoir dans une brume au fond du miroir, dans

une brume comme à travers de l'eau ; et il me semblait
que cette eau glissait de gauche à droite, lentement, me
rendant plus précis de seconde en seconde. C'était
comme la fin d'une éclipse. Ce qui me cachait n'avait
230 pas de contours, mais une sorte de transparence opaque
s'éclaircissant peu à peu.

Et je pus enfin me distinguer nettement, ainsi que je
le fais tous les jours en me regardant.

Je l'avais donc vu !

235 Et je ne l'ai pas revu.

Mais je l'attends sans cesse, et je sens que ma tête
s'égare dans cette attente.

Je reste pendant des heures, des nuits, des jours, des
semaines, devant ma glace, pour l'attendre ! Il ne vient
240 plus.

Il a compris que j'avais vu. Mais moi je sens que je
l'attendrai toujours, jusqu'à la mort, que je l'attendrai
sans repos, devant cette glace, comme un chasseur à
l'affût.

245 Et, dans cette glace, je commence à voir des images
folles, des monstres, des cadavres hideux, toutes sortes
de bêtes effroyables, d'êtres atroces, toutes les visions
invraisemblables qui doivent hanter l'esprit des fous.

Voilà ma confession, mon cher docteur. Dites-moi ce
250 que je dois faire ?

Pour copie :
MAUFRIGNEUSE[1].

---

1. Un des pseudonymes de Maupassant. Ce nom est emprunté à une héroïne
d'Honoré de Balzac, Diane d'Uxelles, duchesse de Maufrigneuse.

Questions

Compréhension

1. *Qui est le narrateur ?*

2. *Pourquoi notre connaissance du monde est-elle fausse ? Quels exemples nous le prouvent ?*

3. *En quoi le fantastique* se trouve-t-il ainsi justifié ?*

4. *De quel phénomène fantastique le narrateur est-il témoin ? Quelles sont ses réactions ?*

5. *Ce phénomène peut-il recevoir une explication rationnelle ?*

Écriture / Réécriture

6. *Quelle est la structure* du conte ? En quoi se distingue-t-elle des autres contes ?*

7. *Quelles différences dans l'emploi des outils grammaticaux et dans le vocabulaire peut-on déceler entre les deux parties du conte ?*

8. *Quelles sont les images de l'eau ? Quelle est leur signification ?*

9. *Faites, à la manière de Maupassant, un récit qui illustre le dicton : «Vérité en deçà des Pyrénées, erreur au-delà.»*

Mise en perspective / Mise en images

10. *Imaginez la réponse du médecin.*

11. *Quel tableau de Van Gogh pourrait illustrer ce conte ? En quoi permet-il de l'illustrer ?*

LE HORLA

[Première version.]

Le docteur Marrande, le plus illustre et le plus éminent des aliénistes[1], avait prié trois de ses confrères et quatre savants, s'occupant de sciences naturelles, de venir passer une heure chez lui, dans la maison de santé qu'il dirigeait, pour leur montrer un de ses malades.

Aussitôt que ses amis furent réunis, il leur dit : « Je vais vous soumettre le cas le plus bizarre et le plus inquiétant que j'aie jamais rencontré. D'ailleurs je n'ai rien à vous dire de mon client. Il parlera lui-même. » Le docteur alors sonna. Un domestique fit entrer un homme. Il était fort maigre, d'une maigreur de cadavre, comme sont maigres certains fous que ronge une pensée, car la pensée malade dévore la chair du corps plus que la fièvre ou la phtisie[2].

Ayant salué et s'étant assis, il dit :

*

Messieurs, je sais pourquoi on vous a réunis ici et je suis prêt à vous raconter mon histoire, comme m'en a prié mon ami le docteur Marrande. Pendant longtemps il m'a cru fou. Aujourd'hui il doute. Dans quelque temps, vous saurez tous que j'ai l'esprit aussi sain, aussi lucide, aussi clairvoyant que les vôtres, malheureusement pour moi, et pour vous, et pour l'humanité tout entière.

Mais je veux commencer par les faits eux-mêmes, par les faits tout simples. Les voici :

J'ai quarante-deux ans. Je ne suis pas marié, ma fortune est suffisante pour vivre avec un certain luxe. Donc j'habitais une propriété sur les bords de la Seine, à Biessard[3], auprès de Rouen. J'aime la chasse et la pêche. Or

---

1. *aliénistes* : désigne à cette époque les psychiatres.
2. *phtisie* : tuberculose pulmonaire.
3. *Biessard* : hameau situé près de Croisset, où habitait Flaubert.

30 j'avais derrière moi, au-dessus des grands rochers qui
    dominaient ma maison, une des plus belles forêts de
    France, celle de Roumare[1], et devant moi, un des plus
    beaux fleuves du monde.

    Ma demeure est vaste, peinte en blanc à l'extérieur,
35 jolie, ancienne, au milieu d'un grand jardin planté
    d'arbres magnifiques et qui monte jusqu'à la forêt, en
    escaladant les énormes rochers dont je vous parlais tout
    à l'heure.

    Mon personnel se compose, ou plutôt se composait
40 d'un cocher, un jardinier, un valet de chambre, une cui-
    sinière et une lingère qui était en même temps une
    espèce de femme de charge. Tout ce monde habitait
    chez moi depuis dix à seize ans, me connaissait,
    connaissait ma demeure, le pays, tout l'entourage de ma
45 vie. C'étaient de bons et tranquilles serviteurs. Cela
    importe pour ce que je vais dire.

    J'ajoute que la Seine, qui longe mon jardin, est navi-
    gable jusqu'à Rouen, comme vous le savez sans doute ;
    et que je voyais passer chaque jour de grands navires soit
50 à voile, soit à vapeur, venant de tous les coins du
    monde.

    Donc, il y a eu un an à l'automne dernier, je fus pris
    tout à coup de malaises bizarres et inexplicables. Ce fut
    d'abord une sorte d'inquiétude nerveuse qui me tenait
55 en éveil des nuits entières, une telle surexcitation que le
    moindre bruit me faisait tressaillir. Mon humeur s'aigrit.
    J'avais des colères subites inexplicables. J'appelai un
    médecin qui m'ordonna du bromure de potassium* et
    des douches.

60 Je me fis donc doucher matin et soir, et je me mis à
    boire du bromure. Bientôt, en effet, je recommençai à
    dormir, mais d'un sommeil plus affreux que l'insomnie.
    À peine couché, je fermais les yeux et je m'anéantissais.
    Oui, je tombais dans le néant, dans un néant absolu,
65 dans une mort de l'être entier dont j'étais tiré brusque-
    ment, horriblement par l'épouvantable sensation d'un

    ---

    1. *Roumare* : forêt située près de Croisset et de Biessard.

poids écrasant sur ma poitrine, et d'une bouche qui mangeait ma vie, sur ma bouche. Oh! ces secousses-là! je ne sais rien de plus épouvantable.

70   Figurez-vous un homme qui dort, qu'on assassine, et qui se réveille avec un couteau dans la gorge; et qui râle couvert de sang, et qui ne peut plus respirer, et qui va mourir, et qui ne comprend pas – voilà!

    Je maigrissais d'une façon inquiétante, continue; et je 75 m'aperçus soudain que mon cocher, qui était fort gros, commençait à maigrir comme moi.

    Je lui demandai enfin :

    « Qu'avez-vous donc, Jean? Vous êtes malade. »

    Il répondit :

80   « Je crois bien que j'ai gagné la même maladie que monsieur. C'est mes nuits qui perdent mes jours. »

    Je pensai donc qu'il y avait dans la maison une influence fiévreuse due au voisinage du fleuve et j'allais m'en aller pour deux ou trois mois, bien que nous fus- 85 sions en pleine saison de chasse, quand un petit fait très bizarre, observé par hasard, amena pour moi une telle suite de découvertes invraisemblables, fantastiques•, effrayantes, que je restai.

    Ayant soif un soir, je bus un demi-verre d'eau et je 90 remarquai que ma carafe, posée sur la commode en face de mon lit, était pleine jusqu'au bouchon de cristal.

    J'eus, pendant la nuit, un de ces réveils affreux dont je viens de vous parler. J'allumai ma bougie, en proie à 95 une épouvantable angoisse, et, comme je voulus boire de nouveau, je m'aperçus avec stupeur que ma carafe était vide. Je n'en pouvais croire mes yeux. Ou bien on était entré dans ma chambre, ou bien j'étais somnambule.

100   Le soir suivant, je voulus faire la même épreuve. Je fermai donc ma porte à clef pour être certain que personne ne pourrait pénétrer chez moi. Je m'endormis et je me réveillai comme chaque nuit. *On* avait bu toute l'eau que j'avais vue deux heures plus tôt.

105   *Qui* avait bu cette eau? Moi, sans doute, et pourtant je me croyais sûr, absolument sûr, de n'avoir pas fait un mouvement dans mon sommeil profond et douloureux.

Alors j'eus recours à des ruses pour me convaincre que je n'accomplissais point ces actes inconscients. Je
110 plaçai un soir, à côté de la carafe, une bouteille de vieux bordeaux, une tasse de lait dont j'ai horreur, et des gâteaux au chocolat que j'adore.

Le vin et les gâteaux demeurèrent intacts. Le lait et l'eau disparurent. Alors, chaque jour, je changeai les
115 boissons et les nourritures. Jamais *on* ne toucha aux choses solides, compactes, et *on* ne but, en fait de liquide, que du laitage frais et de l'eau surtout.

Mais ce doute poignant restait dans mon âme. N'était-ce pas moi qui me levais sans en avoir
120 conscience, et qui buvais même les choses détestées, car mes sens engourdis par le sommeil somnambulique pouvaient être modifiés, avoir perdu leurs répugnances ordinaires et acquis des goûts différents.

Je me servis alors d'une ruse nouvelle contre moi-
125 même. J'enveloppai tous les objets auxquels il fallait infailliblement toucher avec des bandelettes de mousseline blanche et je les recouvris encore avec une serviette de batiste[1].

Puis, au moment de me mettre au lit, je me barbouillai
130 les mains, les lèvres et les moustaches avec de la mine de plomb.

À mon réveil, tous les objets étaient demeurés immaculés bien qu'on y eût touché, car la serviette n'était point posée comme je l'avais mise ; et, de plus, on avait
135 bu de l'eau et du lait. Or ma porte fermée avec une clef de sûreté et mes volets cadenassés par prudence n'avaient pu laisser pénétrer personne.

Alors, je me posai cette redoutable question : Qui donc était là, toutes les nuits, près de moi ?
140 Je sens, messieurs, que je vous raconte cela trop vite. Vous souriez, votre opinion est déjà faite : « C'est un fou. » J'aurais dû vous décrire longuement cette émotion d'un homme qui, enfermé chez lui, l'esprit sain, regarde, à travers le verre d'une carafe, un peu d'eau disparue

---

1. *batiste* : toile de lin très fine.

145 pendant qu'il a dormi. J'aurais dû vous faire comprendre cette torture renouvelée chaque soir et chaque matin, et cet invincible sommeil, et ces réveils plus épouvantables encore.

Mais je continue.

150 Tout à coup, le miracle cessa. *On* ne touchait plus à rien dans ma chambre. C'était fini. J'allais mieux, d'ailleurs. La gaieté me revenait, quand j'appris qu'un de mes voisins, M. Legite, se trouvait exactement dans l'état où j'avais été moi-même. Je crus de nouveau à une

155 influence fiévreuse dans le pays. Mon cocher m'avait quitté depuis un mois, fort malade.

L'hiver était passé, le printemps commençait. Or, un matin, comme je me promenais près de mon parterre de rosiers, je vis, je vis distinctement, tout près de moi, la

160 tige d'une des plus belles roses se casser comme si une main invisible l'eût cueillie ; puis la fleur suivit la courbe qu'aurait décrite un bras en la portant vers une bouche, et resta suspendue dans l'air transparent, toute seule, immobile, effrayante, à trois pas de mes yeux.

165 Saisi d'une épouvante folle, je me jetai sur elle pour la saisir. Je ne trouvai rien. Elle avait disparu. Alors, je fus pris d'une colère furieuse contre moi-même. Il n'est pas permis à un homme raisonnable et sérieux d'avoir de pareilles hallucinations !

170 Mais était-ce bien une hallucination ? Je cherchai la tige. Je la retrouvai immédiatement sur l'arbuste, fraîchement cassée, entre deux autres roses demeurées sur la branche ; car elles étaient trois que j'avais vues parfaitement.

175 Alors je rentrai chez moi, l'âme bouleversée. Messieurs, écoutez-moi, je suis calme ; je ne croyais pas au surnaturel, je n'y crois pas même aujourd'hui ; mais, à partir de ce moment-là, je fus certain, certain comme du jour et de la nuit, qu'il existait près de moi un être invi-

180 sible qui m'avait hanté, puis m'avait quitté, et qui revenait.

Un peu plus tard j'en eus la preuve.

Entre mes domestiques d'abord éclataient tous les jours des querelles furieuses pour mille causes futiles en

185 apparence, mais pleines de sens pour moi désormais.

87

Un verre, un beau verre de Venise se brisa tout seul, sur le dressoir[1] de ma salle à manger, en plein jour.

Le valet de chambre accusa la cuisinière, qui accusa la lingère, qui accusa je ne sais qui.

190 Des portes fermées le soir étaient ouvertes le matin. On volait du lait, chaque nuit, dans l'office[2]. – Ah!

Quel était-il? De quelle nature? Une curiosité énervée, mêlée de colère et d'épouvante, me tenait jour et nuit dans un état d'extrême agitation.

195 Mais la maison redevint calme encore une fois; et je croyais de nouveau à des rêves quand se passa la chose suivante :

C'était le 20 juillet, à neuf heures du soir. Il faisait fort chaud; j'avais laissé ma fenêtre toute grande, ma lampe
200 allumée sur ma table, éclairant un volume de Musset ouvert à la *Nuit de Mai*[3]; et je m'étais étendu dans un grand fauteuil où je m'endormis.

Or, ayant dormi environ quarante minutes, je rouvris les yeux, sans faire un mouvement, réveillé par je ne sais
205 quelle émotion confuse et bizarre. Je ne vis rien d'abord, puis tout à coup il me sembla qu'une page du livre venait de tourner toute seule. Aucun souffle d'air n'était entré par la fenêtre. Je fus surpris; et j'attendis. Au bout de quatre minutes environ, je vis, je vis, oui, je vis, mes-
210 sieurs, de mes yeux, une autre page se soulever et se rabattre sur la précédente comme si un doigt l'eût feuilletée. Mon fauteuil semblait vide, mais je compris qui était là, *lui*! Je traversai ma chambre d'un bond pour le prendre, pour le toucher, pour le saisir, si cela se pou-
215 vait... Mais mon siège, avant que je l'eusse atteint, se renversa comme si on eût fui devant moi; ma lampe aussi tomba et s'éteignit, le verre brisé; et ma fenêtre brusquement poussée comme si un malfaiteur l'eût saisie en se sauvant alla frapper sur son arrêt... Ah!

---

1. *dressoir* : buffet à étagères où l'on expose de la vaisselle et des verres.
2. *office* : pièce attenante à la cuisine.
3. *Nuit de Mai* est l'un des quatre poèmes que Musset (1810-1857) composa à la suite de son voyage à Venise avec George Sand, et qui s'ouvre sur une apparition fantastique, celle de la Muse inspiratrice.

220 Je me jetai sur la sonnette et j'appelai. Quand mon valet de chambre parut, je lui dis :

«J'ai tout renversé et tout brisé. Donnez-moi de la lumière. »

Je ne dormis plus cette nuit-là. Et cependant j'avais 225 pu encore être le jouet d'une illusion. Au réveil les sens demeurent troubles. N'était-ce pas moi qui avais jeté bas[1] mon fauteuil et ma lumière en me précipitant comme un fou ?

Non, ce n'était pas moi ! je le savais à n'en point dou-230 ter une seconde. Et cependant je le voulais croire.

Attendez. L'Être ! Comment le nommerai-je ? L'Invisible. Non, cela ne suffit pas. Je l'ai baptisé le Horla. Pourquoi ? Je ne sais point. Donc le Horla ne me quittait plus guère. J'avais jour et nuit la sensation, la certitude 235 de la présence de cet insaisissable voisin, et la certitude aussi qu'il prenait ma vie, heure par heure, minute par minute.

L'impossibilité de le voir m'exaspérait et j'allumais toutes les lumières de mon appartement, comme si 240 j'eusse pu, dans cette clarté, le découvrir.

Je le vis, enfin.

Vous ne me croyez pas. Je l'ai vu cependant.

J'étais assis devant un livre quelconque, ne lisant pas, mais guettant, avec tous mes organes surexcités, guet-245 tant celui que je sentais près de moi. Certes, il était là. Mais où ? Que faisait-il ? Comment l'atteindre ?

En face de moi mon lit, un vieux lit de chêne à colonnes. À droite ma cheminée. À gauche ma porte que j'avais fermée avec soin. Derrière moi une très grande 250 armoire à glace qui me servait chaque jour pour me raser, pour m'habiller, où j'avais coutume de me regarder de la tête aux pieds chaque fois que je passais devant.

Donc je faisais semblant de lire, pour le tromper, car 255 il m'épiait lui aussi ; et soudain je sentis, je fus certain

---

1. *jeté bas* : jeté à terre.

qu'il lisait par-dessus mon épaule, qu'il était là, frôlant mon oreille.

Je me dressai, en me tournant si vite que je faillis tomber. Eh bien!... On y voyait comme en plein jour...
260 et je ne me vis pas dans ma glace! Elle était vide, claire, pleine de lumière. Mon image n'était pas dedans... Et j'étais en face... Je voyais le grand verre, limpide du haut en bas! Et je regardais cela avec des yeux affolés, et je n'osais plus avancer, sentant bien qu'il se trouvait entre
265 nous, lui, et qu'il m'échapperait encore, mais que son corps imperceptible avait absorbé mon reflet.

Comme j'eus peur! Puis voilà que tout à coup je commençai à m'apercevoir dans une brume au fond du miroir, dans une brume comme à travers une nappe
270 d'eau; et il me semblait que cette eau glissait de gauche à droite, lentement, rendant plus précise mon image de seconde en seconde. C'était comme la fin d'une éclipse. Ce qui me cachait ne paraissait point posséder de contours nettement arrêtés, mais une sorte de transpa-
275 rence opaque s'éclaircissant peu à peu.

Je pus enfin me distinguer complètement ainsi que je fais chaque jour en me regardant.

Je l'avais vu. L'épouvante m'en est restée qui me fait encore frissonner.
280 Le lendemain j'étais ici, où je priai qu'on me gardât[1].

Maintenant, messieurs, je conclus.

Le docteur Marrande, après avoir longtemps douté, se décida à faire, seul, un voyage dans mon pays.

Trois de mes voisins, à présent, sont atteints comme
285 je l'étais. Est-ce vrai?

Le médecin répondit: «C'est vrai!»

Vous leur avez conseillé de laisser de l'eau et du lait chaque nuit dans leur chambre pour voir si ces liquides disparaîtraient. Ils l'ont fait. Ces liquides ont-ils disparu
290 comme chez moi?

Le médecin répondit avec une gravité solennelle: «Ils ont disparu.»

---

1. *qu'on me gardât*: qu'on ne me laissât pas repartir.

Donc, messieurs, un Être, un Être nouveau, qui sans doute se multipliera bientôt comme nous nous sommes
295 multipliés, vient d'apparaître sur la terre.

Ah! vous souriez! Pourquoi? parce que cet Être demeure invisible. Mais notre œil, messieurs, est un organe tellement élémentaire qu'il peut distinguer à peine ce qui est indispensable à notre existence. Ce qui
300 est trop petit lui échappe, ce qui est trop grand lui échappe, ce qui est trop loin lui échappe. Il ignore les milliards de petites bêtes qui vivent dans une goutte d'eau. Il ignore les habitants, les plantes et le sol des étoiles voisines; il ne voit pas même le transparent.
305 Placez devant lui une glace sans tain[1] parfaite, il ne la distinguera pas et nous jettera dessus, comme l'oiseau pris dans une maison qui se casse la tête aux vitres. Donc, il ne voit pas les corps solides et transparents qui existent pourtant; il ne voit pas l'air dont nous nous
310 nourrissons, ne voit pas le vent qui est la plus grande force de la nature, qui renverse les hommes, abat les édifices, déracine les arbres, soulève la mer en montagnes d'eau qui font crouler les falaises de granit.

Quoi d'étonnant à ce qu'il ne voie pas un corps nou-
315 veau, à qui manque sans doute la seule propriété d'arrê-ter les rayons lumineux.

Apercevez-vous l'électricité? Et cependant elle existe!

Cet être, que j'ai nommé le Horla, existe aussi.

Qui est-ce? Messieurs, c'est celui que la terre attend,
320 après l'homme! Celui qui vient nous détrôner, nous asservir, nous dompter, et se nourrir de nous peut-être, comme nous nous nourrissons des bœufs et des san-gliers.

Depuis des siècles, on le pressent, on le redoute et on
325 l'annonce! La peur de l'Invisible a toujours hanté nos pères.

Il est venu.

Toutes les légendes des fées, des gnomes•, des

---

1. *tain* : amalgame d'étain que l'on applique sur une glace pour en faire une surface réfléchissante, un miroir.

rôdeurs de l'air insaisissables et malfaisants, c'était de lui
330 qu'elles parlaient, de lui pressenti par l'homme inquiet
et tremblant déjà.

Et tout ce que vous faites vous-mêmes, messieurs,
depuis quelques ans, ce que vous appelez l'hypnotisme,
la suggestion, le magnétisme• – c'est lui que vous
335 annoncez, que vous prophétisez!

Je vous dis qu'il est venu. Il rôde inquiet lui-même
comme les premiers hommes, ignorant encore sa force
et sa puissance qu'il connaîtra bientôt, trop tôt.

Et voici, messieurs, pour finir, un fragment de journal
340 qui m'est tombé sous la main et qui vient de Rio de
Janeiro. Je lis : «Une sorte d'épidémie de folie semble
sévir depuis quelque temps dans la province de San-
Paulo. Les habitants de plusieurs villages se sont sauvés
abandonnant leurs terres et leurs maisons et se préten-
345 dant poursuivis et mangés par des vampires invisibles
qui se nourrissent de leur souffle pendant leur sommeil
et qui ne boiraient, en outre, que de l'eau, et quelquefois
du lait!»

J'ajoute : «Quelques jours avant la première atteinte
350 du mal dont j'ai failli mourir, je me rappelle parfaitement avoir vu passer un grand trois-mâts brésilien avec
son pavillon[1] déployé... Je vous ai dit que ma maison est
au bord de l'eau... toute blanche... Il était caché sur ce
bateau sans doute...»
355 Je n'ai plus rien à ajouter, messieurs.

*

Le docteur Marrande se leva et murmura :
«Moi non plus. Je ne sais si cet homme est fou ou si
nous le sommes tous les deux..., ou si... si notre successeur est réellement arrivé.»

---

1. *pavillon* : petit drapeau indiquant la nationalité d'origine d'un bateau.

Le Horla

[Version de 1887.]

. . . .

8 mai. – Quelle journée admirable ! J'ai passé toute la matinée étendu sur l'herbe, devant ma maison, sous l'énorme platane qui la couvre, l'abrite et l'ombrage tout entière. J'aime ce pays, et j'aime y vivre parce que j'y ai mes racines, ces profondes et délicates racines, qui attachent un homme à la terre où sont nés et morts ses aïeux, qui l'attachent à ce qu'on pense et à ce qu'on mange, aux usages comme aux nourritures, aux locutions locales, aux intonations des paysans, aux odeurs du sol, des villages et de l'air lui-même.

J'aime ma maison où j'ai grandi. De mes fenêtres, je vois la Seine qui coule, le long de mon jardin, derrière la route, presque chez moi, la grande et large Seine, qui va de Rouen au Havre, couverte de bateaux qui passent.

À gauche, là-bas, Rouen, la vaste ville aux toits bleus, sous le peuple pointu des clochers gothiques. Ils sont innombrables, frêles ou larges, dominés par la flèche de fonte de la cathédrale, et pleins de cloches qui sonnent dans l'air bleu des belles matinées, jetant jusqu'à moi leur doux et lointain bourdonnement de fer, leur chant d'airain[1] que la brise m'apporte, tantôt plus fort et tantôt plus affaibli suivant qu'elle s'éveille ou s'assoupit.

Comme il faisait bon ce matin !

Vers onze heures, un long convoi de navires, traînés par un remorqueur, gros comme une mouche, et qui râlait de peine en vomissant une fumée épaisse, défila devant ma grille.

Après deux goélettes[2] anglaises, dont le pavillon rouge ondoyait[3] sur le ciel, venait un superbe trois-mâts brésilien, tout blanc, admirablement propre et luisant. Je le

---

1. *chant d'airain* : son des cloches (poétique).
2. *goélettes* : voiliers à deux mâts.
3. *ondoyait* : frémissait, avait un mouvement semblable à celui de l'eau parcourue par des ondes.

saluai, je ne sais pourquoi, tant ce navire me fit plaisir à voir.

12 mai. – J'ai un peu de fièvre depuis quelques jours ; je me sens souffrant, ou plutôt je me sens triste.

35 D'où viennent ces influences mystérieuses qui changent en découragement notre bonheur et notre confiance en détresse ? On dirait que l'air, l'air invisible est plein d'inconnaissables Puissances, dont nous subissons les voisinages mystérieux. Je m'éveille plein de
40 gaieté, avec des envies de chanter dans la gorge. – Pourquoi ? – Je descends le long de l'eau ; et soudain, après une courte promenade, je rentre désolé, comme si quelque malheur m'attendait chez moi. – Pourquoi ? – Est-ce un frisson de froid qui, frôlant ma peau, a ébranlé mes
45 nerfs et assombri mon âme ? Est-ce la forme des nuages, ou la couleur du jour, la couleur des choses, si variable, qui, passant par mes yeux, a troublé ma pensée ? Sait-on ? Tout ce qui nous entoure, tout ce que nous voyons sans le regarder, tout ce que nous frôlons sans le
50 connaître, tout ce que nous touchons sans le palper, tout ce que nous rencontrons sans le distinguer, a sur nous, sur nos organes et, par eux, sur nos idées, sur notre cœur lui-même, des effets rapides, surprenants et inexplicables ?
55 Comme il est profond, ce mystère de l'Invisible ! Nous ne le pouvons sonder avec nos sens misérables, avec nos yeux qui ne savent apercevoir ni le trop petit, ni le trop grand, ni le trop près, ni le trop loin, ni les habitants d'une étoile, ni les habitants d'une goutte d'eau... avec
60 nos oreilles qui nous trompent, car elles nous transmettent les vibrations de l'air en notes sonores. Elle sont des fées qui font ce miracle de changer en bruit ce mouvement et par cette métamorphose donnent naissance à la musique, qui rend chantante l'agitation muette de la
65 nature... avec notre odorat, plus faible que celui du chien... avec notre goût, qui peut à peine discerner l'âge d'un vin !
Ah ! si nous avions d'autres organes qui accompliraient en notre faveur d'autres miracles, que de choses
70 nous pourrions découvrir encore autour de nous !

16 mai. – Je suis malade, décidément! Je me portais si bien le mois dernier! J'ai la fièvre, une fièvre atroce, ou plutôt un énervement fiévreux, qui rend mon âme aussi souffrante que mon corps! J'ai sans cesse cette sensation
75 affreuse d'un danger menaçant, cette appréhension d'un malheur qui vient ou de la mort qui approche, ce pressentiment qui est sans doute l'atteinte d'un mal encore inconnu, germant dans le sang et dans la chair.

18 mai. – Je viens d'aller consulter mon médecin, car
80 je ne pouvais plus dormir. Il m'a trouvé le pouls rapide, l'œil dilaté, les nerfs vibrants, mais sans aucun symptôme alarmant. Je dois me soumettre aux douches et boire du bromure de potassium•.

25 mai. – Aucun changement! Mon état, vraiment, est
85 bizarre. À mesure qu'approche le soir, une inquiétude incompréhensible m'envahit, comme si la nuit cachait pour moi une menace terrible. Je dîne vite, puis j'essaie de lire; mais je ne comprends pas les mots; je distingue à peine les lettres. Je marche alors dans mon salon de
90 long en large, sous l'oppression d'une crainte confuse et irrésistible, la crainte du sommeil et la crainte du lit.
Vers dix heures je monte dans ma chambre. À peine entré, je donne deux tours de clef, et je pousse les verrous; j'ai peur... de quoi?... Je ne redoutais rien jus-
95 qu'ici... j'ouvre mes armoires, je regarde sous mon lit; j'écoute... j'écoute... quoi? Est-ce étrange qu'un simple malaise, un trouble de la circulation peut-être, l'irritation d'un filet nerveux, un peu de congestion[1], une toute petite perturbation dans le fonctionnement si imparfait
100 et si délicat de notre machine vivante, puisse faire un mélancolique du plus joyeux des hommes, et un poltron• du plus brave? Puis, je me couche, et j'attends le sommeil comme on attendrait le bourreau. Je l'attends avec l'épouvante de sa venue, et mon cœur bat, et mes

---

1. *congestion* : afflux de sang au cerveau.

105 jambes frémissent; et tout mon corps tressaille[1] dans la
chaleur des draps, jusqu'au moment où je tombe tout à
coup dans le repos, comme on tomberait pour s'y noyer,
dans un gouffre d'eau stagnante. Je ne le sens pas venir,
comme autrefois, ce sommeil perfide[2], caché près de
110 moi, qui me guette, qui va me saisir par la tête, me
fermer les yeux, m'anéantir.

Je dors – longtemps – deux ou trois heures – puis un
rêve – non – un cauchemar m'étreint. Je sens bien que
je suis couché et que je dors... je le sens et je le sais... et
115 je sens aussi que quelqu'un s'approche de moi, me
regarde, me palpe, monte sur mon lit, s'agenouille sur
ma poitrine, me prend le cou entre ses mains et serre...
serre... de toute sa force pour m'étrangler.

Moi, je me débats, lié par cette impuissance atroce,
120 qui nous paralyse dans les songes; je veux crier, – je ne
peux pas; – je veux remuer, – je ne peux pas; – j'essaie,
avec des efforts affreux, en haletant, de me tourner, de
rejeter cet être qui m'écrase et qui m'étouffe, – je ne
peux pas!

125 Et soudain, je m'éveille, affolé, couvert de sueur. J'allume une bougie. Je suis seul.

Après cette crise, qui se renouvelle toutes les nuits, je
dors enfin, avec calme, jusqu'à l'aurore.

2 juin. – Mon état s'est encore aggravé. Qu'ai-je
130 donc? Le bromure* n'y fait rien; les douches n'y font
rien. Tantôt, pour fatiguer mon corps, si las pourtant,
j'allai faire un tour dans la forêt de Roumare[3]. Je crus
d'abord que l'air frais, léger et doux, plein d'odeur
d'herbes et de feuilles, me versait aux veines un sang
135 nouveau, au cœur une énergie nouvelle. Je pris une
grande avenue de chasse, puis je tournai vers La
Bouille[4], par une allée étroite, entre deux armées

1. *tressaille* : sursaute sous l'effet d'une émotion vive.
2. *perfide* : trompeur, voire dangereux.
3. *forêt de Roumare* : située près de Croisset et de Biessard.
4. *La Bouille* : village de la rive gauche de la Seine, à dix-huit kilomètres en aval de
Rouen.

```
            REED COLLEGE BOOKSTORE
            3203 S.E. WOODSTOCK BLVD
               PORTLAND, OR 97202
     PH: 503-777-7287 FAX: 503-777-7768
       URL: HTTP://BOOKSTORE.REED.EDU

SALES                001 001   1864951
CASHIER: HOMER            09/08/14 10:51

01 MAUPASSANT/LE HORLA ET AU
     101010  11131502     1 N     1.00
02 CONDE/TRAVERSEE DE LA MAN
     101010  10426746     1 N    20.95
03 T COMMIE RED LG
     602000  10018224     1 N    13.95

                    Subtotal     35.90
                               ---------
     Items    3       Total     35.90
                               ---------
CREDIT CARDS                     35.90
Acct: ************9593
  Auth Cd: 055290
  Term ID: 0005

                 Change Due      0.00


       !!!!!! PLEASE NOTE !!!!!!
        FOR TEXTBOOK PURCHASES
    CODE "121" MEANS "USED BOOK"
    CODE "111" MEANS "NEW BOOK"
   THE "N" STANDS FOR "NOT TAXABLE"
```

d'arbres démesurément hauts qui mettaient un toit vert,
épais, presque noir, entre le ciel et moi.

140 Un frisson me saisit soudain, non pas un frisson de
froid, mais un étrange frisson d'angoisse.

Je hâtai le pas, inquiet d'être seul dans ce bois, apeuré
sans raison, stupidement, par la profonde solitude. Tout
à coup, il me sembla que j'étais suivi, qu'on marchait sur

145 mes talons, tout près, à me toucher.

Je me retournai brusquement. J'étais seul. Je ne vis
derrière moi que la droite et large allée, vide, haute,
redoutablement vide ; et de l'autre côté elle s'étendait
aussi à perte de vue, toute pareille, effrayante.

150 Je fermai les yeux. Pourquoi ? Et je me mis à tourner
sur un talon, très vite, comme une toupie. Je faillis tomber ; je rouvris les yeux ; les arbres dansaient, la terre
flottait ; je dus m'asseoir. Puis, ah ! je ne savais plus par
où j'étais venu ! Bizarre idée ! Bizarre ! Bizarre idée ! Je ne

155 savais plus du tout. Je partis par le côté qui se trouvait à
ma droite, et je revins dans l'avenue qui m'avait amené
au milieu de la forêt.

3 juin. – La nuit a été horrible. Je vais m'absenter
pendant quelques semaines. Un petit voyage, sans

160 doute, me remettra.

2 juillet. – Je rentre. Je suis guéri. J'ai fait d'ailleurs
une excursion charmante. J'ai visité le mont Saint-
Michel que je ne connaissais pas.

Quelle vision, quand on arrive, comme moi, à

165 Avranches[1], vers la fin du jour ! La ville est sur une colline ; et on me conduisit dans le jardin public, au bout de
la cité. Je poussai un cri d'étonnement. Une baie démesurée s'étendait devant moi, à perte de vue, entre deux
côtes écartées se perdant au loin dans les brumes ; et au

170 milieu de cette immense baie jaune, sous un ciel d'or et
de clarté, s'élevait sombre et pointu un mont étrange, au

---

1. *Avranches* : ville de Normandie d'où l'on a une vue panoramique sur la baie du
mont Saint-Michel.

milieu des sables. Le soleil venait de disparaître, et sur
l'horizon encore flamboyant se dessinait le profil de ce
fantastique* rocher qui porte sur son sommet un fantas-
175 tique monument.

Dès l'aurore, j'allai vers lui. La mer était basse,
comme la veille au soir, et je regardais se dresser devant
moi, à mesure que j'approchais d'elle, la surprenante
abbaye. Après plusieurs heures de marche, j'atteignis
180 l'énorme bloc de pierres qui porte la petite cité dominée
par la grande église. Ayant gravi la rue étroite et rapide,
j'entrai dans la plus admirable demeure gothique
construite pour Dieu sur la terre, vaste comme une ville,
pleine de salles basses écrasées sous des voûtes et de
185 hautes galeries que soutiennent de frêles colonnes. J'entrai dans ce gigantesque bijou de granit, aussi léger
qu'une dentelle, couvert de tours, de sveltes clochetons,
où montent des escaliers tordus, et qui lancent dans le
ciel bleu des jours, dans le ciel noir des nuits, leurs têtes
190 bizarres hérissées de chimères[1], de diables, de bêtes fantastiques, de fleurs monstrueuses, et reliés l'un à l'autre
par de fines arches ouvragées.

Quand je fus sur le sommet, je dis au moine qui
m'accompagnait : «Mon Père, comme vous devez être
195 bien ici!»

Il répondit : «Il y a beaucoup de vent, monsieur»; et
nous nous mîmes à causer en regardant monter la mer,
qui courait sur le sable et le couvrait d'une cuirasse
d'acier.

200 Et le moine me conta des histoires, toutes les vieilles
histoires de ce lieu, des légendes, toujours des légendes.

Une d'elle me frappa beaucoup. Les gens du pays,
ceux du mont, prétendent qu'on entend parler la nuit
dans les sables, puis qu'on entend bêler deux chèvres,
205 l'une avec une voix forte, l'autre avec une voix faible.
Les incrédules affirment que ce sont les cris des oiseaux
de mer, qui ressemblent tantôt à des bêlements, et tan-

---

1. *chimères* : monstres de la mythologie qui ont la tête et le poitrail d'un lion, le
ventre d'une chèvre et la queue d'un dragon.

tôt à des plaintes humaines; mais les pêcheurs attardés
jurent avoir rencontré, rôdant sur les dunes, entre deux
210 marées, autour de la petite ville jetée ainsi loin du
monde, un vieux berger, dont on ne voit jamais la tête
couverte de son manteau, et qui conduit, en marchant
devant eux, un bouc à figure d'homme et une chèvre à
figure de femme, tous deux avec de longs cheveux
215 blancs et parlant sans cesse, se querellant dans une
langue inconnue, puis cessant soudain de crier pour
bêler de toute leur force.

Je dis au moine : «Y croyez-vous?»

Il murmura : «Je ne sais pas.»

220 Je repris : «S'il existait sur la terre d'autres êtres que
nous, comment ne les connaîtrions-nous point depuis
longtemps; comment ne les auriez-vous pas vus, vous?
comment ne les aurais-je pas vus, moi?»

Il répondit : «Est-ce que nous voyons la cent millième
225 partie de ce qui existe? Tenez, voici le vent, qui est la
plus grande force de la nature, qui renverse les hommes,
abat les édifices, déracine les arbres, soulève la mer en
montagnes d'eau, détruit les falaises, et jette aux brisants[1] les grands navires, le vent qui tue, qui siffle, qui
230 gémit, qui mugit, – l'avez-vous vu, et pouvez-vous le
voir? Il existe, pourtant.»

Je me tus devant ce simple raisonnement. Cet homme
était un sage ou peut-être un sot. Je ne l'aurais pu affir-
mer au juste; mais je me tus. Ce qu'il disait là, je l'avais
235 pensé souvent.

3 juillet. – J'ai mal dormi; certes, il y a ici une
influence fiévreuse, car mon cocher souffre du même
mal que moi. En rentrant hier, j'avais remarqué sa
pâleur singulière•. Je lui demandai :

240 «Qu'est-ce que vous avez, Jean?

– J'ai que je ne peux plus me reposer, monsieur, ce
sont mes nuits qui mangent mes jours. Depuis le départ
de monsieur, cela me tient comme un sort.»

---

1. *brisants* : écueils.

Les autres domestiques vont bien cependant, mais j'ai
245 grand-peur d'être repris, moi.

4 juillet. – Décidément, je suis repris. Mes cauchemars anciens reviennent. Cette nuit, j'ai senti quelqu'un
accroupi sur moi, et qui, sa bouche sur la mienne, buvait
ma vie entre mes lèvres. Oui, il la puisait dans ma gorge,
250 comme aurait fait une sangsue. Puis il s'est levé, repu, et
moi je me suis réveillé, tellement meurtri, brisé, anéanti,
que je ne pouvais plus remuer. Si cela continue encore
quelques jours, je repartirai certainement.

5 juillet. – Ai-je perdu la raison ? Ce qui s'est passé, ce
255 que j'ai vu la nuit dernière est tellement étrange, que ma
tête s'égare quand j'y songe !
Comme je le fais maintenant chaque soir, j'avais
fermé ma porte à clef ; puis, ayant soif, je bus un demi-
verre d'eau, et je remarquai par hasard que ma carafe
260 était pleine jusqu'au bouchon de cristal.
Je me couchai ensuite et je tombai dans un de mes
sommeils épouvantables, dont je fus tiré au bout de deux
heures environ par une secousse plus affreuse encore.
Figurez-vous un homme qui dort, qu'on assassine, et
265 qui se réveille, avec un couteau dans le poumon, et qui
râle[1] couvert de sang, et qui ne peut plus respirer, et qui
va mourir, et qui ne comprend pas – voilà.
Ayant enfin reconquis ma raison, j'eus soif de nouveau ; j'allumai une bougie et j'allais vers la table où était
270 posée ma carafe. Je la soulevai en la penchant sur mon
verre ; rien ne coula. – Elle était vide ! Elle était vide
complètement ! D'abord, je n'y compris rien ; puis, tout
à coup, je ressentis une émotion si terrible, que je dus
m'asseoir, ou plutôt, que je tombai sur une chaise ! puis,
275 je me redressai d'un saut pour regarder autour de moi !
puis je me rassis, éperdu d'étonnement et de peur,
devant le cristal transparent ! Je le contemplais avec des
yeux fixes, cherchant à deviner. Mes mains tremblaient !

---

1. *râle* : a la respiration bruyante et précipitée d'un agonisant.

On avait donc bu cette eau ? Qui ? moi, sans doute ? Ce
280 ne pouvait être que moi ? Alors, j'étais somnambule, je
vivais, sans le savoir, de cette double vie mystérieuse qui
fait douter s'il y a deux êtres en nous, ou si un être
étranger, inconnaissable et invisible, anime, par
moments, quand notre âme est engourdie, notre corps
285 captif qui obéit à cet autre, comme à nous-mêmes, plus
qu'à nous-mêmes.

Ah ! qui comprendra mon angoisse abominable ? Qui
comprendra l'émotion d'un homme, sain d'esprit, bien
éveillé, plein de raison et qui regarde épouvanté, à tra-
290 vers le verre d'une carafe, un peu d'eau disparue pendant qu'il a dormi ! Et je restai là jusqu'au jour, sans oser
regagner mon lit.

6 juillet. – Je deviens fou. On a encore bu toute ma
carafe cette nuit ; – ou plutôt, je l'ai bue !
295 Mais, est-ce moi ? Est-ce moi ? Qui serait-ce ? Qui ?
Oh ! mon Dieu ! Je deviens fou ? Qui me sauvera ?

10 juillet. – Je viens de faire des épreuves surprenantes.

Décidément, je suis fou ! Et pourtant !
300 Le 6 juillet, avant de me coucher, j'ai placé sur ma
table du vin, du lait, de l'eau, du pain et des fraises.

On a bu – j'ai bu – toute l'eau, et un peu de lait. On
n'a touché ni au vin, ni au pain, ni aux fraises.

Le 7 juillet, j'ai renouvelé la même épreuve, qui a
305 donné le même résultat.

Le 8 juillet, j'ai supprimé l'eau et le lait. On n'a touché à rien.

Le 9 juillet enfin, j'ai remis sur ma table l'eau et le
lait seulement, en ayant soin d'envelopper les carafes
310 en des linges de mousseline blanche et de ficeler les
bouchons. Puis, j'ai frotté mes lèvres, ma barbe, mes
mains avec de la mine de plomb, et je me suis couché.

L'invincible sommeil m'a saisi, suivi bientôt de
315 l'atroce réveil. Je n'avais point remué ; mes draps eux-
mêmes ne portaient pas de taches. Je m'élançai vers ma
table. Les linges enfermant les bouteilles étaient demeu-

rés immaculés. Je déliai les cordons, en palpitant de
crainte. On avait bu toute l'eau! on avait bu tout le lait!
320 Ah! mon Dieu!...
Je vais partir tout à l'heure pour Paris.

12 juillet. – Paris. J'avais donc perdu la tête les jours
derniers! J'ai dû être le jouet de mon imagination énervée, à moins que je ne sois vraiment somnambule, ou
325 que j'aie subi une de ces influences constatées, mais
inexplicables jusqu'ici, qu'on appelle suggestions. En
tout cas, mon affolement touchait à la démence, et
vingt-quatre heures de Paris ont suffi pour me remettre
d'aplomb.
330 Hier, après des courses et des visites, qui m'ont fait
passer dans l'âme de l'air nouveau et vivifiant, j'ai fini
ma soirée au Théâtre-Français[1]. On y jouait une pièce
d'Alexandre Dumas fils[2]; et cet esprit alerte et puissant a
achevé de me guérir. Certes, la solitude est dangereuse
335 pour les intelligences qui travaillent. Il nous faut autour
de nous des hommes qui pensent et qui parlent. Quand
nous sommes seuls longtemps, nous peuplons le vide de
fantômes.
Je suis rentré à l'hôtel très gai, par les boulevards. Au
340 coudoiement de la foule, je songeais, non sans ironie, à
mes terreurs, à mes suppositions de l'autre semaine, car
j'ai cru, oui, j'ai cru qu'un être invisible habitait sous
mon toit. Comme notre tête est faible et s'effare, et
s'égare vite, dès qu'un petit fait incompréhensible nous
345 frappe!
Au lieu de conclure par ces simples mots : « Je ne
comprends pas parce que la cause m'échappe », nous
imaginons aussitôt des mystères effrayants et des puissances surnaturelles.

350 *14 juillet.* – Fête de la République. Je me suis pro-
mené par les rues. Les pétards et les drapeaux m'amu-

---

1. *Théâtre-Français* : Théâtre de la Comédie-Française.
2. *Alexandre Dumas fils* (1824-1895) : auteur de *La Dame aux camélias*.

saient comme un enfant. C'est pourtant fort bête d'être joyeux, à date fixe, par décret du gouvernement. Le peuple est un troupeau imbécile, tantôt stupidement
355 patient et tantôt férocement révolté. On lui dit : «Amuse-toi.» Il s'amuse. On lui dit : «Va te battre avec le voisin.» Il va se battre. On lui dit : «Vote pour l'Empereur.» Il vote pour l'Empereur. Puis, on lui dit : «Vote pour la République.» Et il vote pour la Ré-
360 publique.

Ceux qui le dirigent sont aussi sots; mais au lieu d'obéir à des hommes, ils obéissent à des principes, lesquels ne peuvent être que niais, stériles et faux, par cela même qu'ils sont des principes, c'est-à-dire des idées
365 réputées certaines et immuables, en ce monde où l'on n'est sûr de rien, puisque la lumière est une illusion, puisque le bruit est une illusion.

16 juillet. – J'ai vu hier des choses qui m'ont beaucoup troublé.
370 Je dînais chez ma cousine, Mme Sablé, dont le mari commande le 76ᵉ chasseurs[1] à Limoges. Je me trouvai chez elle avec deux jeunes femmes, dont l'une a épousé un médecin, le docteur Parent, qui s'occupe beaucoup des maladies nerveuses et des manifestations extraordi-
375 naires auxquelles donnent lieu en ce moment les expériences sur l'hypnotisme et la suggestion.

Il nous raconta longtemps les résultats prodigieux obtenus par des savants anglais et par les médecins de l'école de Nancy[2].
380 Les faits qu'il avança me parurent tellement bizarres, que je me déclarai tout à fait incrédule.

«Nous sommes, affirmait-il, sur le point de découvrir un des plus importants secrets de la nature, je veux dire, un de ses plus importants secrets sur cette terre; car elle
385 en a certes d'autrement importants là-bas, dans les étoiles. Depuis que l'homme pense, depuis qu'il sait dire

1. *76ᵉ chasseurs* : régiment de chasseurs à pied.
2. *l'école de Nancy* : sous la direction du professeur Bernheim, elle se consacra à l'étude de l'hypnotisme et de la suggestion.

et écrire sa pensée, il se sent frôlé par un mystère impénétrable pour ses sens grossiers et imparfaits, et il tâche de suppléer, par l'effort de son intelligence, à l'im-
390 puissance de ses organes. Quand cette intelligence demeurait encore à l'état rudimentaire, cette hantise des phénomènes invisibles a pris des formes banalement effrayantes. De là sont nées les croyances populaires au surnaturel, les légendes des esprits rôdeurs, des fées, des
395 gnomes•, des revenants, je dirai même la légende de Dieu, car nos conceptions de l'ouvrier-créateur, de quelque religion qu'elles nous viennent, sont bien les inventions les plus médiocres, les plus stupides, les plus inacceptables sorties du cerveau apeuré des créatures. Rien
400 de plus vrai que cette parole de Voltaire : "Dieu a fait l'homme à son image, mais l'homme le lui a bien rendu."

« Mais, depuis un peu plus d'un siècle, on semble pressentir quelque chose de nouveau. Mesmer[1] et quel-
405 ques autres nous ont mis sur une voie inattendue, et nous sommes arrivés vraiment, depuis quatre ou cinq ans surtout, à des résultats surprenants.

Ma cousine, très incrédule aussi, souriait. Le docteur Parent lui dit : « Voulez-vous que j'essaie de vous endor-
410 mir, madame ?

– Oui, je veux bien. »

Elle s'assit dans un fauteuil et il commença à la regarder fixement en la fascinant. Moi, je me sentis soudain un peu troublé, le cœur battant, la gorge serrée. Je
415 voyais les yeux de Mme Sablé s'alourdir, sa bouche se crisper, sa poitrine haleter.

Au bout de dix minutes, elle dormait.

« Mettez-vous derrière elle », dit le médecin.

Et je m'assis derrière elle. Il lui plaça entre les mains
420 une carte de visite en lui disant : « Ceci est un miroir ; que voyez-vous dedans ? »

---

1. *Mesmer* (1734-1815) : médecin fondateur de la théorie du magnétisme. Venu de Vienne à Paris, il connut un immense succès avant de devoir quitter la France, accusé de charlatanisme par l'Académie des Sciences.

Elle répondit :

« Je vois mon cousin.

– Que fait-il ?

425 – Ils se tord la moustache.

– Et maintenant ?

– Il tire de sa poche une photographie.

– Quelle est cette photographie ?

– La sienne. »

430 C'était vrai ! Et cette photographie venait de m'être livrée, le soir même, à l'hôtel.

« Comment est-il sur ce portrait ?

– Il se tient debout avec son chapeau à la main. »

Donc elle voyait dans cette carte, dans ce carton 435 blanc, comme elle eût vu dans une glace.

Les jeunes femmes, épouvantées, disaient : « Assez ! Assez ! Assez ! »

Mais le docteur ordonna : « Vous vous lèverez demain à huit heures ; puis vous irez trouver à son hôtel votre 440 cousin, et vous le supplierez de vous prêter cinq mille francs que votre mari vous demande et qu'il vous réclamera à son prochain voyage. »

Puis il la réveilla.

En rentrant à l'hôtel, je songeais à cette curieuse 445 séance et les doutes m'assaillirent, non point sur l'absolue, sur l'insoupçonnable bonne foi de ma cousine, que je connaissais comme une sœur, depuis l'enfance, mais sur une supercherie possible du docteur. Ne dissimulait-il pas dans sa main, une glace qu'il montrait à la 450 jeune femme endormie, en même temps que sa carte de visite ? Les prestidigitateurs* de profession font des choses autrement singulières*.

Je rentrai donc et je me couchai.

Or, ce matin, vers huit heures et demie, je fus réveillé 455 par mon valet de chambre, qui me dit :

« C'est Mme Sablé qui demande à parler à monsieur tout de suite. »

Je m'habillai à la hâte et je la reçus.

Elle s'assit fort troublée, les yeux baissés, et, sans 460 lever son voile, elle me dit :

« Mon cher cousin, j'ai un gros service à vous demander.

– Lequel, ma cousine.

– Cela me gêne beaucoup de vous le dire, et pourtant, il le faut. J'ai besoin, absolument besoin, de cinq mille
465 francs.

– Allons donc, vous ?

– Oui, moi, ou plutôt mon mari, qui me charge de les trouver. »

J'étais tellement stupéfait, que je balbutiais mes
470 réponses. Je me demandais si vraiment elle ne s'était pas moquée de moi avec le docteur Parent, si ce n'était pas là une simple farce préparée d'avance et fort bien jouée.

Mais, en la regardant avec attention, tous mes doutes se dissipèrent. Elle tremblait d'angoisse, tant cette
475 démarche lui était douloureuse, et je compris qu'elle avait la gorge pleine de sanglots.

Je la savais fort riche et je repris :

« Comment ! votre mari n'a pas cinq mille francs à sa disposition ! Voyons, réfléchissez. Êtes-vous sûre qu'il
480 vous a chargée de me les demander ? »

Elle hésita quelques secondes comme si elle eût fait un grand effort pour chercher dans son souvenir, puis elle répondit :

« Oui..., oui... j'en suis sûre.
485 – Il vous a écrit ?

Elle hésita encore, réfléchissant. Je devinai le travail torturant de sa pensée. Elle ne savait pas. Elle savait seulement qu'elle devait m'emprunter cinq mille francs pour son mari. Donc elle osa mentir.
490 « Oui, il m'a écrit.

– Quand donc ? Vous ne m'avez parlé de rien, hier.

– J'ai reçu sa lettre ce matin.

– Pouvez-vous me la montrer ?

– Non... non... non... elle contenait des choses
495 intimes... trop personnelles... je l'ai... je l'ai brûlée.

– Alors, c'est que votre mari fait des dettes. »

Elle hésita encore, puis murmura :

« Je ne sais pas. »

Je déclarai brusquement :
500 « C'est que je ne puis disposer de cinq mille francs en ce moment, ma chère cousine. »

Elle poussa une sorte de cri de souffrance.

« Oh ! oh ! je vous en prie, je vous en prie, trouvez-les... »

Elle s'exaltait, joignait les mains comme si elle m'eût
505 prié! J'entendais sa voix changer de ton; elle pleurait et
bégayait, harcelée, dominée par l'ordre irrésistible
qu'elle avait reçu.

«Oh! oh! je vous en supplie... si vous saviez comme je
souffre... il me les faut aujourd'hui.»
510 J'eus pitié d'elle.

«Vous les aurez tantôt, je vous le jure.»
Elle s'écria:

«Oh! merci! merci! Que vous êtes bon.»
Je repris: «Vous rappelez-vous ce qui s'est passé hier
515 chez vous?

— Oui.

— Vous rappelez-vous que le docteur Parent vous a
endormie?

— Oui.
520 — Eh bien, il vous a ordonné de venir m'emprunter ce
matin cinq mille francs, et vous obéissez en ce moment
à cette suggestion.»
Elle réfléchit quelques secondes et répondit:

«Puisque c'est mon mari qui les demande.»
525 Pendant une heure, j'essayai de la convaincre, mais je
n'y pus parvenir.

Quand elle fut partie, je courus chez le docteur. Il
allait sortir; et il m'écouta en souriant. Puis il dit:

«Croyez-vous maintenant?
530 — Oui, il le faut bien.

— Allons chez votre parente.»
Elle sommeillait déjà sur une chaise longue, accablée
de fatigue. Le médecin lui prit le pouls, la regarda quelque temps, une main levée vers ses yeux qu'elle ferma
535 peu à peu sous l'effort insoutenable de cette puissance
magnétique.

Quand elle fut endormie:

«Votre mari n'a plus besoin de cinq mille francs. Vous
allez donc oublier que vous avez prié votre cousin de
540 vous les prêter, et, s'il vous parle de cela, vous ne
comprendrez pas.»
Puis il la réveilla. Je tirai de ma poche un portefeuille:

«Voici, ma chère cousine, ce que vous m'avez
demandé ce matin.»

545 Elle fut tellement surprise que je n'osai pas insister. J'essayai cependant de ranimer sa mémoire, mais elle nia avec force, crut que je me moquais d'elle, et faillit, à la fin, se fâcher.

. . . .

550 Voilà! je viens de rentrer; et je n'ai pu déjeuner, tant cette expérience m'a bouleversé.

19 juillet. – Beaucoup de personnes à qui j'ai raconté cette aventure se sont moquées de moi. Je ne sais plus que penser. Le sage dit : Peut-être ?

555 *21 juillet.* J'ai été dîner à Bougival[1], puis j'ai passé la soirée au bal des canotiers. Décidément, tout dépend des lieux et des milieux. Croire au surnaturel dans l'île de la Grenouillère[2], serait le comble de la folie... mais au sommet du mont Saint-Michel ?... mais dans les Indes ?
560 Nous subissons effroyablement l'influence de ce qui nous entoure. Je rentrerai chez moi la semaine prochaine.

30 juillet. – Je suis revenu dans ma maison depuis hier. Tout va bien.

565 *2 août.* – Rien de nouveau; il fait un temps superbe. Je passe mes journées à regarder couler la Seine.

4 août. – Querelles parmi mes domestiques. Ils prétendent qu'on casse les verres, la nuit, dans les armoires. Le valet de chambre accuse la cuisinière, qui
570 accuse la lingère, qui accuse les deux autres. Quel est le coupable ? Bien fin qui le dirait ?

6 août. – Cette fois, je ne suis pas fou. J'ai vu... j'ai vu... j'ai vu!... Je ne puis plus douter... j'ai vu! J'ai

---

1. *Bougival* : lieu de villégiature et de canotage, situé entre Paris et Saint-Germain-en-Laye.
2. *la Grenouillère* : café flottant installé sur un ponton, sur l'île de Croissy.

encore froid jusque dans les ongles... j'ai encore peur
575 jusque dans les moelles... j'ai vu!...

Je me promenais à deux heures, en plein soleil, dans
mon parterre de rosiers... dans l'allée des rosiers d'automne qui commencent à fleurir.

Comme je m'arrêtais à regarder un *géant des batailles*[1],
580 qui portait trois fleurs magnifiques, je vis, je vis distinctement, tout près de moi, la tige d'une de ces roses se
plier, comme si une main invisible l'eût tordue, puis se
casser, comme si cette main l'eût cueillie! Puis la fleur
s'éleva, suivant la courbe qu'aurait décrite un bras en la
585 portant vers une bouche, et elle resta suspendue dans
l'air transparent, toute seule, immobile, effrayante tache
rouge à trois pas de mes yeux.

Éperdu, je me jetai sur elle pour la saisir! Je ne trouvai
rien; elle avait disparu. Alors je fut pris d'une colère
590 furieuse contre moi-même; car il n'est pas permis à un
homme raisonnable et sérieux d'avoir de pareilles hallucinations.

Mais était-ce bien une hallucination? Je me retournai
pour chercher la tige, et je la retrouvai immédiatement
595 sur l'arbuste, fraîchement brisée, entre les deux autres
roses demeurées à la branche.

Alors, je rentrai chez moi l'âme bouleversée; car je
suis certain, maintenant, certain comme de l'alternance
des jours et des nuits, qu'il existe près de moi un être
600 invisible, qui se nourrit de lait et d'eau, qui peut toucher
aux choses, les prendre et les changer de place, doué par
conséquent d'une nature matérielle, bien qu'imperceptible pour nos sens, et qui habite comme moi, sous mon
toit...

605 *7 août.* – J'ai dormi tranquille. Il a bu l'eau de ma
carafe, mais n'a point troublé mon sommeil.

Je me demande si je suis fou. En me promenant, tantôt au grand soleil, le long de la rivière, des doutes me
sont venus sur ma raison, non point des doutes vagues

---

1. *un géant des batailles* : une sorte de rosiers.

610 comme j'en avais jusqu'ici, mais des doutes précis, abso-
lus. J'ai vu des fous ; j'en ai connu qui restaient intelli-
gents, lucides, clairvoyants même sur toutes les choses
de la vie, sauf sur un point. Ils parlaient de tout avec
clarté, avec souplesse, avec profondeur, et soudain leur
615 pensée, touchant l'écueil de leur folie, s'y déchirait en
pièces, s'éparpillait et sombrait dans cet océan effrayant
et furieux, plein de vagues bondissantes, de brouillards,
de bourrasques, qu'on nomme « la démence ».

Certes, je me croirais fou, absolument fou, si je n'étais
620 conscient, si je ne connaissais parfaitement mon état, si
je ne le sondais en l'analysant avec une complète lucidité. Je ne serais donc, en somme, qu'un halluciné rai-
sonnant. Un trouble inconnu se serait produit dans mon
cerveau, un de ces troubles qu'essaient de noter et de
625 préciser aujourd'hui les physiologistes[1] ; et ce trouble
aurait déterminé dans mon esprit, dans l'ordre et la
logique de mes idées, une crevasse profonde. Des phénomènes semblables ont lieu dans le rêve qui nous promène à travers les fantasmagories• les plus invraisem-
630 blables, sans que nous en soyons surpris, parce que
l'appareil vérificateur, parce que le sens du contrôle est
endormi ; tandis que la faculté imaginative veille et travaille. Ne se peut-il pas qu'une des imperceptibles
touches du clavier cérébral se trouve paralysée chez
635 moi ? Des hommes, à la suite d'accidents, perdent la
mémoire des noms propres ou des verbes ou des
chiffres, ou seulement des dates. Les localisations de
toutes les parcelles de la pensée sont aujourd'hui prou-
vées. Or, quoi d'étonnant à ce que ma faculté de contrô-
640 ler l'irréalité de certaines hallucinations se trouve
engourdie chez moi en ce moment !

Je songeais à tout cela en suivant le bord de l'eau. Le
soleil couvrait de clarté la rivière, faisait la terre déli-
cieuse, emplissait mon regard d'amour pour la vie, pour
645 les hirondelles, dont l'agilité est une joie de mes yeux,

---

1. *physiologistes* : spécialistes de physiologie, qui n'invoquent que des causes naturelles pour expliquer les phénomènes de la vie.

pour les herbes de la rive, dont le frémissement est un bonheur pour les oreilles.

Peu à peu, cependant un malaise inexplicable me pénétrait. Une force, me semblait-il, une force occulte
650 m'engourdissait, m'arrêtait, m'empêchait d'aller plus loin, me rappelait en arrière. J'éprouvais ce besoin douloureux de rentrer qui vous oppresse, quand on a laissé au logis un malade aimé, et que le pressentiment vous saisit d'une aggravation de son mal.

655 Donc, je revins malgré moi, sûr que j'allais trouver, dans ma maison, une mauvaise nouvelle, une lettre ou une dépêche. Il n'y avait rien ; et je demeurai plus surpris et plus inquiet que si j'avais eu de nouveau quelque vision fantastique*.

660 *8 août.* – J'ai passé hier une affreuse soirée. Il ne se manifeste plus, mais je le sens près de moi, m'épiant, me regardant, me pénétrant, me dominant et plus redoutable, en se cachant ainsi, que s'il signalait par des phénomènes surnaturels sa présence invisible et
665 constante.

J'ai dormi, pourtant.

9 août. – Rien, mais j'ai peur.

10 août. – Rien ; qu'arrivera-t-il demain ?

11 août. – Toujours rien ; je ne puis plus rester chez
670 moi avec cette crainte et cette pensée entrées en mon âme ; je vais partir.

12 août, 10 heures du soir. – Tout le jour j'ai voulu m'en aller ; je n'ai pas pu. J'ai voulu accomplir cet acte de liberté si facile, si simple, – sortir – monter dans ma
675 voiture pour gagner Rouen – je n'ai pas pu. Pourquoi ?

13 août. – Quand on est atteint par certaines maladies, tous les ressorts de l'être physique semblent brisés, toutes les énergies anéanties, tous les muscles relâchés, les os devenus mous comme la chair et la chair liquide comme
680 de l'eau. J'éprouve cela dans mon être moral d'une façon

étrange et désolante. Je n'ai plus aucune force, aucun courage, aucune domination sur moi, aucun pouvoir même de mettre en mouvement ma volonté. Je ne peux plus vouloir; mais quelqu'un veut pour moi; et j'obéis.

685   *14 août.* – Je suis perdu! Quelqu'un possède mon âme et la gouverne! quelqu'un ordonne tous mes actes, tous mes mouvements, toutes mes pensées. Je ne suis plus rien en moi, rien qu'un spectateur esclave et terrifié de toutes les choses que j'accomplis. Je désire sortir. Je ne
690 peux pas. Il ne veut pas; et je reste, éperdu, tremblant, dans le fauteuil où il me tient assis. Je désire seulement me lever, me soulever, afin de me croire maître de moi. Je ne peux pas! Je suis rivé à mon siège; et mon siège adhère au sol, de telle sorte qu'aucune force ne nous
695 soulèverait.

Puis, tout d'un coup, il faut, il faut, il faut que j'aille au fond de mon jardin cueillir des fraises et les manger. Et j'y vais. Je cueille des fraises et je les mange! Oh! mon Dieu! Mon Dieu! Mon Dieu! Est-il un Dieu? S'il en est
700 un, délivrez-moi, sauvez-moi! secourez-moi! Pardon! Pitié! Grâce! Sauvez-moi! Oh! quelle souffrance! quelle torture! quelle horreur!

15 août. – Certes, voilà comment était possédée et dominée ma pauvre cousine, quand elle est venue
705 m'emprunter cinq mille francs. Elle subissait un vouloir étranger entré en elle, comme une autre âme, comme une autre âme parasite et dominatrice. Est-ce que le monde va finir?

Mais celui qui me gouverne, quel est-il, cet invisible?
710 cet inconnaissable, ce rôdeur d'une race surnaturelle?

Donc les Invisibles existent! Alors, comment depuis l'origine du monde ne se sont-ils pas encore manifestés d'une façon précise comme ils le font pour moi? Je n'ai jamais rien lu qui ressemble à ce qui s'est passé
715 dans ma demeure. Oh! si je pouvais la quitter, si je pouvais m'en aller, fuir et ne pas revenir. Je serais sauvé, mais je ne peux pas.

16 août. – J'ai pu m'échapper aujourd'hui pendant

deux heures, comme un prisonnier qui trouve ouverte,
720 par hasard, la porte de son cachot. J'ai senti que j'étais
libre tout à coup et qu'il était loin. J'ai ordonné d'atteler
bien vite et j'ai gagné Rouen. Oh! quelle joie de pouvoir
dire à un homme qui obéit : «Allez à Rouen!»

Je me suis fait arrêter devant la bibliothèque et j'ai
725 prié qu'on me prêtât le grand traité du docteur Hermann
Herestauss[1] sur les habitants inconnus du monde antique et moderne.

Puis, au moment de remonter dans mon coupé, j'ai
voulu dire : «À la gare!» et j'ai crié – je n'ai pas dit, j'ai
730 crié – d'une voix si forte que les passants se sont retour-
nés : «À la maison», et je suis tombé, affolé d'angoisse,
sur le coussin de ma voiture. Il m'avait retrouvé et
repris.

17 *août*. – Ah! Quelle nuit! quelle nuit! Et pourtant il
735 me semble que je devrais me réjouir. Jusqu'à une heure
du matin, j'ai lu! Hermann Herestauss, docteur en philosophie et en théogonie[2] a écrit l'histoire et les manifestations de tous les êtres invisibles rôdant autour de
l'homme ou rêvés par lui. Il décrit leurs origines, leur
740 domaine, leur puissance. Mais aucun d'eux ne ressemble
à celui qui me hante. On dirait que l'homme, depuis
qu'il pense, a pressenti et redouté un être nouveau, plus
fort que lui, son successeur en ce monde, et que, le
sentant proche et ne pouvant prévoir la nature de ce
745 maître, il a créé, dans sa terreur, tout le peuple fantas-
tique• des êtres occultes[3], fantômes vagues nés de la
peur.

Donc, ayant lu jusqu'à une heure du matin, j'ai été
m'asseoir ensuite auprès de ma fenêtre ouverte pour
750 rafraîchir mon front et ma pensée au vent calme de
l'obscurité.

---

1. *Herestauss* : nom forgé par Maupassant. On peut y voir, comme M. C. Bancquart,
un double germanisé du Horla : *Herr ist aus* : l'homme est hors de, d'ailleurs. On
pourrait lire aussi : *Er ist aus* : il est hors de, il est d'ailleurs.
2. *théogonie* : système qui explique l'origine des dieux et expose leur généalogie.
3. *occultes* : dont l'origine, l'existence et les intentions sont cachées.

Il faisait bon, il faisait tiède! Comme j'aurais aimé cette nuit-là autrefois!

Pas de lune. Les étoiles avaient au fond du ciel noir
755 des scintillements frémissants. Qui habite ces mondes? Quelles formes, quels vivants, quels animaux, quelles plantes sont là-bas? Ceux qui pensent dans ces univers lointains, que savent-ils plus que nous? Que peuvent-ils plus que nous? Que voient-ils que nous ne connaissons
760 point? Un d'eux, un jour ou l'autre, traversant l'espace, n'apparaîtra-t-il pas sur notre terre pour la conquérir, comme les Normands jadis traversaient la mer pour asservir[1] des peuples plus faibles?

Nous sommes si infirmes, si désarmés, si ignorants, si
765 petits, nous autres, sur ce grain de boue qui tourne délayé dans une goutte d'eau.

Je m'assoupis en rêvant ainsi au vent frais du soir.

Or, ayant dormi environ quarante minutes, je rouvris les yeux sans faire un mouvement, réveillé par je ne sais
770 quelle émotion confuse et bizarre. Je ne vis rien d'abord, puis, tout à coup, il me sembla qu'une page du livre resté ouvert sur ma table venait de tourner toute seule. Aucun souffle d'air n'était entré par ma fenêtre. Je fus surpris et j'attendis. Au bout de quatre minutes environ,
775 je vis, je vis, oui, je vis de mes yeux une autre page se soulever et se rabattre sur la précédente, comme si un doigt l'eût feuilletée. Mon fauteuil était vide, semblait vide; mais je compris qu'il était là, lui, assis à ma place, et qu'il lisait. D'un bond furieux, d'un bond de bête
780 révoltée, qui va éventrer son dompteur, je traversai ma chambre pour le saisir, pour l'étreindre, pour le tuer!... Mais mon siège, avant que je l'eusse atteint, se renversa comme si on eût fui devant moi... ma table oscilla, ma lampe tomba et s'éteignit, et ma fenêtre se ferma
785 comme si un malfaiteur surpris se fût élancé dans la nuit, en prenant à pleines mains les battants.

Donc, il s'était sauvé; il avait eu peur, peur de moi, lui!

Alors... alors... demain... ou après... ou un jour quel-

---

1. *asservir* : soumettre; rendre dépendant, esclave.

conque, je pourrai donc le tenir sous mes poings, et
790 l'écraser contre le sol! Est-ce que les chiens, quelquefois, ne mordent point et n'étranglent pas leurs maîtres?

18 août. – J'ai songé toute la journée. Oh! oui, je vais
lui obéir, suivre ses impulsions, accomplir toutes ses
volontés, me faire humble, soumis, lâche. Il est le plus
795 fort. Mais une heure viendra...

19 août. – Je sais... je sais... je sais tout! Je viens de
lire ceci dans la *Revue du Monde scientifique* : «Une nouvelle assez curieuse nous arrive de Rio de Janeiro. Une
folie, une épidémie de folie, comparable aux démences
800 contagieuses qui atteignirent les peuples d'Europe au
moyen âge, sévit en ce moment dans la province de
San-Paulo. Les habitants éperdus quittent leurs maisons,
désertent leurs villages, abandonnent leurs cultures, se
disant poursuivis, possédés, gouvernés comme un bétail
805 humain par des êtres invisibles bien que tangibles, des
sortes de vampires qui se nourrissent de leur vie, pendant leur sommeil, et qui boivent en outre de l'eau et du
lait sans paraître toucher à aucun autre aliment.
«M. le professeur Don Pedro Henriquez, accompagné
810 de plusieurs savants médecins, est parti pour la province de San-Paulo, afin d'étudier sur place les origines
et les manifestations de cette surprenante folie, et de
proposer à l'Empereur les mesures qui lui paraîtront les
plus propres à rappeler à la raison ces populations en
815 délire. »
Ah! Ah! Je me rappelle, je me rappelle le beau trois-
mâts brésilien qui passa sous mes fenêtres en remontant
la Seine, le 8 mai dernier! Je le trouvai si joli, si blanc, si
gai! L'Être était dessus, venant de là-bas, où sa race est
820 née! Et il m'a vu! Il a vu ma demeure blanche aussi; et il
a sauté du navire sur la rive. Oh! mon Dieu!
À présent, je sais, je devine. Le règne de l'homme est
fini.
Il est venu, Celui que redoutaient les premières ter-
825 reurs des peuples naïfs, Celui qu'exorcisaient les prêtres
inquiets, que les sorciers évoquaient par les nuits
sombres, sans le voir apparaître encore, à qui les pres-

sentiments des maîtres passagers du monde prêtèrent
toutes les formes monstrueuses ou gracieuses des
830 gnomes•, des esprits, des génies, des fées, des farfadets[1].
Après les grossières conceptions de l'épouvante primi-
tive, des hommes plus perspicaces l'ont pressenti plus
clairement. Mesmer l'avait deviné et les médecins,
depuis dix ans déjà, ont découvert, d'une façon précise,
835 la nature de sa puissance avant qu'il l'eût exercée lui-
même. Ils ont joué avec cette arme du Seigneur nouveau, la domination d'un mystérieux vouloir sur l'âme
humaine devenue esclave. Ils ont appelé cela magné-
tisme•, hypnotisme, suggestion... que sais-je ? Je les ai
840 vus s'amuser comme des enfants imprudents avec cette
horrible puissance ! Malheur à nous ! Malheur à
l'homme ! Il est venu, le... le... comment se nomme-
t-il... le... il semble qu'il me crie son nom, et je ne l'entends pas... le... oui... il le crie... J'écoute... je ne peux
845 pas... répète... le... Horla... J'ai entendu... le Horla...
c'est lui... le Horla... il est venu !...
   Ah ! le vautour a mangé la colombe ; le loup a mangé
le mouton ; le lion a dévoré le buffle aux cornes aiguës ;
l'homme a tué le lion avec la flèche, avec le glaive, avec
850 la poudre ; mais le Horla va faire de l'homme ce que
nous avons fait du cheval et du bœuf : sa chose, son
serviteur et sa nourriture, par la seule puissance de sa
volonté. Malheur à nous !
   Pourtant, l'animal, quelquefois, se révolte et tue celui
855 qui l'a dompté... moi aussi je veux... je pourrai... mais il
faut le connaître, le toucher, le voir ! Les savants disent
que l'œil de la bête, différent du nôtre, ne distingue
point comme le nôtre... Et mon œil à moi ne peut distinguer le nouveau venu qui m'opprime.
860   Pourquoi ? Oh ! je me rappelle à présent les paroles du
moine du mont Saint-Michel : « Est-ce que nous voyons
la cent millième partie de ce qui existe ? Tenez, voici le
vent qui est la plus grande force de la nature, qui renverse les hommes, abat les édifices, déracine les arbres,

---

1. *farfadets* : petits démons espiègles et malicieux.

116

865 soulève la mer en montagnes d'eau, détruit les falaises et
jette aux brisants les grands navires, le vent qui tue, qui
siffle, qui gémit, qui mugit, l'avez-vous vu et pouvez-
vous le voir : il existe pourtant!»

Et je songeais encore : mon œil est si faible, si impar-
870 fait, qu'il ne distingue même point les corps durs, s'ils
sont transparents comme le verre!... Qu'une glace sans
tain[1] barre mon chemin, il me jette dessus comme l'oiseau entré dans une chambre se casse la tête aux vitres.
Mille choses en outre le trompent et l'égarent? Quoi
875 d'étonnant, alors, à ce qu'il ne sache point apercevoir
un corps nouveau que la lumière traverse.

Un être nouveau! pourquoi pas? Il devait venir assurément! pourquoi serions-nous les derniers! Nous ne le
distinguons point, ainsi que tous les autres créés avant
880 nous? C'est que sa nature est plus parfaite, son corps
plus fin et plus fini que le nôtre, que le nôtre si faible, si
maladroitement conçu, encombré d'organes toujours
fatigués, toujours forcés comme des ressorts trop
complexes, que le nôtre, qui vit comme une plante et
885 comme une bête, en se nourrissant péniblement d'air,
d'herbe et de viande, machine animale en proie aux
maladies, aux déformations, aux putréfactions, poussive,
mal réglée, naïve et bizarre, ingénieusement mal faite,
œuvre grossière et délicate, ébauche d'être qui pourrait
890 devenir intelligent et superbe.

Nous sommes quelques-uns, si peu sur ce monde,
depuis l'huître jusqu'à l'homme. Pourquoi pas un de
plus, une fois accomplie la période qui sépare les apparitions successives de toutes les espèces diverses?

895 Pourquoi pas un de plus? Pourquoi pas aussi d'autres
arbres aux fleurs immenses, éclatantes et parfumant des
régions entières? Pourquoi pas d'autres éléments que le
feu, l'air, la terre et l'eau? – Ils sont quatre, rien que
quatre, ces pères nourriciers des êtres! Quelle pitié!
900 Pourquoi ne sont-ils pas quarante, quatre cents, quatre
mille! Comme tout est pauvre, mesquin, misérable! ava-

---

1. *tain* : cf. note 1, page 89.

rement donné, sèchement inventé, lourdement fait! Ah!
l'éléphant, l'hippopotame, que de grâce! Le chameau,
que d'élégance!

905 Mais direz-vous, le papillon! une fleur qui vole! J'en
rêve un qui serait grand comme cent univers, avec des
ailes dont je ne puis même exprimer la forme, la beauté,
la couleur et le mouvement. Mais je le vois... il va
d'étoile en étoile, les rafraîchissant et les embaumant au

910 souffle harmonieux et léger de sa course!... Et les
peuples de là-haut le regardent passer, extasiés et
ravis!...

. . . .

Qu'ai-je donc? C'est lui, lui, le Horla, qui me hante,
915 qui me fait penser ces folies! Il est en moi, il devient
mon âme; je le tuerai!

19 août. – Je le tuerai. Je l'ai vu! je me suis assis hier
soir, à ma table; et je fis semblant d'écrire avec une
grande attention. Je savais bien qu'il viendrait rôder
920 autour de moi, tout près, si près que je pourrais peut-
être le toucher, le saisir? Et alors!... alors, j'aurais la
force des désespérés; j'aurais mes mains, mes genoux,
ma poitrine, mon front, mes dents pour l'étrangler,
l'écraser, le mordre, le déchirer.

925 Et je le guettais avec tous mes organes surexcités.
J'avais allumé mes deux lampes et les huit bougies de
ma cheminée, comme si j'eusse pu, dans cette clarté, le
découvrir.
En face de moi, mon lit, un vieux lit de chêne à
930 colonnes; à droite, ma cheminée; à gauche, ma porte
fermée avec soin, après l'avoir laissée longtemps
ouverte, afin de l'attirer; derrière moi, une très haute
armoire à glace, qui me servait chaque jour pour me
raser, pour m'habiller, et où j'avais coutume de me
935 regarder, de la tête aux pieds, chaque fois que je passais
devant.
Donc, je faisais semblant d'écrire, pour le tromper,
car il m'épiait lui aussi; et soudain, je sentis, je fus certain qu'il lisait par-dessus mon épaule, qu'il était là, frô-
940 lant mon oreille.
Je me dressai, les mains tendues, en me tournant si

118

vite que je faillis tomber. Eh bien ?... on y voyait comme
en plein jour, et je ne me vis pas dans ma glace !... Elle
était vide, claire, profonde, pleine de lumière ! Mon
945 image n'était pas dedans... et j'étais en face, moi ! Je
voyais le grand verre limpide du haut en bas. Et je regardais cela avec des yeux affolés ; et je n'osais plus avancer, je n'osais plus faire un mouvement, sentant bien
pourtant qu'il était là, mais qu'il m'échapperait encore,
950 lui dont le corps imperceptible avait dévoré mon reflet.

Comme j'eus peur ! Puis voilà que tout à coup je
commençai à m'apercevoir dans une brume, au fond du
miroir, dans une brume comme à travers une nappe
d'eau ; et il me semblait que cette eau glissait de gauche
955 à droite, lentement, rendant plus précise mon image, de
seconde en seconde. C'était comme la fin d'une éclipse.
Ce qui me cachait ne paraissait point posséder de
contours nettement arrêtés, mais une sorte de transparence opaque, s'éclaircissant peu à peu.

960 Je pus enfin me distinguer complètement, ainsi que je
le fais chaque jour en me regardant.

Je l'avais vu ! L'épouvante m'en est restée, qui me fait
encore frissonner.

20 août. – Le tuer, comment ? puisque je ne peux
965 l'atteindre ? Le poison ? mais il me verrait le mêler à
l'eau ; et nos poisons, d'ailleurs, auraient-ils un effet sur
son corps imperceptible ? Non... non... sans aucun
doute... Alors ?... alors ?...

21 août. – J'ai fait venir un serrurier de Rouen, et lui ai
970 commandé pour ma chambre des persiennes de fer,
comme en ont, à Paris, certains hôtels particuliers, au
rez-de-chaussée, par crainte des voleurs. Il me fera, en
outre, une porte pareille. Je me suis donné pour un pol-
tron•, mais je m'en moque !...

975 . . . .

10 septembre. – Rouen, hôtel Continental. C'est fait...
c'est fait... mais est-il mort ? J'ai l'âme bouleversée de ce
que j'ai vu.

Hier donc, le serrurier ayant posé ma persienne et ma

980 porte de fer, j'ai laissé tout ouvert jusqu'à minuit, bien qu'il commençât à faire froid.

Tout à coup, j'ai senti qu'il était là, et une joie, une joie folle m'a saisi. Je me suis levé lentement, et j'ai marché à droite, à gauche, longtemps pour qu'il ne devi-
985 nât rien ; puis j'ai ôté mes bottines et mis mes savates avec négligence ; puis j'ai fermé ma persienne de fer, et revenant à pas tranquilles vers la porte, j'ai fermé la porte aussi à double tour. Retournant alors vers la fenêtre, je la fixai par un cadenas, dont je mis la clef
990 dans ma poche.

Tout à coup, je compris qu'il s'agitait autour de moi, qu'il avait peur à son tour, qu'il m'ordonnait de lui ouvrir. Je faillis céder ; je ne cédai pas, mais m'adossant à la porte, je l'entrebaîllai, tout juste assez pour passer,
995 moi, à reculons ; et comme je suis très grand ma tête touchait au linteau[1]. J'étais sûr qu'il n'avait pu s'échapper et je l'enfermai, tout seul, tout seul. Quelle joie ! Je le tenais ! Alors, je descendis, en courant ; je pris dans mon salon, sous ma chambre, mes deux lampes et je renver-
1000 sai toute l'huile sur le tapis, sur les meubles, partout ; puis j'y mis le feu, et je me sauvai, après avoir bien refermé, à double tour, la grande porte d'entrée.

Et j'allai me cacher au fond de mon jardin, dans un massif de lauriers. Comme ce fut long ! comme ce fut
1005 long ! Tout était noir, muet, immobile ; pas un souffle d'air, pas une étoile, des montagnes de nuages qu'on ne voyait point, mais qui pesaient sur mon âme si lourds, si lourds.

Je regardais ma maison, et j'attendais. Comme ce fut
1010 long ! Je croyais déjà que le feu s'était éteint tout seul, ou qu'il l'avait éteint, Lui, quand une des fenêtres d'en bas creva sous la poussée de l'incendie, et une flamme, une grande flamme rouge et jaune, longue, molle, caressante, monta le long du mur blanc et le baisa jusqu'au
1015 toit. Une lueur courut dans les arbres, dans les branches, dans les feuilles, et un frisson, un frisson de peur aussi.

---

1. *linteau* : partie supérieure d'une porte.

Les oiseaux se réveillaient; un chien se mit à hurler; il me sembla que le jour se levait! Deux autres fenêtres éclatèrent aussitôt, et je vis que tout le bas de ma demeure n'était plus qu'un effrayant brasier. Mais un cri, un cri horrible, suraigu, déchirant, un cri de femme passa dans la nuit, et deux mansardes s'ouvrirent! J'avais oublié mes domestiques! Je vis leurs faces affolées, et leurs bras qui s'agitaient!...

Alors, éperdu d'horreur, je me mis à courir vers le village en hurlant : «Au secours! au secours, au feu! au feu!» Je rencontrai des gens qui s'en venaient déjà et je retournai avec eux, pour voir!

La maison, maintenant, n'était plus qu'un bûcher horrible et magnifique, un bûcher monstrueux, éclairant toute la terre, un bûcher où brûlaient des hommes, et où il brûlait aussi, Lui, Lui, mon prisonnier, l'Être nouveau, le nouveau maître, le Horla!

Soudain le toit tout entier s'engloutit entre les murs, et un volcan de flammes jaillit jusqu'au ciel. Par toutes les fenêtres de la fournaise, je voyais la cuve de feu, et je pensais qu'il était là, dans ce four, mort...

«Mort? Peut-être?... Son corps? son corps que le jour traversait n'était-il pas indestructible par les moyens qui tuent les nôtres?

«S'il n'était pas mort?... seul peut-être le temps a prise sur l'Être Invisible et Redoutable. Pourquoi ce corps transparent, ce corps inconnaissable, ce corps d'Esprit, s'il devait craindre, lui aussi, les maux, les blessures, les infirmités, la destruction prématurée?

«La destruction prématurée? toute l'épouvante humaine vient d'elle! Après l'homme, le Horla. – Après celui qui peut mourir tous les jours, à toutes les heures, à toutes les minutes, par tous les accidents, est venu celui qui ne doit mourir qu'à son jour, à son heure, à sa minute, parce qu'il a touché la limite de son existence!

«Non... non... sans aucun doute, sans aucun doute... il n'est pas mort... Alors... alors... il va donc falloir que je me tue, moi!...»

121

Compréhension

1. *Comparez les deux versions au travers de leur présentation, leur composition, la situation de leur héros, leur signification. En quoi la seconde est-elle plus dramatique ?*

2. *Dans la seconde version : qu'est-ce que le Horla ? Quelle est sa nature ? Quelle est son action ?*

3. *Dans la seconde version, quelles sont les étapes de l'aliénation ? Comment réagit le narrateur ?*

4. *Dans la seconde version, quel rôle jouent les voyages ?*

5. *En quoi consiste le fantastique* dans les deux versions ?*

Écriture

6. *Comparez les deux versions et, en particulier, le passage où le narrateur s'aperçoit que sa carafe est vide et celui où nous est révélé le nom du Horla.*

7. *Quel oxymore* trouve-t-on dans les deux versions ? Quelle est sa signification ?*

8. *Trouvez dans l'une et l'autre des versions un récit mis en abyme*.*

9. *Quelle est la symbolique des couleurs dans la seconde version ?*

10. *Que pensez-vous de l'affirmation du narrateur : «Le peuple est un troupeau imbécile »?*

Mise en perspective / Mise en images

11. *Le Horla peut-il illustrer cette opinion d'un critique contemporain sur la conception qu'a Maupassant du fantastique : «loin d'y trouver un ornement esthétique et emprunté, il le vit comme un mal métaphysique de l'être »?*

12. *Quel tableau de Dali choisiriez-vous pour illustrer ce conte ? Justifiez votre choix.*

L'Auberge

Pareille à toutes les hôtelleries de bois plantées dans les Hautes-Alpes, au pied des glaciers, dans ces couloirs rocheux et nus qui coupent les sommets blancs des montagnes, l'auberge de Schwarenbach sert de
5 refuge aux voyageurs qui suivent le passage de la Gemmi[1].

Pendant six mois elle reste ouverte, habitée par la famille de Jean Hauser ; puis, dès que les neiges s'amoncellent, emplissant le vallon et rendant impraticable la
10 descente sur Loëche, les femmes, le père et les trois fils s'en vont, et laissent pour garder la maison le vieux guide Gaspard Hari avec le jeune guide Ulrich Kunsi, et Sam le gros chien de montagne.

Les deux hommes et la bête demeurent jusqu'au prin-
15 temps dans cette prison de neige, n'ayant devant les yeux que la pente immense et blanche du Balmhorn, entourés de sommets pâles et luisants, enfermés, bloqués, ensevelis sous la neige qui monte autour d'eux, enveloppe, étreint, écrase la petite maison, s'amoncelle
20 sur le toit, atteint les fenêtres et mure la porte.

C'était le jour où la famille Hauser allait retourner à Loëche, l'hiver approchant et la descente devenant périlleuse.

Trois mulets partirent en avant, chargés de hardes[2] et
25 de bagages et conduits par les trois fils. Puis la mère, Jeanne Hauser, et sa fille Louise montèrent sur un quatrième mulet, et se mirent en route à leur tour.

Le père les suivait accompagné des deux gardiens qui devaient escorter la famille jusqu'au sommet de la des-
30 cente.

Ils contournèrent d'abord le petit lac, gelé maintenant au fond du grand trou de rochers qui s'étend devant l'auberge, puis ils suivirent le vallon clair

---

1. *la Gemmi* : col des Alpes suisses qui permet d'atteindre la ville de Loëche, dans l'Oberland bernois.
2. *hardes* : vêtements usagés et de peu de valeur.

comme un drap et dominé de tous côtés par des som-
35 mets de neige.

Une averse de soleil tombait sur ce désert blanc éclatant et glacé, l'allumait d'une flamme aveuglante et froide ; aucune vie n'apparaissait dans cet océan des monts ; aucun mouvement dans cette solitude démesu-
40 rée ; aucun bruit n'en troublait le profond silence.

Peu à peu, le jeune guide Ulrich Kunsi, un grand Suisse aux longues jambes, laissa derrière lui le père Hauser et le vieux Gaspard Hari, pour rejoindre le mulet qui portait les deux femmes.

45 La plus jeune le regardait venir, semblait l'appeler d'un œil triste. C'était une petite paysanne blonde, dont les joues laiteuses et les cheveux pâles paraissaient décolorés par les longs séjours au milieu des glaces.

Quand il eut rejoint la bête qui la portait, il posa la
50 main sur la croupe et ralentit le pas. La mère Hauser se mit à lui parler, énumérant avec des détails infinis toutes les recommandations de l'hivernage. C'était la première fois qu'il restait là-haut, tandis que le vieux Hari avait déjà passé quatorze hivers sous la neige dans l'auberge
55 de Schwarenbach.

Ulrich Kunsi écoutait, sans avoir l'air de comprendre, et regardait sans cesse la jeune fille. De temps en temps il répondait : «Oui, madame Hauser.» Mais sa pensée semblait loin et sa figure calme demeurait impassible.

60 Ils atteignirent le lac de Daube, dont la longue surface gelée s'étendait, toute plate, au fond du val. À droite, le Daubenhorn montrait ses rochers noirs dressés à pic auprès des énormes moraines[1] du glacier de Lœmmern que dominait le Wildstrubel.

65 Comme ils approchaient du col de la Gemmi, où commence la descente sur Loëche, ils découvrirent tout à coup l'immense horizon des Alpes du Valais dont les séparait la profonde et large vallée du Rhône.

C'était, au loin, un peuple de sommets blancs, iné-
70 gaux, écrasés ou pointus et luisants sous le soleil : le

---

1. *moraines* : débris arrachés à la montagne et entraînés par le glacier.

Mischabel avec ses deux cornes, le puissant massif du Wissehorn, le lourd Brunnegghorn, la haute et redoutable pyramide du Cervin, ce tueur d'hommes, et la Dent-Blanche, cette monstrueuse coquette.

75 Puis, au-dessous d'eux, dans un trou démesuré, au fond d'un abîme effrayant, ils aperçurent Loëche, dont les maisons semblaient des grains de sable jetés dans cette crevasse énorme que finit et que ferme la Gemmi, et qui s'ouvre, là-bas, sur le Rhône.

80 Le mulet s'arrêta au bord du sentier qui va, serpentant, tournant sans cesse et revenant, fantastique° et merveilleux, le long de la montagne droite, jusqu'à ce petit village presque invisible, à son pied. Les femmes sautèrent dans la neige.

85 Les deux vieux les avaient rejoints.

«Allons, dit le père Hauser, adieu et bon courage, à l'an prochain, les amis.»

Le père Hari répéta : «À l'an prochain.»

Ils s'embrassèrent. Puis Mme Hauser, à son tour, ten-
90 dit ses joues; et la jeune fille en fit autant.

Quand ce fut le tour d'Ulrich Kunsi, il murmura dans l'oreille de Louise : «N'oubliez point ceux d'en haut.» Elle répondit «non» si bas qu'il devina sans l'entendre.

«Allons, adieu, répéta Jean Hauser, et bonne santé.»
95 Et, passant devant les femmes, il commença à descendre.

Ils disparurent bientôt tous les trois au premier détour du chemin.

Et les deux hommes s'en retournèrent vers l'auberge
100 de Schwarenbach.

Ils allaient lentement, côte à côte, sans parler. C'était fini, ils resteraient seuls, face à face, quatre ou cinq mois.

Puis Gaspard Hari se mit à raconter sa vie de l'autre
105 hiver. Il était demeuré avec Michel Canol, trop âgé maintenant pour recommencer; car un accident peut arriver pendant cette longue solitude. Ils ne s'étaient pas ennuyés, d'ailleurs; le tout était d'en prendre son parti dès le premier jour; et on finissait par se créer des dis-
110 tractions, des jeux, beaucoup de passe-temps.

Ulrich Kunsi l'écoutait, les yeux baissés, suivant en

pensée ceux qui descendaient vers le village par tous les festons[1] de la Gemmi.

Bientôt ils aperçurent l'auberge, à peine visible, si
115 petite, un point noir au pied de la monstrueuse vague de neige.

Quand ils ouvrirent, Sam le gros chien frisé, se mit à gambader autour d'eux.

«Allons, fils, dit le vieux Gaspard, nous n'avons plus
120 de femme maintenant, il faut préparer le dîner, tu vas éplucher les pommes de terre.»

Et tous deux, s'asseyant sur des escabeaux de bois, commencèrent à tremper la soupe.

La matinée du lendemain sembla longue à Ulrich
125 Kunsi. Le vieux Hari fumait et crachait dans l'âtre, tandis que le jeune homme regardait par la fenêtre l'éclatante montagne en face de la maison.

Il sortit dans l'après-midi, et refaisant le trajet de la veille, il cherchait sur le sol les traces des sabots du
130 mulet qui avait porté les deux femmes. Puis quand il fut au col de la Gemmi, il se coucha sur le ventre au bord de l'abîme, et regarda Loëche.

Le village dans son puits de rocher n'était pas encore noyé sous la neige, bien qu'elle vînt tout près de lui,
135 arrêtée net par les forêts de sapins qui protégeaient ses environs. Ses maisons basses ressemblaient, de là-haut, à des pavés, dans une prairie.

La petite Hauser était là, maintenant, dans une de ces demeures grises. Dans laquelle? Ulrich Kunsi se
140 trouvait trop loin pour les distinguer séparément. Comme il aurait voulu descendre, pendant qu'il le pouvait encore!

Mais le soleil avait disparu derrière la grande cime du Wildstrubel; et le jeune homme rentra. Le père Hari
145 fumait. En voyant revenir son compagnon, il lui proposa une partie de cartes; et ils s'assirent en face l'un de l'autre des deux côtés de la table.

---

1. *festons* : ondulations de terrain en forme de dentelure.

Ils jouèrent longtemps, un jeu simple qu'on nomme la brisque[1], puis, ayant soupé, ils se couchèrent.

150 Les jours qui suivirent furent pareils au premier, clairs et froids, sans neige nouvelle. Le vieux Gaspard passait ses après-midi à guetter les aigles et les rares oiseaux qui s'aventurent sur ces sommets glacés, tandis que Ulrich retournait régulièrement au col de la Gemmi pour
155 contempler le village. Puis ils jouaient aux cartes, aux dés, aux dominos, gagnaient et perdaient de petits objets pour intéresser leur partie.

Un matin, Hari, levé le premier, appela son compagnon. Un nuage mouvant, profond et léger, d'écume
160 blanche s'abattait sur eux, autour d'eux, sans bruit, les ensevelissait peu à peu sous un épais et sourd matelas de mousse. Cela dura quatre jours et quatre nuits. Il fallut dégager la porte et les fenêtres, creuser un couloir et tailler des marches pour s'élever sur cette poudre de
165 glace que douze heures de gelée avait rendue plus dure que le granit des moraines.

Alors, ils vécurent comme des prisonniers, ne s'aventurant plus guère en dehors de leur demeure. Ils s'étaient partagé les besognes qu'ils accomplissaient
170 régulièrement. Ulrich Kunsi se chargeait des nettoyages, des lavages, de tous les soins et de tous les travaux de propreté. C'était lui aussi qui cassait le bois, tandis que Gaspard Hari faisait la cuisine et entretenait le feu. Leurs ouvrages, réguliers et monotones, étaient interrompus
175 par de longues parties de cartes ou de dés. Jamais ils ne se querellaient, étant tous deux calmes et placides. Jamais même ils n'avaient d'impatiences, de mauvaise humeur, ni de paroles aigres, car ils avaient fait provision de résignation pour cet hivernage sur les sommets.
180 Quelquefois, le vieux Gaspard prenait son fusil et s'en allait à la recherche des chamois ; il en tuait de temps en temps. C'était alors fête dans l'auberge de Schwarenbach et grand festin de chair fraîche.

---

1. *brisque* : jeu de cartes. La petite brisque ressemble à la bataille, la grande brisque est plus connue sous le nom de mariage.

Un matin, il partit ainsi. Le thermomètre du dehors
185 marquait dix-huit au-dessous de glace. Le soleil n'étant
pas encore levé, le chasseur espérait surprendre les
bêtes aux abords du Wildstrubel.

Ulrich, demeuré seul, resta couché jusqu'à dix heures.
Il était d'un naturel dormeur ; mais il n'eût point osé
190 s'abandonner ainsi à son penchant en présence du vieux
guide toujours ardent et matinal.

Il déjeuna lentement avec Sam, qui passait aussi ses
jours et ses nuits à dormir devant le feu ; puis il se sentit
triste, effrayé même de la solitude, et saisi par le besoin
195 de la partie de cartes quotidienne, comme on l'est par le
désir d'une habitude invincible.

Alors il sortit pour aller au-devant de son compagnon
qui devait rentrer à quatre heures.

La neige avait nivelé toute la profonde vallée,
200 comblant les crevasses, effaçant les deux lacs, capiton-
nant les rochers ; ne faisant plus, entre les sommets
immenses, qu'une immense cuve blanche régulière,
aveuglante et glacée.

Depuis trois semaines, Ulrich n'était plus revenu au
205 bord de l'abîme d'où il regardait le village. Il y voulut
retourner avant de gravir les pentes qui conduisaient à
Wildstrubel. Loëche maintenant était aussi sous la neige,
et les demeures ne se reconnaissaient plus guère, ense-
velies sous ce manteau pâle.

210 Puis, tournant à droite, il gagna le glacier de Lœmmern. Il allait de son pas allongé de montagnard, en
frappant de son bâton ferré la neige aussi dure que la
pierre. Et il cherchait avec son œil perçant le petit point
noir et mouvant, au loin, sur cette nappe démesurée.

215 Quand il fut au bord du glacier, il s'arrêta, se demandant si le vieux avait bien pris ce chemin ; puis il se mit
à longer les moraines d'un pas plus rapide et plus
inquiet.

Le jour baissait ; les neiges devenaient roses ; un vent
220 sec et gelé courait par souffles brusques sur leur surface
de cristal. Ulrich poussa un cri d'appel aigu, vibrant,
prolongé. La voix s'envola dans le silence de mort où
dormaient les montagnes ; elle courut au loin, sur les
vagues immobiles et profondes d'écume glaciale,

225 comme un cri d'oiseau sur les vagues de la mer; puis elle
s'éteignit et rien ne lui répondit.

Il se remit à marcher. Le soleil s'était enfoncé, là-bas,
derrière les cimes que les reflets du ciel empourpraient
encore; mais les profondeurs de la vallée devenaient
230 grises. Et le jeune homme eut peur tout à coup. Il lui
sembla que le silence, le froid, la solitude, la mort hiver-
nale de ces monts entraient en lui, allaient arrêter et
geler son sang, raidir ses membres, faire de lui un être
immobile et glacé. Et il se mit à courir, s'enfuyant vers
235 sa demeure. Le vieux, pensait-il, était rentré pendant
son absence. Il avait pris un autre chemin; il serait assis
devant le feu, avec un chamois mort à ses pieds.

Bientôt il aperçut l'auberge. Aucune fumée n'en sortait. Ulrich courut plus vite, ouvrit la porte. Sam s'élança
240 pour le fêter, mais Gaspard Hari n'était point revenu.

Effaré, Kunsi tournait sur lui-même, comme s'il se fût
attendu à découvrir son compagnon caché dans un coin.
Puis il ralluma le feu et fit la soupe, espérant toujours
voir revenir le vieillard.

245 De temps en temps, il sortait pour regarder s'il n'apparaissait pas. La nuit était tombée, la nuit blafarde des
montagnes, la nuit pâle, la nuit livide qu'éclairait, au
bord de l'horizon, un croissant jaune et fin prêt à tomber
derrière les sommets.

250 Puis le jeune homme rentrait, s'asseyait, se chauffait
les pieds et les mains en rêvant aux accidents possibles.

Gaspard avait pu se casser une jambe, tomber dans un
trou, faire un faux pas qui lui avait tordu la cheville. Et il
restait étendu dans la neige, saisi, raidi par le froid,
255 l'âme en détresse, perdu, criant peut-être au secours,
appelant de toute la force de sa gorge dans le silence de
la nuit.

Mais où? La montagne était si vaste, si rude, si périlleuse aux environs, surtout en cette saison, qu'il aurait
260 fallu être dix ou vingt guides et marcher pendant huit
jours dans tous les sens pour trouver un homme en cette
immensité.

Ulrich Kunsi, cependant, se résolut à partir avec Sam
si Gaspard Hari n'était point revenu entre minuit et une
265 heure du matin.

Et il fit ses préparatifs.

Il mit deux jours de vivres dans un sac, prit ses crampons d'acier, roula autour de sa taille une corde longue, mince et forte, vérifia l'état de son bâton ferré et de la
270 hachette qui sert à tailler des degrés dans la glace. Puis il attendit. Le feu brûlait dans la cheminée ; le gros chien ronflait sous la clarté de la flamme ; l'horloge battait comme un cœur ses coups réguliers dans sa gaine de bois sonore.

275 Il attendait, l'oreille éveillée aux bruits lointains, frissonnant quand le vent léger frôlait le toit et les murs.

Minuit sonna ; il tressaillit. Puis, comme il se sentait frémissant et apeuré, il posa de l'eau sur le feu, afin de boire du café bien chaud avant de se mettre en route.

280 Quand l'horloge fit tinter une heure, il se dressa, réveilla Sam, ouvrit la porte et s'en alla dans la direction du Wildstrubel. Pendant cinq heures, il monta, escaladant des rochers au moyen de ses crampons, taillant la glace, avançant toujours et parfois halant, au bout de sa
285 corde, le chien resté au bas d'un escarpement trop rapide. Il était six heures environ, quand il atteignit un des sommets où le vieux Gaspard venait souvent à la recherche des chamois.

Et il attendit que le jour se levât.

290 Le ciel pâlissait sur sa tête ; et soudain une lueur bizarre, née on ne sait d'où, éclaira brusquement l'immense océan des cimes pâles qui s'étendaient à cent lieues* autour de lui. On eût dit que cette clarté vague sortait de la neige elle-même pour se répandre dans l'es-
295 pace. Peu à peu les sommets lointains les plus hauts devinrent tous d'un rose tendre comme de la chair, et le soleil rouge apparut derrière les lourds géants des Alpes bernoises.

Ulrich Kunsi se remit en route. Il allait comme un
300 chasseur, courbé, épiant des traces, disant au chien :
« Cherche, mon gros, cherche. »

Il redescendait la montagne à présent, fouillant de l'œil les gouffres, et parfois appelant, jetant un cri prolongé, mort bien vite dans l'immensité muette. Alors, il
305 collait à terre l'oreille, pour écouter ; il croyait distinguer une voix, se mettait à courir, appelait de nouveau, n'en-

130

tendait plus rien et s'asseyait, épuisé, désespéré. Vers
midi, il déjeuna et fit manger Sam, aussi las que lui-
même. Puis il recommença ses recherches.

310 Quand le soir vint, il marchait encore, ayant parcouru
cinquante kilomètres de montagne. Comme il se trouvait trop loin de sa maison pour y rentrer, et trop fatigué
pour se traîner plus longtemps, il creusa un trou dans la
neige et s'y blottit avec son chien, sous une couverture
315 qu'il avait apportée. Et ils se couchèrent l'un contre
l'autre, l'homme et la bête, chauffant leurs corps l'un à
l'autre et gelés jusqu'aux moelles cependant.

Ulrich ne dormit guère, l'esprit hanté de visions, les
membres secoués de frissons.

320 Le jour allait paraître quand il se releva. Ses jambes
étaient raides comme des barres de fer, son âme faible à
le faire crier d'angoisse, son cœur palpitant à le laisser
choir d'émotion dès qu'il croyait entendre un bruit quelconque.

325 Il pensa soudain qu'il allait aussi mourir de froid dans
cette solitude, et l'épouvante de cette mort, fouettant
son énergie, réveilla sa vigueur.

Il descendait maintenant vers l'auberge, tombant, se
relevant, suivi de loin par Sam, qui boitait sur trois
330 pattes.

Ils atteignirent Schwarenbach seulement vers quatre
heures de l'après-midi. La maison était vide. Le jeune
homme fit du feu, mangea et s'endormit, tellement
abruti qu'il ne pensait plus à rien.

335 Il dormit longtemps, très longtemps, d'un sommeil
invincible. Mais soudain, une voix, un cri, un nom :
«Ulrich», secoua son engourdissement profond et le fit
se dresser. Avait-il rêvé? Était-ce un de ces appels
bizarres qui traversent les rêves des âmes inquiètes?
340 Non, il l'entendait encore, ce cri vibrant, entré dans son
oreille et resté dans sa chair jusqu'au bout de ses doigts
nerveux. Certes, on avait crié; on avait appelé :
«Ulrich!» Quelqu'un était là, près de la maison. Il n'en
pouvait douter. Il ouvrit donc la porte et hurla : «C'est
345 toi, Gaspard!» de toute la puissance de sa gorge.

Rien ne répondit; aucun son, aucun murmure, aucun
gémissement, rien. Il faisait nuit. La neige était blême.

Le vent s'était levé, le vent glacé qui brise les pierres et ne laisse rien de vivant sur ces hauteurs abandonnées.
350 Il passait par souffles brusques plus desséchants et plus mortels que le vent de feu du désert. Ulrich, de nouveau, cria : « Gaspard! – Gaspard! – Gaspard! »

Puis il attendit. Tout demeura muet sur la montagne! Alors, une épouvante le secoua jusqu'aux os. D'un bond
355 il rentra dans l'auberge, ferma la porte et poussa les verrous; puis il tomba grelottant sur une chaise, certain qu'il venait d'être appelé par son camarade au moment où il rendait l'esprit.

De cela il était sûr, comme on est sûr de vivre ou de
360 manger du pain. Le vieux Gaspard Hari avait agonisé pendant deux jours et trois nuits quelque part, dans un trou, dans un de ces profonds ravins immaculés dont la blancheur est plus sinistre que les ténèbres des souterrains. Il avait agonisé pendant deux jours et trois nuits,
365 et il venait de mourir tout à l'heure en pensant à son compagnon. Et son âme, à peine libre, s'était envolée vers l'auberge où dormait Ulrich, et elle l'avait appelé de par la vertu mystérieuse et terrible qu'ont les âmes des morts de hanter les vivants. Elle avait crié, cette âme
370 sans voix, dans l'âme accablée du dormeur; elle avait crié son adieu dernier, ou son reproche, ou sa malédiction sur l'homme qui n'avait point assez cherché.

Et Ulrich la sentait là, tout près, derrière le mur, derrière la porte qu'il venait de refermer. Elle rôdait,
375 comme un oiseau de nuit qui frôle de ses plumes une fenêtre éclairée; et le jeune homme éperdu était prêt à hurler d'horreur. Il voulait s'enfuir et n'osait point sortir; il n'osait point et n'oserait plus désormais, car le fantôme resterait là, jour et nuit, autour de l'auberge,
380 tant que le corps du vieux guide n'aurait pas été retrouvé et déposé dans la terre bénite d'un cimetière.

Le jour vint et Kunsi reprit un peu d'assurance au retour brillant du soleil. Il prépara son repas, fit la soupe de son chien, puis il demeura sur une chaise, immobile,
385 le cœur torturé, pensant au vieux couché sur la neige.

Puis, dès que la nuit recouvrit la montagne, des terreurs nouvelles l'assaillirent. Il marchait maintenant dans la cuisine noire, éclairée à peine par la flamme

d'une chandelle, il marchait d'un bout à l'autre de la
390 pièce, à grands pas, écoutant, écoutant si le cri effrayant
de l'autre nuit n'allait pas encore traverser le silence
morne du dehors. Et il se sentait seul, le misérable,
comme aucun homme n'avait jamais été seul! Il était
seul dans cet immense désert de neige, seul à deux mille
395 mètres au-dessus de la terre habitée, au-dessus des maisons humaines, au-dessus de la vie qui s'agite, bruit et
palpite, seul dans le ciel glacé! Une envie folle le tenail-
lait de se sauver n'importe où, n'importe comment, de
descendre à Loëche en se jetant dans l'abîme; mais il
400 n'osait seulement pas ouvrir la porte, sûr que l'autre, le
mort, lui barrerait la route, pour ne pas rester seul non
plus là-haut.

Vers minuit, las de marcher, accablé d'angoisse et de
peur, il s'assoupit enfin sur une chaise, car il redoutait
405 son lit comme on redoute un lieu hanté.

Et soudain le cri strident de l'autre soir lui déchira les
oreilles, si suraigu qu'Ulrich étendit les bras pour
repousser le revenant, et il tomba sur le dos avec son
siège.

410 Sam, réveillé par le bruit, se mit à hurler comme
hurlent les chiens effrayés, et il tournait autour du logis
cherchant d'où venait le danger. Parvenu près de la
porte, il flaira dessous, soufflant et reniflant avec force,
le poil hérissé, la queue droite et grognant.

415 Kunsi, éperdu, s'était levé et, tenant par un pied sa
chaise, il cria : «N'entre pas, n'entre pas, n'entre pas ou
je te tue.» Et le chien, excité par cette menace, aboyait
avec fureur contre l'invisible ennemi que défiait la voix
de son maître.

420 Sam, peu à peu, se calma et revint s'étendre auprès du
foyer, mais il demeurait inquiet, la tête levée, les yeux
brillants et grondant entre ses crocs.

Ulrich, à son tour, reprit ses sens, mais comme il se
sentait défaillir de terreur, il alla chercher une bouteille
425 d'eau-de-vie dans le buffet, et il en but, coup sur coup,
plusieurs verres. Ses idées devenaient vagues; son courage s'affermissait; une fièvre de feu glissait dans ses
veines.

Il ne mangea guère le lendemain, se bornant à boire

430 de l'alcool. Et pendant plusieurs jours de suite il vécut,
soûl comme une brute. Dès que la pensée de Gaspard
Hari lui revenait, il recommençait à boire jusqu'à l'instant où il tombait sur le sol, abattu par l'ivresse. Et il
restait là, sur la face, ivre mort, les membres rompus,
435 ronflant, le front par terre. Mais à peine avait-il digéré le
liquide affolant et brûlant, que le cri toujours le même
«Ulrich!» le réveillait comme une balle qui lui aurait
percé le crâne ; et il se dressait chancelant encore, éten-
dant les mains pour ne point tomber, appelant Sam à
440 son secours. Et le chien, qui semblait devenir fou
comme son maître, se précipitait sur la porte, la grattait
de ses griffes, la rongeait de ses longues dents blanches,
tandis que le jeune homme, le col renversé, la tête en
l'air, avalait à pleines gorgées, comme de l'eau fraîche
445 après une course, l'eau-de-vie qui tout à l'heure endor-
mirait de nouveau sa pensée, et son souvenir, et sa terreur éperdue.

En trois semaines, il absorba toute sa provision d'alcool. Mais cette soûlerie continue ne faisait qu'assoupir
450 son épouvante qui se réveilla plus furieuse dès qu'il lui
fut impossible de la calmer. L'idée fixe alors, exaspérée
par un mois d'ivresse, et grandissant sans cesse dans
l'absolue solitude, s'enfonçait en lui à la façon d'une
vrille. Il marchait maintenant dans sa demeure ainsi
455 qu'une bête en cage, collant son oreille à la porte pour
écouter si l'autre était là, et le défiant, à travers le mur.

Puis, dès qu'il sommeillait, vaincu par la fatigue, il
entendait la voix qui le faisait bondir sur ses pieds.

Une nuit enfin, pareil aux lâches poussés à bout, il se
460 précipita sur la porte et l'ouvrit pour voir celui qui l'appelait et pour le forcer à se taire.

Il reçut en plein visage un souffle d'air froid qui le
glaça jusqu'aux os et il referma le battant et poussa les
verrous, sans remarquer que Sam s'était élancé dehors.
465 Puis, frémissant, il jeta du bois au feu, et s'assit devant
pour se chauffer ; mais soudain il tressaillit, quelqu'un
grattait le mur en pleurant.

Il cria éperdu : «Va-t'en.» Une plainte lui répondit,
longue et douloureuse.

470 Alors tout ce qui lui restait de raison fut emporté par

la terreur. Il répétait « Va-t'en » en tournant sur lui même pour trouver un coin où se cacher. L'autre, pleurant toujours, passait le long de la maison en se frottant contre le mur. Ulrich s'élança vers le buffet de chêne plein de
475 vaisselle et de provisions, et, le soulevant avec une force surhumaine, il le traîna jusqu'à la porte, pour s'appuyer d'une barricade. Puis, entassant les uns sur les autres tout ce qui restait de meubles, les matelas, les paillasses, les chaises, il boucha la fenêtre comme on fait lorsqu'un
480 ennemi vous assiège.

Mais celui du dehors poussait maintenant de grands gémissements lugubres auxquels le jeune homme se mit à répondre par des gémissements pareils.

Et des jours et des nuits se passèrent sans qu'ils ces-
485 sassent de hurler l'un et l'autre. L'un tournait sans cesse autour de la maison et fouillait la muraille de ses ongles avec tant de force qu'il semblait vouloir la démolir ; l'autre, au-dedans, suivait tous ses mouvements, courbé, l'oreille collée contre la pierre, et il répondait à tous ses
490 appels par d'épouvantables cris.

Un soir, Ulrich n'entendit plus rien ; et il s'assit tellement brisé de fatigue qu'il s'endormit aussitôt.

Il se réveilla sans un souvenir, sans une pensée, comme si toute sa tête se fût vidée pendant ce sommeil
495 accablé. Il avait faim, il mangea.

. . . .

L'hiver était fini. Le passage de la Gemmi redevenait praticable ; et la famille Hauser se mit en route pour rentrer dans son auberge.
500 Dès qu'elles eurent atteint le haut de la montée les femmes grimpèrent sur leur mulet, et elles parlèrent des deux hommes qu'elles allaient retrouver tout à l'heure.

Elles s'étonnaient que l'un d'eux ne fût pas descendu
505 quelques jours plus tôt, dès que la route était devenue possible, pour donner des nouvelles de leur long hivernage.

On aperçut enfin l'auberge encore couverte et capitonnée de neige. La porte et la fenêtre étaient closes ; un
510 peu de fumée sortait du toit, ce qui rassura le père Hauser. Mais en approchant, il aperçut, sur le seuil, un sque-

lette d'animal dépecé par les aigles, un grand squelette couché sur le flanc.

Tous l'examinèrent. «Ça doit être Sam», dit la mère.
515 Et elle appela : «Hé, Gaspard.» Un cri répondit à l'intérieur, un cri aigu, qu'on eût dit poussé par une bête. Le père Hauser répéta : «Hé, Gaspard.» Un autre cri pareil au premier se fit entendre.

Alors, les trois hommes, le père et les deux fils,
520 essayèrent d'ouvrir la porte. Elle résista. Ils prirent dans l'étable vide une longue poutre comme bélier[1], et la lancèrent à toute volée. Le bois cria, céda, les planches volèrent en morceaux; puis un grand bruit ébranla la maison et ils aperçurent, dedans, derrière le buffet
525 écroulé, un homme debout, avec des cheveux qui lui tombaient aux épaules, une barbe qui lui tombait sur la poitrine, des yeux brillants et des lambeaux d'étoffe sur le corps.

Ils ne le reconnaissaient point, mais Louise Hauser
530 s'écria : «C'est Ulrich, maman.» Et la mère constata que c'était Ulrich, bien que ses cheveux fussent blancs.

Il les laissa venir; il se laissa toucher; mais il ne répondit point aux questions qu'on lui posa; et il fallut le conduire à Loëche où les médecins constatèrent qu'il
535 était fou.

Et personne ne sut jamais ce qu'était devenu son compagnon.

La petite Hauser faillit mourir, cet été-là, d'une maladie de langueur[2] qu'on attribua au froid de la montagne.

---

1. *bélier* : poutre terminée par une masse métallique en forme de tête de bélier pour enfoncer les portes d'un lieu assiégé.
2. *langueur* : affaiblissement lent et prolongé des forces physiques.

Illustration de Julian-Damazy pour le conte L'Auberge,
d'après une gravure sur bois de J. Lemoine.

Questions

Compréhension

1. Mettez en évidence la progression dramatique du récit.

2. Relevez les éléments qui opposent Ulrich au vieux guide malgré les apparences.

3. Comment est développé le thème de la prison ? En quoi est-il symbolique de la folie ?

4. Analysez les thèmes croisés de la vie et de la mort. Que constatez-vous ?

5. Comparez ce conte à celui intitulé La Peur.

Écriture

6. Quel rôle joue le narrateur ?

7. Sur quels procédés de style* repose la description* de la montagne ?

Mise en images

8. Cherchez des photographies de paysages de montagne qui pourraient illustrer ce conte.

9. Composez un dossier de documents écrits et photographiques sur la vie des montagnards à l'époque de Maupassant.

La Morte

Je l'avais aimée éperdument! Pourquoi aime-t-on?
Est-ce bizarre de ne plus voir dans le monde qu'un être,
de n'avoir plus dans l'esprit qu'une pensée, dans le
cœur qu'un désir, et dans la bouche qu'un nom : un
5 nom qui monte incessamment, qui monte comme l'eau
d'une source, des profondeurs de l'âme, qui monte aux
lèvres, et qu'on dit, qu'on redit, qu'on murmure sans
cesse, partout, ainsi qu'une prière.

Je ne conterai point notre histoire. L'amour n'en a
10 qu'une, toujours la même. Je l'avais rencontrée et aimée.
Voilà tout. Et j'avais vécu pendant un an dans sa tendresse, dans ses bras, dans sa caresse, dans son regard,
dans ses robes, dans sa parole, enveloppé, lié, empri-
sonné dans tout ce qui venait d'elle, d'une façon si
15 complète que je ne savais plus s'il faisait jour ou nuit, si
j'étais mort ou vivant, sur la vieille terre ou ailleurs.

Et voilà qu'elle mourut. Comment? Je ne sais pas, je
ne sais plus.

Elle rentra mouillée, un soir de pluie, et le lendemain
20 elle toussait. Elle toussa pendant une semaine environ et
prit le lit.

Que s'est-il passé? Je ne sais plus.

Des médecins venaient, écrivaient, s'en allaient. On
apportait des remèdes; une femme les lui faisait boire.
25 Ses mains étaient chaudes, son front brûlant et humide,
son regard brillant et triste. Je lui parlais, elle me répondait. Que nous sommes-nous dit? Je ne sais plus. J'ai
tout oublié, tout, tout! Elle mourut, je me rappelle très
bien son petit soupir, son petit soupir si faible, le der-
30 nier. La garde dit : «Ah!» Je compris, je compris!

Je n'ai plus rien su. Rien. Je vis un prêtre qui prononça ce mot : «Votre maîtresse.» Il me sembla qu'il
l'insultait. Puisqu'elle était morte on n'avait plus le droit
de savoir cela. Je le chassai. Un autre vint qui fut très
35 bon, très doux. Je pleurai quand il me parla d'elle.

On me consulta sur mille choses pour l'enterrement.
Je ne sais plus. Je me rappelle cependant très bien le
cercueil, le bruit des coups de marteau quand on la
cloua dedans. Ah! mon Dieu!

40   Elle fut enterrée ! enterrée ! Elle ! dans ce trou ! Quelques personnes étaient venues, des amies. Je me sauvai. Je courus. Je marchai longtemps à travers des rues. Puis je rentrai chez moi. Le lendemain je partis pour un voyage.

45   Hier, je suis rentré à Paris.

    Quand je revis ma chambre, notre chambre, notre lit, nos meubles, toute cette maison où était resté tout ce qui reste de la vie d'un être après sa mort, je fus saisi par un retour de chagrin si violent que je faillis ouvrir la fenêtre
50 et me jeter dans la rue. Ne pouvant plus demeurer au milieu de ces choses, de ces murs qui l'avaient enfermée, abritée, et qui devaient garder dans leurs imperceptibles fissures mille atomes d'elle, de sa chair et de son souffle, je pris mon chapeau, afin de me sauver. Tout
55 à coup, au moment d'atteindre la porte, je passai devant la grande glace du vestibule qu'elle avait fait poser là pour se voir, des pieds à la tête, chaque jour, en sortant, pour voir si toute sa toilette allait bien, était correcte et jolie, des bottines à la coiffure.

60   Et je m'arrêtai net en face de ce miroir qui l'avait si souvent reflétée. Si souvent, si souvent, qu'il avait dû garder aussi son image.

    J'étais là debout, frémissant, les yeux fixés sur le verre, sur le verre plat, profond, vide, mais qui l'avait
65 contenue tout entière, possédée autant que moi, autant que mon regard passionné. Il me sembla que j'aimais cette glace, – je la touchai, – elle était froide ! Oh ! le souvenir ! le souvenir ! miroir douloureux, miroir brûlant, miroir vivant, miroir horrible, qui fait souffrir toutes les
70 tortures ! Heureux les hommes dont le cœur, comme une glace où glissent et s'effacent les reflets, oublie tout ce qu'il a contenu, tout ce qui a passé devant lui, tout ce qui s'est contemplé, miré, dans son affection, dans son amour ! Comme je souffre !

75   Je sortis et, malgré moi, sans savoir, sans le vouloir, j'allai vers le cimetière. Je trouvai sa tombe toute simple, une croix de marbre, avec ces quelques mots : « Elle aima, fut aimée, et mourut. »

140

Elle était là, là-dessous, pourrie! Quelle horreur! Je
80 sanglotais, le front sur le sol.

J'y restai longtemps, longtemps. Puis je m'aperçus
que le soir venait. Alors un désir bizarre, fou, un désir
d'amant désespéré s'empara de moi. Je voulus passer la
nuit près d'elle, dernière nuit, à pleurer sur sa tombe.
85 Mais on me verrait, on me chasserait. Comment faire ?
Je fus rusé. Je me levai et me mis à errer dans cette ville
des disparus. J'allais, j'allais. Comme elle est petite cette
ville à côté de l'autre, celle où l'on vit! Et pourtant
comme ils sont plus nombreux que les vivants, ces
90 morts. Il nous faut de hautes maisons, des rues, tant de
place, pour les quatre générations qui regardent le jour
en même temps, boivent l'eau des sources, le vin des
vignes et mangent le pain des plaines.

Et pour toutes les générations des morts, pour toute
95 l'échelle de l'humanité descendue jusqu'à nous, presque
rien, un champ, presque rien! La terre les reprend, l'ou-
bli les efface. Adieu!

Au bout du cimetière habité, j'aperçus tout à coup le
cimetière abandonné, celui où les vieux défunts
100 achèvent de se mêler au sol, où les croix elles-mêmes
pourrissent, où l'on mettra demain les derniers venus. Il
est plein de roses libres, de cyprès vigoureux et noirs, un
jardin triste et superbe, nourri de chair humaine.

J'étais seul, bien seul. Je me blottis dans un arbre vert.
105 Je m'y cachai tout entier, entre ces branches grasses et
sombres.

Et j'attendis, cramponné au tronc comme un naufragé
sur une épave.

Quand la nuit fut noire, très noire, je quittai mon
110 refuge et me mis à marcher doucement, à pas lents, à
pas sourds, sur cette terre pleine de morts.

J'errai longtemps, longtemps, longtemps. Je ne la
retrouvais pas. Les bras étendus, les yeux ouverts, heurtant des tombes avec mes mains, avec mes pieds, avec
115 mes genoux, avec ma poitrine, avec ma tête elle-même,
j'allais sans la trouver. Je touchais, je palpais comme un
aveugle qui cherche sa route, je palpais des pierres, des
croix, des grilles de fer, des couronnes de verre, des

couronnes de fleurs fanées! Je lisais les noms avec mes
120 doigts, en les promenant sur les lettres. Quelle nuit!
quelle nuit! Je ne la retrouvais pas!

Pas de lune! Quelle nuit! J'avais peur, une peur
affreuse dans ces étroits sentiers, entre deux lignes de
tombes! Des tombes! des tombes! des tombes. Toujours
125 des tombes! À droite, à gauche, devant moi, autour de
moi, partout, des tombes! Je m'assis sur une d'elles, car
je ne pouvais plus marcher tant mes genoux flé-
chissaient. J'entendais battre mon cœur! Et j'entendais
autre chose aussi! Quoi? un bruit confus innommable!
130 Était-ce dans ma tête affolée, dans la nuit impénétrable,
ou sous la terre mystérieuse, sous la terre ensemencée
de cadavres humains, ce bruit? Je regardais autour de
moi!

Combien de temps suis-je resté là? Je ne sais pas.
135 J'étais paralysé par la terreur, j'étais ivre d'épouvante,
prêt à hurler, prêt à mourir.

Et soudain il me sembla que la dalle de marbre sur
laquelle j'étais assis remuait. Certes, elle remuait,
comme si on l'eût soulevée. D'un bond je me jetai sur le
140 tombeau voisin, et je vis, oui, je vis la pierre que je
venais de quitter se dresser toute droite; et le mort
apparut, un squelette nu qui, de son dos courbé la reje-
tait. Je voyais, je voyais très bien, quoique la nuit fût
profonde. Sur la croix je pus lire:
145 « Ici repose Jacques Olivant, décédé à l'âge de cinquante et un ans. Il aimait les siens, fut honnête et bon,
et mourut dans la paix du Seigneur.»

Maintenant le mort aussi lisait les choses écrites sur
son tombeau. Puis il ramassa une pierre dans le chemin,
150 une petite pierre aiguë, et se mit à les gratter avec soin,
ces choses. Il les effaça tout à fait, lentement, regardant
de ses yeux vides la place où tout à l'heure elles étaient
gravées; et du bout de l'os qui avait été son index, il
écrivit en lettres lumineuses comme ces lignes qu'on
155 trace aux murs avec le bout d'une allumette:

« Ici repose Jacques Olivant, décédé à l'âge de cinquante et un ans. Il hâta par ses duretés la mort de son
père dont il désirait hériter, il tortura sa femme, tour-

menta ses enfants, trompa ses voisins, vola quand il le
160 put et mourut misérable. »

Quand il eut achevé d'écrire, le mort immobile
contempla son œuvre. Et je m'aperçus, en me retournant, que toutes les tombes étaient ouvertes, que tous les
cadavres en étaient sortis, que tous avaient effacé les
165 mensonges inscrits par les parents sur la pierre funé-
raire, pour y rétablir la vérité.

Et je voyais que tous avaient été les bourreaux de leurs
proches, haineux, déshonnêtes[1], hypocrites, menteurs,
fourbes[2], calomniateurs[3], envieux, qu'ils avaient volé,
170 trompé, accompli tous les actes honteux, tous les actes
abominables, ces bons pères, ces épouses fidèles, ces fils
dévoués, ces jeunes filles chastes, ces commerçants
probes[4], ces hommes et ces femmes dits irréprochables.

Ils écrivaient tous en même temps, sur le seuil de leur
175 demeure éternelle, la cruelle, terrible et sainte vérité que
tout le monde ignore ou feint d'ignorer sur la terre.

Je pensai qu'*elle* aussi avait dû la tracer sur sa tombe.
Et sans peur maintenant, courant au milieu des cercueils
entrouverts, au milieu des cadavres, au milieu des sque-
180 lettes, j'allai vers elle, sûr que je la trouverais aussitôt.

Je la reconnus de loin, sans voir le visage enveloppé
du suaire[5].

Et sur la croix de marbre où tout à l'heure j'avais lu :
« Elle aima, fut aimée, et mourut. »
185 J'aperçus :
« Étant sortie un jour pour tromper son amant, elle eut
froid sous la pluie, et mourut. »

Il paraît qu'on me ramassa, inanimé, au jour levant,
auprès d'une tombe.
190 . . . .

---

1. *déshonnêtes* : qui vont à l'encontre de la morale.
2. *fourbes* : hypocrites et rusés.
3. *calomniateurs* : diffamateurs ; qui portent une accusation grave et consciemment mensongère.
4. *probes* : honnêtes, intègres (littéraire).
5. *suaire* : synonyme littéraire de *linceul* ; pièce de toile dont on recouvre les morts.

Questions

Compréhension

1. *De quelle manière le narrateur aime-t-il ?*

2. *Comment le narrateur vit-il la mort de celle qu'il aime ?*

3. *Quand prend-il réellement conscience de la mort de celle qu'il aime ? Étudiez l'emploi des adjectifs possessifs dans ce passage.*

4. *Quel rôle joue le miroir ?*

5. *Quels éléments constituent ici le fantastique* ? Qu'est-ce qui donne à ce conte l'apparence d'un cauchemar ? Quel est l'effet produit sur le narrateur ?*

6. *De quel mythe* de l'Antiquité ce conte peut-il être rapproché ?*

7. *Quelle désillusion attend le narrateur et le lecteur ?*

Écriture / Réécriture

8. *De quelle manière Maupassant suggère-t-il, dans le préambule, que l'histoire du narrateur peut s'appliquer à tous les hommes ?*

9. *Quelle impression veut suggérer Maupassant dans la longue phrase du premier paragraphe ?*

10. *« Toutes les vérités ne sont pas bonnes à dire. » Faites, à la manière de Maupassant, un récit qui illustre ce dicton.*

Mise en perspective

11. *Recherchez des œuvres littéraires, cinématographiques ou picturales qui évoquent des morts sortant de leurs tombeaux.*

La Nuit

cauchemar

J'aime la nuit avec passion. Je l'aime comme on aime son pays ou sa maîtresse, d'un amour instinctif, profond, invincible. Je l'aime avec tous mes sens, avec mes yeux qui la voient, avec mon odorat qui la respire, avec mes oreilles qui en écoutent le silence, avec toute ma chair que les ténèbres caressent. Les alouettes chantent dans le soleil, dans l'air bleu, dans l'air chaud, dans l'air léger des matinées claires. Le hibou fuit dans la nuit, tache noire qui passe à travers l'espace noir, et, réjoui, grisé par la noire immensité, il pousse son cri vibrant et sinistre.

Le jour me fatigue et m'ennuie. Il est brutal et bruyant. Je me lève avec peine, je m'habille avec lassitude, je sors avec regret, et chaque pas, chaque mouvement, chaque geste, chaque parole, chaque pensée me fatigue comme si je soulevais un écrasant fardeau.

Mais quand le soleil baisse, une joie confuse, une joie de tout mon corps m'envahit. Je m'éveille, je m'anime. À mesure que l'ombre grandit, je me sens tout autre, plus jeune, plus fort, plus alerte, plus heureux. Je la regarde s'épaissir, la grande ombre douce tombée du ciel : elle noie la ville, comme une onde insaisissable et impénétrable, elle cache, efface, détruit les couleurs, les formes, étreint les maisons, les êtres, les monuments de son imperceptible toucher.

Alors j'ai envie de crier de plaisir comme les chouettes, de courir sur les toits comme les chats ; et un impétueux, un invincible désir d'aimer s'allume dans mes veines.

Je vais, je marche, tantôt dans les faubourgs assombris, tantôt dans les bois voisins de Paris, où j'entends rôder mes sœurs les bêtes et mes frères les braconniers[1].

---

1. *braconniers* : personnes qui chassent sans autorisation, en contravention avec la loi.

Ce qu'on aime avec violence finit toujours par vous
tuer. Mais comment expliquer ce qui m'arrive ? Com-
35 ment même faire comprendre que je puisse le raconter ?
Je ne sais pas, je ne sais plus, je sais seulement que cela
est.

– Voilà.

Donc hier – était-ce hier ? – oui, sans doute, à moins
40 que ce ne soit auparavant, un autre jour, un autre mois,
une autre année, – je ne sais pas. Ce doit être hier pourtant, puisque le jour ne s'est plus levé, puisque le soleil
n'a pas reparu. Mais depuis quand la nuit dure-t-elle ?
Depuis quand ?... Qui le dira ? qui le saura jamais ?

45 Donc, hier, je sortis comme je fais tous les soirs, après
mon dîner. Il faisait très beau, très doux, très chaud. En
descendant vers les boulevards, je regardais au-dessus
de ma tête le fleuve noir et plein d'étoiles découpé dans
le ciel par les toits de la rue qui tournait et faisait ondu-
50 ler comme une vraie rivière ce ruisseau roulant des
astres.

Tout était clair dans l'air léger, depuis les planètes
jusqu'aux becs de gaz. Tant de feux brillaient là-haut
et dans la ville que les ténèbres en semblaient lumi-
55 neuses. Les nuits luisantes sont plus joyeuses que les
grands jours de soleil.

Sur le boulevard, les cafés flamboyaient ; on riait, on
passait, on buvait. J'entrai au théâtre, quelques instants ;
dans quel théâtre ? Je ne sais plus. Il y faisait si clair que
60 cela m'attrista et je ressortis le cœur un peu assombri
par ce choc de lumière brutale sur les ors[1] du balcon,
par le scintillement factice[2] du lustre énorme de cristal,
par la barrière de feu de la rampe, par la mélancolie de
cette clarté fausse et crue. Je gagnais les Champs-Élysées
65 où les cafés-concerts semblaient des foyers d'incendie
dans les feuillages. Les marronniers frottés de lumière
jaune avaient l'air peints, un air d'arbres phosphores-
cents. Et les globes électriques, pareils à des lunes écla-

---

1. *ors* : dorures ; couleur jaune brillant donnée aux objets par une couche d'or.
2. *factice* : artificiel.

tantes et pâles, à des œufs de lune tombés du ciel, à des
70 perles monstrueuses, vivantes, faisaient pâlir sous leur
clarté nacrée, mystérieuse et royale les filets de gaz, de
vilain gaz sale, et les guirlandes de verres de couleur.

Je m'arrêtai sous l'Arc de Triomphe pour regarder
l'avenue, la longue et admirable avenue étoilée, allant
75 vers Paris entre deux lignes de feux, et les astres ! Les
astres là-haut, les astres inconnus jetés au hasard dans
l'immensité où ils dessinent ces figures bizarres, qui font
tant rêver, qui font tant songer.

J'entrai dans le Bois de Boulogne et j'y restai long-
80 temps, longtemps. Un frisson singulier* m'avait saisi,
une émotion imprévue et puissante, une exaltation de
ma pensée qui touchait à la folie.

Je marchai longtemps, longtemps. Puis je revins.

Quelle heure était-il quand je repassai sous l'Arc de
85 Triomphe ? Je ne sais pas. La ville s'endormait, et des
nuages, de gros nuages noirs s'étendaient lentement sur
le ciel.

Pour la première fois je sentis qu'il allait arriver quelque chose d'étrange, de nouveau. Il me sembla qu'il fai-
90 sait froid, que l'air s'épaississait, que la nuit, que ma nuit
bien-aimée, devenait lourde sur mon cœur. L'avenue
était déserte, maintenant. Seuls, deux sergents de ville
se promenaient auprès de la station des fiacres, et, sur la
chaussée à peine éclairée par les becs de gaz qui parais-
95 saient mourants, une file de voitures de légumes allait
aux Halles. Elles allaient lentement, chargées de
carottes, de navets, et de choux. Les conducteurs dormaient, invisibles, les chevaux marchaient d'un pas égal,
suivant la voiture précédente, sans bruit, sur le pavé de
100 bois. Devant chaque lumière du trottoir, les carottes
s'éclairaient en rouge, les navets s'éclairaient en blanc,
les choux s'éclairaient en vert ; et elles passaient l'une
derrière l'autre, ces voitures rouges, d'un rouge de feu,
blanches d'un blanc d'argent, vertes d'un vert d'éme-
105 raude. Je les suivis, puis je tournai par la rue Royale et
revins sur les boulevards. Plus personne, plus de cafés
éclairés, quelques attardés seulement qui se hâtaient. Je
n'avais jamais vu Paris aussi mort, aussi désert. Je tirai
ma montre. Il était deux heures.

110   Une force me poussait, un besoin de marcher. J'allai donc jusqu'à la Bastille. Là, je m'aperçus que je n'avais jamais vu une nuit si sombre, car je ne distinguais pas même la colonne de Juillet, dont le génie d'or était perdu dans l'impénétrable obscurité. Une voûte de
115 nuages, épaisse comme l'immensité, avait noyé les étoiles, et semblait s'abaisser sur la terre pour l'anéantir.

   Je revins. Il n'y avait plus personne autour de moi. Place du Château-d'Eau, pourtant, un ivrogne faillit me heurter, puis il disparut. J'entendis quelque temps son
120 pas inégal et sonore. J'allais. À la hauteur du faubourg Montmartre un fiacre passa, descendant vers la Seine. Je l'appelai. Le cocher ne répondit pas. Une femme rôdait près de la rue Drouot : « Monsieur, écoutez donc. » Je hâtai le pas pour éviter sa main tendue. Puis plus rien.
125 Devant le Vaudeville[1], un chiffonnier fouillait le ruisseau. Sa petite lanterne flottait au ras du sol. Je lui demandai : « Quelle heure est-il, mon brave ? »

   Il grogna : « Est-ce que je sais ! J'ai pas de montre. »

   Alors je m'aperçus tout à coup que les becs de gaz
130 étaient éteints. Je sais qu'on les supprime de bonne heure, avant le jour, en cette saison, par économie ; mais le jour était encore loin, si loin de paraître !

   « Allons aux Halles, pensai-je, là au moins je trouverai la vie. »

135   Je me mis en route, mais je n'y voyais même pas pour me conduire. J'avançais lentement, comme on fait dans un bois, reconnaissant les rues en les comptant.

   Devant le Crédit Lyonnais[2], un chien grogna. Je tournai par la rue de Grammont, je me perdis ; j'errai, puis je
140 reconnus la Bourse aux grilles de fer qui l'entourent. Paris entier dormait, d'un sommeil profond, effrayant. Au loin pourtant un fiacre roulait, un seul fiacre, celui peut-être qui avait passé devant moi tout à l'heure. Je cherchais à le joindre, allant vers le bruit de ses roues, à

---

1. *le Vaudeville* : théâtre situé alors au carrefour du boulevard des Capucines et de la Chaussée d'Antin.
2. *Crédit Lyonnais* : banque située boulevard des Italiens, entre la rue de la Michodière et la rue de Grammont.

145 travers les rues solitaires et noires, noires, noires comme
la mort.

Je me perdis encore. Où étais-je ? Quelle folie
d'éteindre si tôt le gaz ! Pas un passant, pas un attardé,
pas un rôdeur, pas un miaulement de chat amoureux.
150 Rien.

Où donc étaient les sergents de ville ? Je me dis :
« Je vais crier, ils viendront. » Je criai. Personne ne
répondit.

J'appelai plus fort. Ma voix s'envola, sans écho, faible,
155 étouffée, écrasée par la nuit, par cette nuit impénétrable.

Je hurlai : « Au secours ! au secours ! au secours ! »

Mon appel désespéré resta sans réponse. Quelle heure
était-il donc ? Je tirai ma montre, mais je n'avais point
d'allumettes. J'écoutai le tic-tac léger de la petite méca-
160 nique avec une joie inconnue et bizarre. Elle semblait
vivre. J'étais moins seul. Quel mystère ! Je me remis en
marche comme un aveugle, en tâtant les murs de ma
canne, et je levais à tout moment les yeux vers le ciel,
espérant que le jour allait enfin paraître ; mais l'espace
165 était noir, tout noir, plus profondément noir que la ville.

Quelle heure pouvait-il être ? Je marchais, me semblait-il, depuis un temps infini, car mes jambes flé-
chissaient sous moi, ma poitrine haletait, et je souffrais
de la faim horriblement.

170 Je me décidai à sonner à la première porte cochère. Je
tirai le bouton de cuivre, et le timbre tinta dans la maison sonore ; il tinta étrangement comme si ce bruit
vibrant eût été seul dans cette maison.

J'attendis, on ne répondit pas, on n'ouvrit point la
175 porte. Je sonnai de nouveau ; j'attendis encore, rien !

J'eus peur ! Je courus à la demeure suivante, et vingt
fois de suite je fis résonner la sonnerie dans le couloir
obscur où devait dormir le concierge. Mais il ne
s'éveilla pas, – et j'allai plus loin, tirant de toutes mes
180 forces les anneaux ou les boutons, heurtant de mes
pieds, de ma canne et de mes mains les portes obstiné-
ment closes.

Et tout à coup, je m'aperçus que j'arrivais aux Halles.
Les Halles étaient désertes, sans un bruit, sans un mou-
185 vement, sans une voiture, sans un homme, sans une

botte de légumes ou de fleurs. – Elles étaient vides, immobiles, abandonnées, mortes!

Une épouvante me saisit, – horrible. Que se passait-il? Oh! mon Dieu! que se passait-il?

190 Je repartis. Mais l'heure? l'heure? qui me dirait l'heure? Aucune horloge ne sonnait dans les clochers ou dans les monuments. Je pensai : « Je vais ouvrir le verre de ma montre et tâter l'aiguille avec mes doigts. » Je tirai ma montre... elle ne battait plus... elle était arrêtée. Plus

195 rien, plus rien, plus un frisson dans la ville, pas une lueur, pas un frôlement de son dans l'air. Rien! plus rien! plus même le roulement lointain du fiacre – plus rien!

J'étais aux quais, et une fraîcheur glaciale montait de
200 la rivière.

La Seine coulait-elle encore?

Je voulus savoir, je trouvai l'escalier, je descendis... Je n'entendais pas le courant bouillonner sous les arches du pont... Des marches encore... puis du sable... de la
205 vase... puis de l'eau... j'y trempai mon bras... elle coulait... elle coulait... froide... froide... froide... presque gelée... presque tarie... presque morte.

Et je sentais bien que je n'aurais plus jamais la force de remonter... et que j'allais mourir là... moi aussi, de
210 faim – de fatigue – et de froid.

Compréhension

1. *Qui parle ?*

2. *Quelle est la structure narrative* du conte ?*

3. *Quel sentiment l'auteur éprouve-t-il pour la nuit ?*

4. *Quels éléments du texte introduisent le thème de la mort ?*

5. *Le fantastique* est-il produit par des éléments extérieurs ? Quelles modifications du temps et de l'espace se produisent-elles ? Que devient la ville ?*

6. *Qu'a de dramatique ce conte ?*

Écriture / Réécriture

7. *Relevez les comparaisons* et les métaphores*. Quel est leur rôle ?*

8. *Quel rôle jouent les répétitions ?*

9. *Racontez le réveil du narrateur après ce cauchemar.*

10. *Imaginez le dialogue entre le narrateur au moment de son errance et un promeneur compatissant.*

11. *Racontez, à la manière de Maupassant, un cauchemar que vous avez vécu.*

Mise en perspective

12. *Tracez sur un plan de Paris le trajet parcouru par le narrateur.*

151

L'Homme de Mars

J'étais en train de travailler quand mon domestique annonça :

«Monsieur, c'est un monsieur qui demande à parler à monsieur.

5   – Faites entrer.»

J'aperçus un petit homme qui saluait. Il avait l'air d'un chétif maître d'études à lunettes, dont le corps fluet n'adhérait de nulle part à ses vêtements trop larges.

10   Il balbutia :

«Je vous demande pardon, monsieur, bien pardon de vous déranger.»

Je dis :

«Asseyez-vous, monsieur.»

15   Il s'assit et reprit :

«Mon Dieu, monsieur, je suis très troublé par la démarche que j'entreprends. Mais il fallait absolument que je visse quelqu'un, il n'y avait que vous... que vous... Enfin, j'ai pris du courage... mais vraiment... je n'ose

20   plus.

– Osez donc, monsieur.

– Voilà, monsieur, c'est que, dès que j'aurai commencé à parler, vous allez me prendre pour un fou.

25   – Mon Dieu, monsieur, cela dépend de ce que vous allez me dire.

– Justement, monsieur, ce que je vais vous dire est bizarre. Mais je vous prie de considérer que je ne suis pas fou, précisément par cela même que[1] je constate

30   l'étrangeté de ma confidence.

– Eh bien, monsieur, allez.

– Non, monsieur, je ne suis pas fou, mais j'ai l'air fou des hommes qui ont réfléchi plus que les autres et qui ont franchi un peu, si peu, les barrières de la pensée

35   moyenne. Songez donc, monsieur, que personne ne

---

1. *cela même que* : le fait même que.

153

pense à rien dans ce monde. Chacun s'occupe de *ses* affaires, de *sa* fortune, de *ses* plaisirs, de *sa* vie enfin, ou de petites bêtises amusantes comme le théâtre, la peinture, la musique ou de la politique, la plus vaste des
40 niaiseries, ou de questions industrielles. Mais qui donc pense ? Qui donc ? Personne ! Oh ! je m'emballe ! Pardon. Je retourne à mes moutons.

« Voilà cinq ans que je viens ici, monsieur. Vous ne me connaissez pas, mais moi je vous connais très
45 bien... Je ne me mêle jamais au public de votre plage ou de votre casino. Je vis sur les falaises, j'adore positivement ces falaises d'Étretat. Je n'en connais pas de plus belles, de plus saines. Je veux dire saines pour l'esprit. C'est une admirable route entre le ciel et la
50 mer, une route de gazon, qui court sur cette grande muraille de rochers blancs et qui vous promène au bord du monde, au bord de la terre, au-dessus de l'Océan. Mes meilleurs jours sont ceux que j'ai passés, étendu sur une pente d'herbes, en plein soleil, à cent
55 mètres au-dessus des vagues, à rêver. Me comprenez-vous ?

– Oui, monsieur, parfaitement.

– Maintenant, voulez-vous me permettre de vous poser une question ?

60 – Posez, monsieur.

– Croyez-vous que les autres planètes soient habitées ? »

Je répondis sans hésiter et sans paraître surpris :

« Mais, certainement, je le crois. »

65 Il fut ému d'une joie véhémente, se leva, se rassit, saisi par l'envie évidente de me serrer dans ses bras, et il s'écria :

« Ah ! ah ! quelle chance ! quel bonheur ! je respire ! Mais comment ai-je pu douter de vous ? Un homme ne
70 serait pas intelligent s'il ne croyait pas les mondes habités. Il faut être un sot, un crétin, un idiot, une brute, pour supposer que les milliards d'univers brillent et tournent uniquement pour amuser et étonner l'homme, cet insecte imbécile, pour ne pas comprendre que la
75 terre n'est rien qu'une poussière invisible dans la poussière des mondes, que notre système tout entier n'est

154

rien que quelques molécules de vie sidérale[1] qui mourront bientôt. Regardez la Voie lactée, ce fleuve d'étoiles, et songez que ce n'est rien qu'une tache dans l'étendue
80 qui est *infinie*. Songez à cela seulement dix minutes et vous comprendrez pourquoi nous ne savons rien, nous ne devinons rien, nous ne comprenons rien. Nous ne connaissons qu'un point, nous ne savons rien au-delà, rien au-dehors, rien de nulle part, et nous croyons, et
85 nous affirmons. Ah! ah! ah!!! S'il nous était révélé tout à coup, ce secret de la grande vie ultra-terrestre, quel étonnement! Mais non... mais non... je suis une bête à mon tour, nous ne le comprendrions pas, car notre esprit n'est fait que pour comprendre les choses de cette
90 terre; il ne peut s'étendre plus loin, il est limité, comme notre vie, enchaîné sur cette petite boule, qui nous porte, et il juge tout par comparaison. Voyez donc, monsieur, comme tout le monde est sot, étroit et persuadé de la puissance de notre intelligence, qui dépasse à peine
95 l'instinct des animaux. Nous n'avons même pas la faculté de percevoir notre infirmité, nous sommes faits pour savoir le prix du beurre et du blé, et, au plus, pour discuter sur la valeur de deux chevaux, de deux bateaux, de deux ministres ou de deux artistes.
100 « C'est tout. Nous sommes aptes tout juste à cultiver la terre et à nous servir maladroitement de ce qui est dessus. À peine commençons-nous à construire des machines qui marchent, nous nous étonnons comme des enfants à chaque découverte que nous aurions dû
105 faire depuis des siècles, si nous avions été des êtres supérieurs. Nous sommes encore entourés d'inconnu, même en ce moment où il a fallu des milliers d'années de vie intelligente pour soupçonner l'électricité[2]. Sommes-nous du même avis? »
110 Je répondis en riant :
« Oui, monsieur.

---

1. *sidérale* : qui se rapporte aux astres.
2. L'électricité fut la grande découverte de la fin du XIXe siècle.

– Très bien, alors. Eh bien, monsieur, vous êtes-vous
quelquefois occupé de Mars ?

– De Mars ?

115 – Oui, de la planète Mars ?

– Non, monsieur.

– Vous ne la connaissez pas du tout ?

– Non, monsieur.

– Voulez-vous me permettre de vous en dire quelques
120 mots ?

– Mais oui, monsieur, avec grand plaisir.

– Vous savez sans doute que les mondes de notre
système, de notre petite famille, ont été formés par la
condensation en globes d'anneaux gazeux primitifs,
125 détachés l'un après l'autre de la nébuleuse solaire ?

– Oui, monsieur.

– Il résulte de cela que les planètes les plus éloignées
sont les plus vieilles, et doivent être, par conséquent, les
plus civilisées. Voici l'ordre de leur naissance : Uranus,
130 Saturne, Jupiter, Mars, la Terre, Vénus, Mercure. Voulez-vous admettre que ces planètes soient habitées comme
la Terre ?

– Mais certainement. Pourquoi croire que la Terre est
une exception ?

135 – Très bien. L'homme de Mars étant plus ancien
que l'homme de la Terre... Mais je vais trop vite. je
veux d'abord vous prouver que Mars est habité. Mars
présente à nos yeux à peu près l'aspect que la Terre
doit présenter aux observateurs martiaux. Les océans y
140 tiennent moins de place et y sont plus éparpillés. On
les reconnaît à leur teinte noire parce que l'eau
absorbe la lumière, tandis que les continents la réflé-
chissent. Les modifications géographiques sont fré-
quentes sur cette planète et prouvent l'activité de sa
145 vie. Elle a des saisons semblables aux nôtres, des
neiges aux pôles que l'on voit croître et diminuer suivant les époques. Son année est très longue, six cent
quatre-vingt-sept jours terrestres, soit six cent soixante-
huit jours martiaux, décomposés comme suit : cent
150 quatre-vingt-onze pour le printemps, cent quatre-
vingt-un pour l'été, cent quarante-neuf pour l'automne
et cent quarante-sept pour l'hiver. On y voit moins de

nuages que chez nous. Il doit y faire par conséquent plus froid et plus chaud. »

155 Je l'interrompis.

« Pardon, monsieur, Mars étant beaucoup plus loin que nous du Soleil, il doit y faire toujours plus froid, me semble-t-il. »

Mon bizarre visiteur s'écria avec une grande véhé-
160 mence :

« Erreur, monsieur ! Erreur, erreur absolue ! Nous sommes, nous autres, plus loin du Soleil en été qu'en hiver. Il fait plus froid sur le sommet du mont Blanc qu'à son pied. Je vous renvoie d'ailleurs à la théorie méca-
165 nique de la chaleur de Helmoltz[1] et de Schiaparelli[2]. La chaleur du sol dépend principalement de la quantité de vapeur d'eau que contient l'atmosphère. Voici pour-quoi : le pouvoir absorbant d'une molécule de vapeur aqueuse est seize mille fois supérieur à celui d'une molé-
170 cule d'air sec, donc la vapeur d'eau est notre magasin de chaleur ; et Mars ayant moins de nuages doit être en même temps beaucoup plus chaud et beaucoup plus froid que la Terre.

– Je ne le conteste plus.

175 – Fort bien. Maintenant, monsieur, écoutez-moi avec une grande attention. Je vous prie.

– Je ne fais que cela, monsieur.

– Vous avez entendu parler des fameux canaux découverts en 1884 par M. Schiaparelli ?

180 – Très peu.

– Est-ce possible ! Sachez donc qu'en 1884, Mars se trouvant en opposition et séparée de nous par une dis-tance de vingt-quatre millions de lieues* seulement, M. Schiaparelli, un des plus éminents astronomes de
185 notre siècle et un des observateurs les plus sûrs, décou-vrit tout à coup une grande quantité de lignes noires droites ou brisées suivant des formes géométriques

---

1. Hermann von Helmoltz (1821-1894), physicien et physiologiste allemand, était connu pour ses travaux sur la propagation de la lumière.
2. Giovanni Schiaparelli (1835-1910), astronome italien, avait découvert l'exis-tence des « canaux » de la planète Mars.

constantes, et qui unissaient, à travers les continents, les
mers de Mars! Oui, oui, monsieur, des canaux recti-
190 lignes, des canaux géométriques, d'une largeur égale sur
tout leur parcours, des canaux construits par des êtres!
Oui, monsieur, la preuve que Mars est habitée, qu'on y
vit, qu'on y pense, qu'on y travaille, qu'on nous
regarde : comprenez-vous, comprenez-vous?

195 «Vingt-six mois plus tard, lors de l'opposition suivante on a revu ces canaux, plus nombreux, oui, monsieur. Et ils sont gigantesques, leur largeur n'ayant pas
moins de cent kilomètres.»

Je souris en répondant :

200 «Cent kilomètres de largeur. Il a fallu de rudes
ouvriers pour les creuser.

– Oh, monsieur, que dites-vous là? Vous ignorez
donc que ce travail est infiniment plus aisé sur Mars que
sur la Terre puisque la densité de ses matériaux constitu-
205 tifs ne dépasse pas le soixante-neuvième des nôtres!
L'intensité de la pesanteur y atteint à peine le trente-
septième du nôtre.

«Un kilogramme d'eau n'y pèse que trois cent
soixante-dix grammes!»

210 Il me jetait ces chiffres avec une telle assurance, avec
une telle confiance de commerçant qui sait la valeur
d'un nombre, que je ne pus m'empêcher de rire tout à
fait et j'avais envie de lui demander ce que pèsent, sur
Mars, le sucre et le beurre.

215 Il remua la tête.

«Vous riez, monsieur, vous me prenez pour un imbécile après m'avoir pris pour un fou. Mais les chiffres que
je vous cite sont ceux que vous trouverez dans tous les
ouvrages spéciaux d'astronomie. Le diamètre est
220 presque moitié plus petit que le nôtre; sa surface n'a que
les vingt-six centièmes de celle du globe; son volume est
six fois et demie plus petit que celui de la Terre et la
vitesse de ses deux satellites prouve qu'il pèse dix fois
moins que nous. Or, monsieur, l'intensité de la pesan-
225 teur dépendant de la masse et du volume, c'est-à-dire du
poids et de la distance de la surface au centre, il en
résulte indubitablement sur cette planète un état de
légèreté qui y rend la vie toute différente, règle d'une

façon inconnue pour nous les actions mécaniques et doit
230 y faire prédominer les espèces ailées. Oui, monsieur,
l'Être Roi sur Mars a des ailes.

« Il vole, passe d'un continent à l'autre, se promène
comme un esprit, autour de son univers auquel le lie
cependant l'atmosphère qu'il ne peut franchir, bien
235 que...

« Enfin, monsieur, vous figurez-vous cette planète
couverte de plantes, d'arbres et d'animaux dont nous ne
pouvons même soupçonner les formes et habitée par de
grands êtres ailés comme on nous a dépeint les anges ?
240 Moi je les vois voltigeant au-dessus des plaines et des
villes dans l'air doré qu'ils ont là-bas. Car on a cru autrefois que l'atmosphère de Mars était rouge comme la
nôtre est bleue, mais elle est jaune, monsieur, d'un beau
jaune doré.

245 « Vous étonnez-vous maintenant que ces créatures-là
aient pu creuser des canaux larges de cent kilomètres ?
Et puis songez seulement à ce que la science a fait chez
nous depuis un siècle... depuis un siècle... et dites-vous
que les habitants de Mars sont peut-être bien supérieurs
250 à nous... »

Il se tut brusquement, baissa les yeux, puis murmura
d'une voix très basse :

« C'est maintenant que vous allez me prendre pour un
fou... quand je vous aurai dit que j'ai failli les voir...
255 moi... l'autre soir. Vous savez, ou vous ne savez pas, que
nous sommes dans la saison des étoiles filantes. Dans la
nuit du 18 au 19 surtout, on en voit tous les ans d'innombrables quantités ; il est probable que nous passons
à ce moment-là à travers les épaves d'une comète.

260 « J'étais donc assis sur la Mane-Porte[1], sur cette
énorme jambe de falaise qui fait un pas dans la mer et
je regardais cette pluie de petits mondes sur ma tête.
Cela est plus amusant et plus joli qu'un feu d'artifice,
monsieur. Tout à coup j'en aperçus un au-dessus de moi,
265 tout près, un globe lumineux, transparent, entouré

---

1. *la Mane-Porte* : une des arches que forment les falaises d'Étretat.

d'ailes immenses et palpitantes ou du moins j'ai cru voir des ailes dans les demi-ténèbres de la nuit. Il faisait des crochets comme un oiseau blessé, tournait sur lui-même avec un grand bruit mystérieux, semblait haletant, mou-
270 rant, perdu. Il passa devant moi. On eût dit un monstrueux ballon de cristal, plein d'êtres affolés, à peine distincts mais agités comme l'équipage d'un navire en détresse qui ne gouverne plus et roule de vague en vague. Et le globe étrange, ayant décrit une courbe
275 immense, alla s'abattre au loin dans la mer, où j'entendis sa chute profonde pareille au bruit d'un coup de canon.

« Tout le monde, d'ailleurs, dans le pays entendit ce choc formidable qu'on prit pour un éclat de tonnerre.
280 Moi seul j'ai vu... j'ai vu... S'ils étaient tombés sur la côte près de moi, nous aurions connu les habitants de Mars. Ne dites pas un mot, monsieur, songez, songez longtemps et puis racontez cela un jour si vous voulez. Oui, j'ai vu... j'ai vu... le premier navire aérien, le premier
285 navire sidéral lancé dans l'infini par des êtres pensants... à moins que je n'aie assisté simplement à la mort d'une étoile filante capturée par la Terre. Car vous n'ignorez pas, monsieur, que les planètes chassent les mondes errants de l'espace comme nous poursuivons ici-bas les
290 vagabonds. La Terre qui est légère et faible ne peut arrêter dans leur route que les petits passants de l'immensité. »

Il s'était levé, exalté, délirant, ouvrant les bras pour figurer la marche des astres.
295 « Les comètes, monsieur, qui rôdent sur les frontières de la grande nébuleuse dont nous sommes des condensations, les comètes, oiseaux libres et lumineux, viennent vers le soleil des profondeurs de l'Infini.

« Elles viennent traînant leur queue immense de
300 lumière vers l'astre rayonnant ; elles viennent, accélérant si fort leur course éperdue qu'elles ne peuvent joindre celui qui les appelle ; après l'avoir seulement frôlé elles sont rejetées à travers l'espace par la vitesse même de leur chute.
305 « Mais si, au cours de leurs voyages prodigieux, elles ont passé près d'une puissante planète, si elles ont senti,

déviées de leur route, son influence irrésistible, elles
reviennent alors à ce maître nouveau qui les tient désormais captives. Leur parabole illimitée se transforme en
310 une courbe fermée et c'est ainsi que nous pouvons cal-
culer le retour des comètes périodiques. Jupiter a huit
esclaves, Saturne une, Neptune aussi en a une, et sa
planète extérieure une également, plus une armée
d'étoiles filantes... Alors... Alors... j'ai peut-être vu seule-
315 ment la Terre arrêter un petit monde errant...

    « Adieu, monsieur, ne me répondez rien, réfléchissez,
réfléchissez, et racontez tout cela un jour si vous voulez... »

    C'est fait. Ce toqué m'ayant paru moins bête qu'un
320 simple rentier.

Questions

Compréhension

1. *Quel portrait de l'Homme de Mars est-il ici brossé ?*

2. *Quel jugement Maupassant porte-t-il sur les hommes ?*

3. *En quoi cependant ce conte est-il un hymne à la science ?*

4. *Du point de vue du fantastique•, de quelle manière peut-on comprendre le titre ? De quelle nature est l'événement fantastique ? En quoi le décor relève-t-il du fantastique ?*

Écriture / Réécriture

5. *Quelle est la structure• du conte ?*

6. *En quels termes l'homme de Mars est-il décrit ?*

7. *À partir du moment où le narrateur voit passer un navire sidéral au-dessus de lui, imaginez une autre fin au conte.*

Mise en perspective

8. *Quelles œuvres contemporaines de science-fiction reprennent le thème d'un vaisseau spatial se dirigeant vers la Terre ?*

QUI SAIT ?

I

Mon Dieu ! Mon Dieu ! Je vais donc écrire enfin ce qui m'est arrivé ! Mais le pourrai-je ? l'oserai-je ? cela est si bizarre, si inexplicable, si incompréhensible, si fou !

Si je n'étais sûr de ce que j'ai vu, sûr qu'il n'y a eu,
5 dans mes raisonnements aucune défaillance, aucune erreur dans mes constatations, pas de lacune dans la suite inflexible[1] de mes observations, je me croirais un simple halluciné[2], le jouet d'une étrange vision. Après tout, qui sait ?

10 Je suis aujourd'hui dans une maison de santé ; mais j'y suis entré volontairement, par prudence, par peur ! Un seul être connaît mon histoire. Le médecin d'ici. Je vais l'écrire. Je ne sais trop pourquoi ? Pour m'en débarrasser, car je la sens en moi comme un intolérable cauche-
15 mar.

La voici :

J'ai toujours été un solitaire, un rêveur, une sorte de philosophe isolé, bienveillant, content de peu, sans aigreur contre les hommes et sans rancune contre le
20 ciel. J'ai vécu seul, sans cesse, par suite d'une sorte de gêne qu'insinue en moi la présence des autres. Comment expliquer cela ? Je ne le pourrais. Je ne refuse pas de voir le monde, de causer, de dîner avec des amis, mais lorsque je les sens depuis longtemps près de moi,
25 même les plus familiers, ils me lassent, me fatiguent, m'énervent, et j'éprouve une envie grandissante, harce-lante, de les voir partir ou de m'en aller, d'être seul.

Cette envie est plus qu'un besoin, c'est une nécessité irrésistible. Et si la présence des gens avec qui je me
30 trouve continuait[3], si je devais, non pas écouter, mais entendre longtemps encore leurs conversations, il m'ar-

---

1. *inflexible* : rigoureuse.
2. *halluciné* : visionnaire, qui a des hallucinations.
3. *continuait* : durait, se poursuivait.

riverait, sans aucun doute, un accident. Lequel ? Ah ! qui
sait ? Peut-être une simple syncope ? oui ! probablement !

35 J'aime tant être seul que je ne puis même supporter le
voisinage d'autres êtres sous mon toit ; je ne
puis habiter Paris parce que j'y agonise indéfiniment. Je
meurs moralement, et suis aussi supplicié dans mon
corps et dans mes nerfs par cette immense foule qui
grouille, qui vit autour de moi, même quand elle dort.

40 Ah ! le sommeil des autres m'est plus pénible encore que
leur parole. Et je ne peux jamais me reposer, quand je
sais, quand je sens, derrière un mur, des existences
interrompues par ces régulières éclipses de la raison.

Pourquoi suis-je ainsi ? Qui sait ? La cause en est peut-

45 être fort simple : je me fatigue très vite de tout ce qui ne se
passe pas en moi. Et il y a beaucoup de gens dans mon cas.

Nous sommes deux races sur la terre. Ceux qui ont
besoin des autres, que les autres distraient, occupent,
reposent, et que la solitude harasse[1], épuise, anéantit,

50 comme l'ascension d'un terrible glacier ou la traversée
du désert, et ceux que les autres, au contraire, lassent,
ennuient, gênent, courbaturent, tandis que l'isolement
les calme, les baigne de repos dans l'indépendance et la
fantaisie de leur pensée.

55 En somme, il y a là un normal phénomène psychique.
Les uns sont doués pour vivre en dehors, les autres pour
vivre en dedans. Moi, j'ai l'attention extérieure courte et
vite épuisée, et, dès qu'elle arrive à ses limites, j'en
éprouve, dans tout mon corps et dans toute mon intel-

60 ligence, un intolérable malaise.

Il en est résulté que je m'attache, que je m'étais attaché
beaucoup aux objets inanimés qui prennent, pour moi,
une importance d'êtres, et que ma maison est devenue,
était devenue, un monde où je vivais d'une vie solitaire et

65 active, au milieu de choses, de meubles, de bibelots familiers, sympathiques à mes yeux comme des visages. Je
l'en avais emplie peu à peu, je l'en avais parée, et je me
sentais dedans, content, satisfait, bien heureux comme

---

1. *harasse* : accablé d'une grande fatigue.

entre les bras d'une femme aimable dont la caresse
70 accoutumée est devenue un calme et doux besoin.

J'avais fait construire cette maison dans un beau jardin qui l'isolait des routes, et à la porte d'une ville où je
pouvais trouver, à l'occasion, les ressources de société
dont je sentais, par moments, le désir. Tous mes domes-
75 tiques couchaient dans un bâtiment éloigné, au fond du
potager, qu'entourait un grand mur. L'enveloppement
obscur des nuits, dans le silence de ma demeure perdue,
cachée, noyée sous les feuilles des grands arbres, m'était
si reposant et si bon, que j'hésitais chaque soir, pendant
80 plusieurs heures, à me mettre au lit pour le savourer plus
longtemps.

Ce jour-là, on avait joué *Sigurd*[1] au théâtre de la ville.
C'était la première fois que j'entendais ce beau drame
musical et féerique, et j'y avais pris un vif plaisir.

85 Je revenais à pied, d'un pas allègre, la tête pleine de
phrases sonores, et le regard hanté par de jolies visions.
Il faisait noir, noir, mais noir au point que je distinguais
à peine la grande route, et que je faillis, plusieurs fois,
culbuter dans le fossé. De l'octroi[2] chez moi, il y a un
90 kilomètre environ, peut-être un peu plus, soit vingt
minutes de marche lente. Il était une heure du matin,
une heure ou une heure et demie ; le ciel s'éclaircit un
peu devant moi et le croissant parut, le triste croissant
du dernier quartier de la lune. Le croissant du premier
95 quartier, celui qui se lève à quatre ou cinq heures du
soir, est clair, gai, frotté d'argent, mais celui qui se lève
après minuit est rougeâtre, morne, inquiétant ; c'est le
vrai croissant du Sabbat[3]. Tous les noctambules ont dû
faire cette remarque. Le premier, fût-il mince comme un
100 fil, jette une petite lumière joyeuse qui réjouit le cœur, et
dessine sur la terre des ombres nettes ; le dernier répand

---

1. *Sigurd* : opéra de Reyer représenté à l'Opéra de Paris en juin 1885 et repris par
la suite à cause de son succès.
2. *octroi* : bureau de perception situé à la périphérie d'une ville, où l'on payait
autrefois les droits d'entrée des marchandises que l'on y apportait.
3. *Sabbat* : cf. note 6, page 11.

à peine une lueur mourante, si terne qu'elle ne fait presque pas d'ombres.

J'aperçus au loin la masse sombre de mon jardin, et je
105 ne sais d'où me vint une sorte de malaise à l'idée d'entrer là-dedans. Je ralentis le pas. Il faisait très doux. Le gros tas d'arbres avait l'air d'un tombeau où ma maison était ensevelie.

J'ouvris ma barrière et je pénétrai dans la longue allée
110 de sycomores[1], qui s'en allait vers le logis, arquée en voûte comme un haut tunnel, traversant des massifs opaques et contournant des gazons où les corbeilles de fleurs plaquaient, sous les ténèbres pâlies, des taches ovales aux nuances indistinctes.

115 En approchant de la maison, un trouble bizarre me saisit. Je m'arrêtai. On n'entendait rien. Il n'y avait pas dans les feuilles un souffle d'air. «Qu'est-ce que j'ai donc?» pensai-je. Depuis dix ans je rentrais ainsi sans que jamais la moindre inquiétude m'eût effleuré. Je
120 n'avais pas peur. Je n'ai jamais eu peur, la nuit. La vue d'un homme, d'un maraudeur[2], d'un voleur m'aurait jeté une rage dans le corps, et j'aurais sauté dessus sans hésiter. J'étais armé, d'ailleurs. J'avais mon revolver. Mais je n'y touchai point, car je voulais résister à cette influence
125 de crainte qui germait en moi.

Qu'était-ce? Un pressentiment? Le pressentiment mystérieux qui s'empare des sens des hommes quand ils vont voir de l'inexplicable? Peut-être? Qui sait?

À mesure que j'avançais, j'avais dans la peau des tres-
130 saillements, et quand je fus devant le mur, aux auvents* clos, de ma vaste demeure, je sentis qu'il me faudrait attendre quelques minutes avant d'ouvrir la porte et d'entrer dedans. Alors, je m'assis sur un banc, sous les fenêtres de mon salon. Je restai là, un peu vibrant, la
135 tête appuyée contre la muraille, les yeux ouverts sur l'ombre des feuillages. Pendant ces premiers instants, je ne remarquai rien d'insolite autour de moi. J'avais dans

---

1. *sycomores* : variété d'érables appelés aussi *faux platanes*.
2. *maraudeur* : voleur qui ne commet que de petits délits.

les oreilles quelques ronflements; mais cela m'arrive
souvent. Il me semble parfois que j'entends passer des
140 trains, que j'entends sonner des cloches, que j'entends
marcher une foule.

Puis bientôt ces ronflements devinrent plus distincts,
plus précis, plus reconnaissables. Je m'étais trompé. Ce
n'était pas le bourdonnement ordinaire de mes artères
145 qui mettaient dans mes oreilles ces rumeurs, mais un
bruit très particulier, très confus cependant, qui venait, à
n'en point douter, de l'intérieur de ma maison.

Je le distinguais à travers le mur, ce bruit continu,
plutôt une agitation qu'un bruit, un remuement vague
150 d'un tas de choses, comme si on eût secoué, déplacé,
traîné doucement tous mes meubles.

Oh! je doutai, pendant un temps assez long encore, de
la sûreté de mon oreille. Mais l'ayant collée contre un
auvent pour mieux percevoir ce trouble étrange de mon
155 logis, je demeurai convaincu, certain, qu'il se passait chez
moi quelque chose d'anormal et d'incompréhensible. Je
n'avais pas peur, mais j'étais... comment exprimer cela...
effaré• d'étonnement. Je n'armai pas mon revolver – devi-
nant fort bien que je n'en avais nul besoin. J'attendis.

160 J'attendis longtemps, ne pouvant me décider à rien,
l'esprit lucide, mais follement anxieux. J'attendis,
debout, écoutant toujours le bruit qui grandissait, qui
prenait, par moments, une intensité violente, qui semblait devenir un grondement d'impatience, de colère,
165 d'émeute mystérieuse.

Puis soudain, honteux de ma lâcheté, je saisis mon
trousseau de clefs, je choisis celle qu'il me fallait, je l'enfonçai dans la serrure, je la fis tourner deux fois, et pous-
sant la porte de toute ma force, j'envoyai le battant heur-
170 ter la cloison.

Le coup sonna comme une détonation de fusil, et
voilà qu'à ce bruit d'explosion répondit, du haut en bas
de ma demeure, un formidable tumulte. Ce fut si subit, si
terrible, si assourdissant que je reculai de quelques pas,
175 et que, bien que le sentant toujours inutile, je tirai de sa
gaine mon revolver.

J'attendis encore, oh! peu de temps. Je distinguais, à
présent, un extraordinaire piétinement sur les marches

de mon escalier, sur les parquets, sur les tapis, un pié-
180 tinement, non pas de chaussures, de souliers humains,
mais de béquilles, de béquilles de bois et de béquilles de
fer qui vibraient comme des cymbales. Et voilà que
j'aperçus tout à coup, sur le seuil de ma porte, un fauteuil, mon grand fauteuil de lecture, qui sortait en se
185 dandinant. Il s'en alla par le jardin. D'autres le suivaient,
ceux de mon salon, puis les canapés bas et se traînant
comme des crocodiles sur leurs courtes pattes, puis
toutes mes chaises, avec des bonds de chèvres, et les
petits tabourets qui trottaient comme des lapins.
190   Oh! quelle émotion! Je me glissai dans un massif où
je demeurai accroupi, contemplant toujours ce défilé de
mes meubles, car ils s'en allaient tous, l'un derrière
l'autre, vite ou lentement, selon leur taille et leur poids.
Mon piano, mon grand piano à queue, passa avec un
195 galop de cheval emporté et un murmure de musique
dans le flanc, les moindres objets glissaient sur le sable
comme des fourmis, les brosses, les cristaux, les coupes,
où le clair de lune accrochait des phosphorescences de
vers luisants. Les étoffes rampaient, s'étalaient en
200 flaques à la façon des pieuvres de la mer. Je vis paraître
mon bureau, un rare bibelot du dernier siècle, et qui
contenait toutes les lettres que j'ai reçues, toute l'histoire
de mon cœur, une vieille histoire dont j'ai tant souffert!
Et dedans étaient aussi des photographies.
205   Soudain, je n'eus plus peur, je m'élançai sur lui et je le
saisis comme on saisit un voleur, comme on saisit une
femme qui fuit; mais il allait d'une course irrésistible, et
malgré mes efforts, et malgré ma colère, je ne pus même
ralentir sa marche. Comme je résistais en désespéré à
210 cette force épouvantable, je m'abattis par terre en luttant
contre lui. Alors, il me roula, me traîna sur le sable, et déjà
les meubles, qui le suivaient, commençaient à marcher sur
moi, piétinant mes jambes et les meurtrissant; puis,
quand je l'eus lâché, les autres passèrent sur mon corps
215 ainsi qu'une charge de cavalerie sur un soldat démonté[1].

---

1. *démonté* : tombé de cheval.

Fou d'épouvante enfin, je pus me traîner hors de la grande allée et me cacher de nouveau dans les arbres, pour regarder disparaître les plus infimes objets, les plus petits, les plus modestes, les plus ignorés de moi, qui
220 m'avaient appartenu.

Puis j'entendis, au loin, dans mon logis sonore à présent comme les maisons vides, un formidable bruit de portes refermées. Elles claquèrent du haut en bas de la demeure, jusqu'à ce que celle du vestibule que j'avais
225 ouverte moi-même, insensé, pour ce départ, se fût close, enfin, la dernière.

Je m'enfuis aussi, courant vers la ville, et je ne repris mon sang-froid que dans les rues, en rencontrant des gens attardés. J'allai sonner à la porte d'un hôtel où
230 j'étais connu. J'avais battu, avec mes mains, mes vêtements, pour en détacher la poussière, et je racontai que j'avais perdu mon trousseau de clefs, qui contenait aussi celle du potager, où couchaient mes domestiques en une maison isolée, derrière le mur de clôture qui préservait
235 mes fruits et mes légumes de la visite des maraudeurs.

Je m'enfonçai jusqu'aux yeux dans le lit qu'on me donna. Mais je ne pus dormir, et j'attendis le jour en écoutant bondir mon cœur. J'avais ordonné qu'on prévînt mes gens dès l'aurore, et mon valet de chambre
240 heurta ma porte à sept heures du matin.

Son visage semblait bouleversé.

« Il est arrivé cette nuit un grand malheur, monsieur, dit-il.

– Quoi donc ?
245 – On a volé tout le mobilier de monsieur, tout, tout, jusqu'aux plus petits objets. »

Cette nouvelle me fit plaisir. Pourquoi ? qui sait ? J'étais fort maître de moi, sûr de dissimuler, de ne rien dire à personne de ce que j'avais vu, de le cacher, de
250 l'enterrer dans ma conscience comme un effroyable secret. Je répondis :

« Alors, ce sont les mêmes personnes qui m'ont volé mes clefs. Il faut prévenir tout de suite la police. Je me lève et je vous y rejoindrai dans quelques instants. »
255 L'enquête dura cinq mois. On ne découvrit rien, on ne trouva ni le plus petit de mes bibelots, ni la plus

légère trace des voleurs. Parbleu! Si j'avais dit ce que je savais... Si je l'avais dit... on m'aurait enfermé, moi, pas les voleurs, mais l'homme qui avait pu voir une pareille 260 chose.

Oh! je sus me taire. Mais je ne remeublai pas ma maison. C'était bien inutile. Cela aurait recommencé toujours. Je n'y voulais plus rentrer. Je n'y rentrai pas. Je ne la revis point.

265 Je vins à Paris, à l'hôtel, et je consultai des médecins sur mon état nerveux qui m'inquiétait beaucoup depuis cette nuit déplorable.

Ils m'engagèrent à voyager. Je suivis leur conseil.

II

270 Je commençai par une excursion en Italie. Le soleil me fit du bien. Pendant six mois, j'errai de Gênes à Venise, de Venise à Florence, de Florence à Rome, de Rome à Naples. Puis je parcourus la Sicile, terre admirable par sa nature et ses monuments, reliques laissées 275 par les Grecs et les Normands. Je passai en Afrique, je traversai pacifiquement ce grand désert jaune et calme, où errent des chameaux, des gazelles et des Arabes vagabonds, où, dans l'air léger et transparent, ne flotte aucune hantise, pas plus la nuit que le jour.

280 Je rentrai en France par Marseille, et malgré la gaieté provençale, la lumière diminuée du ciel m'attrista. Je ressentis, en revenant sur le continent, l'étrange impression d'un malade qui se croit guéri et qu'une douleur sourde prévient que le foyer du mal n'est pas éteint.

285 Puis je revins à Paris. Au bout d'un mois, je m'y ennuyai. C'était à l'automne, et je voulus faire, avant l'hiver, une excursion à travers la Normandie, que je ne connaissais pas.

Je commençai par Rouen, bien entendu, et pendant 290 huit jours, j'errai distrait, ravi, enthousiasmé dans cette ville du moyen âge, dans ce surprenant musée d'extraordinaires monuments gothiques.

Or, un soir, vers quatre heures, comme je m'engageais dans une rue invraisemblable où coule une rivière noire 295 comme de l'encre nommée « Eau de Robec », mon attention, toute fixée sur la physionomie bizarre et antique des maisons, fut détournée tout à coup par la vue d'une série de boutiques de brocanteurs qui se suivaient de porte en porte.

300 Ah! ils avaient bien choisi leur endroit, ces sordides trafiquants de vieilleries, dans cette fantastique° ruelle, au-dessus de ce cours d'eau sinistre, sous ces toits pointus de tuiles et d'ardoises où grinçaient encore les girouettes du passé!

305 Au fond des noirs magasins, on voyait s'entasser les bahuts[1] sculptés, les faïences de Rouen, de Nevers, de Moustiers, des statues peintes, d'autres en chêne, des Christ, des vierges, des saints, des ornements d'église, des chasubles[2], des chapes[3], même des vases sacrés et

310 un vieux tabernacle[4] en bois doré d'où Dieu avait déménagé. Oh! les singulières° cavernes en ces hautes maisons, en ces grandes maisons, pleines, des caves aux greniers, d'objets de toute nature, dont l'existence semblait finie, qui survivaient à leurs naturels possesseurs, à

315 leur siècle, à leur temps, à leurs modes, pour être achetés, comme curiosités, par les nouvelles générations.

Ma tendresse pour les bibelots se réveillait dans cette cité d'antiquaires. J'allais de boutique en boutique, traversant, en deux enjambées, les ponts de quatre

320 planches pourries jetées sur le courant nauséabond de l'Eau de Robec.

Miséricorde! Quelle secousse! Une de mes plus belles armoires m'apparut au bord d'une voûte encombrée d'objets et qui semblait l'entrée des catacombes d'un

325 cimetière de meubles anciens. Je m'approchai tremblant de tous mes membres, tremblant tellement que je n'osais pas la toucher. J'avançais la main, j'hésitais.

---

1. *bahuts* : coffres de bois.
2. *chasubles* : vêtements richement brodés que les prêtres mettent sur une aube blanche pour célébrer la messe.
3. *chapes* : vêtements richement brodés, en forme de cape, que les prêtres portent dans les cérémonies par-dessus la chasuble.
4. *tabernacle* : dans les églises catholiques, petite armoire contenant un ciboire rempli d'hosties consacrées, et située au milieu de l'autel. Ce nom désigne aussi le coffre portatif dans lequel les Hébreux transportaient les tables de la Loi.

C'était bien elle, pourtant : une armoire Louis XIII unique, reconnaissable par quiconque avait pu la voir 330 une seule fois. Jetant soudain les yeux un peu plus loin, vers les profondeurs plus sombres de cette galerie, j'aperçus trois de mes fauteuils couverts de tapisserie au petit point[1], puis, plus loin encore, mes deux tables Henri II[2], si rares qu'on venait les voir de Paris.

335 Songez ! songez à l'état de mon âme !

Et j'avançai, perclus, agonisant d'émotion, mais j'avançai, car je suis brave, j'avançai comme un chevalier des époques ténébreuses pénétrait en un séjour de sortilèges. Je retrouvais, de pas en pas, tout ce qui 340 m'avait appartenu, mes lustres, mes livres, mes tableaux, mes étoffes, mes armes, tout, sauf le bureau plein de mes lettres, et que je n'aperçus point.

J'allais, descendant à des galeries obscures pour remonter ensuite aux étages supérieurs. J'étais seul. 345 J'appelais, on ne répondait point. J'étais seul ; il n'y avait personne en cette maison vaste et tortueuse comme un labyrinthe.

La nuit vint, et je dus m'asseoir, dans les ténèbres, sur une de mes chaises, car je ne voulais point m'en aller. 350 De temps en temps je criais : « Holà, holà ! quelqu'un ! »

J'étais là, certes, depuis plus d'une heure quand j'entendis des pas, des pas légers, lents, je ne sais où. Je faillis me sauver ; mais me raidissant, j'appelai de nouveau, et j'aperçus une lueur dans la chambre voisine.

355 « Qui est là ? » dit une voix.

Je répondis :

« Un acheteur. »

On répliqua :

« Il est bien tard pour entrer ainsi dans les boutiques. »
360 Je repris :

« Je vous attends depuis plus d'une heure.

— Vous pouviez revenir demain.

---

1. *tapisserie au petit point* : tapisserie à l'aiguille, broderie aux points très serrés.
2. *Henri II* : style de mobilier apparu dans la seconde moitié du XVIe siècle.

– Demain, j'aurai quitté Rouen. »

Je n'osais point avancer, et il ne venait pas. Je voyais
365 toujours la lueur de sa lumière éclairant une tapisserie où
deux anges volaient au-dessus des morts d'un champ de
bataille. Elle m'appartenait aussi. Je dis :

« Eh bien ! Venez-vous ? »

Il répondit :
370 « Je vous attends. »

Je me levai et j'allai vers lui.

Au milieu d'une grande pièce était un tout petit
homme, tout petit et très gros, gros comme un phénomène[1], un hideux phénomène.

375 Il avait une barbe rare, aux poils inégaux, clairsemés
et jaunâtres, et pas un cheveu sur la tête ! Pas un cheveu ?
Comme il tenait sa bougie élevée à bout de bras pour
m'apercevoir, son crâne m'apparut comme une petite
lune dans cette vaste chambre encombrée de vieux
380 meubles. La figure était ridée et bouffie, les yeux imperceptibles.

Je marchandai trois chaises qui étaient à moi, et les
payai sur-le-champ une grosse somme, en donnant simplement le numéro de mon appartement à l'hôtel. Elles
385 devaient être livrées le lendemain avant neuf heures.

Puis je sortis. Il me reconduisit jusqu'à sa porte avec
beaucoup de politesse.

Je me rendis ensuite chez le commissaire central de la
police à qui je racontai le vol de mon mobilier et la
390 découverte que je venais de faire.

Il demanda séance tenante des renseignements par
télégraphe au parquet[2] qui avait instruit l'affaire de ce
vol, en me priant d'attendre la réponse. Une heure plus
tard, elle me parvint tout à fait satisfaisante pour moi.
395 « Je vais faire arrêter cet homme et l'interroger tout de
suite, me dit-il, car il pourrait avoir conçu quelque soup-
çon et faire disparaître ce qui vous appartient. Voulez-

---

1. *phénomène* : au sens de *phénomène de foire*.
2. *parquet* : ensemble des magistrats chargés de requérir l'application des lois au
nom de la société.

vous aller dîner et revenir dans deux heures, je l'aurai ici
et je lui ferai subir un nouvel interrogatoire devant vous.

400   – Très volontiers, monsieur. Je vous remercie de tout
mon cœur.»

J'allai dîner à mon hôtel, et je mangeai mieux que je
n'aurais cru. J'étais assez content tout de même. On le
tenait.

405   Deux heures plus tard, je retournai chez le fonction-
naire de la police qui m'attendait.

«Eh bien! monsieur, me dit-il en m'apercevant. On
n'a pas trouvé votre homme. Mes agents n'ont pu mettre
la main dessus.»

410   Ah! Je me sentis défaillir.

«Mais... Vous avez bien trouvé sa maison? deman-
dai-je.

– Parfaitement. Elle va même être surveillée et gardée
jusqu'à son retour. Quant à lui, disparu.

415   – Disparu?

– Disparu. Il passe ordinairement ses soirées chez sa
voisine, une brocanteuse aussi, une drôle de sorcière, la
veuve Bidoin. Elle ne l'a pas vu ce soir et ne peut donner
sur lui aucun renseignement. Il faut attendre demain.»

420   Je m'en allai. Ah! que les rues de Rouen me sem-
blèrent sinistres, troublantes, hantées.

Je dormis si mal, avec des cauchemars à chaque bout
de sommeil.

Comme je ne voulais pas paraître trop inquiet ou
425 pressé, j'attendis dix heures, le lendemain, pour me
rendre à la police.

Le marchand n'avait pas reparu. Son magasin demeurait fermé.

Le commissaire me dit :

430   «J'ai fait toutes les démarches nécessaires. Le parquet
est au courant de la chose ; nous allons aller ensemble à
cette boutique et la faire ouvrir, vous m'indiquerez tout
ce qui est à vous.»

Un coupé[1] nous emporta. Des agents stationnaient,

---

1. *coupé* : voiture à cheval, fermée et à quatre roues.

435 avec un serrurier, devant la porte de la boutique, qui fut
ouverte.

Je n'aperçus, en entrant, ni mon armoire, ni mes fauteuils, ni mes tables, ni rien, rien, de ce qui avait meublé
ma maison, mais rien, alors que la veille au soir je ne
440 pouvais faire un pas sans rencontrer un de mes objets.

Le commissaire central, surpris, me regarda d'abord
avec méfiance.

«Mon Dieu, monsieur, lui dis-je, la disparition de ces
meubles coïncide étrangement avec celle du mar-
445 chand. »

Il sourit :

«C'est vrai! Vous avez eu tort d'acheter et de payer
des bibelots à vous, hier. Cela lui a donné l'éveil[1]. »

Je repris :

450 «Ce qui me paraît incompréhensible, c'est que toutes
les places occupées par mes meubles sont maintenant
remplies par d'autres.

– Oh! répondit le commissaire, il a eu toute la nuit, et
des complices sans doute. Cette maison doit communi-
455 quer avec les voisines. Ne craignez rien, monsieur, je
vais m'occuper très activement de cette affaire. Le bri-
gand ne nous échappera pas longtemps puisque nous
gardons la tanière. »

. . . .

460 Ah! mon cœur, mon cœur, mon pauvre cœur, comme
il battait !

. . . .

Je demeurai quinze jours à Rouen. L'homme ne revint
pas. Parbleu! parbleu! Cet homme-là qui est-ce qui
465 aurait pu l'embarrasser ou le surprendre ?

Or, le seizième jour, au matin, je reçus de mon jardinier, gardien de ma maison pillée et demeurée vide,
l'étrange lettre que voici :

---

1. *Cela lui a donné l'éveil* : Cela a éveillé ses soupçons, ses craintes d'être démas-
qué.

« Monsieur,

470 « J'ai l'honneur d'informer monsieur qu'il s'est passé, la nuit dernière, quelque chose que personne ne comprend, et la police pas plus que nous. Tous les meubles sont revenus, tous sans exception, tous, jusqu'aux plus petits objets. La maison est maintenant

475 toute pareille à ce qu'elle était la veille du vol. C'est à en perdre la tête. Cela s'est fait dans la nuit de vendredi à samedi. Les chemins sont défoncés comme si on avait traîné tout de la barrière à la porte. Il en était ainsi le jour de la disparition.

480 « Nous attendons monsieur, dont je suis le très humble serviteur.

« Raudin, Philippe. »

Ah ! mais non, ah ! mais non, ah ! mais non. Je n'y retournerai pas !

485 Je portai la lettre au commissaire de Rouen.

« C'est une restitution très adroite, dit-il. Faisons les morts. Nous pincerons l'homme un de ces jours. »

. . . .

Mais on ne l'a pas pincé. Non. Ils ne l'ont pas pincé,

490 et j'ai peur de lui, maintenant, comme si c'était une bête féroce lâchée derrière moi.

Introuvable ! il est introuvable, ce monstre à crâne de lune ! On ne le prendra jamais. Il ne reviendra point chez lui. Que lui importe à lui. Il n'y a que moi qui peux

495 le rencontrer, et je ne veux pas.

Je ne veux pas ! je ne veux pas ! je ne veux pas !

Et s'il revient, s'il rentre dans sa boutique, qui pourra prouver que mes meubles étaient chez lui ? Il n'y a contre lui que mon témoignage ; et je sens bien qu'il

500 devient suspect.

Ah ! mais non ! cette existence n'était plus possible. Et je ne pouvais pas garder le secret de ce que j'ai vu. Je ne pouvais pas continuer à vivre comme tout le monde avec la crainte que des choses pareilles

505 recommençassent.

Je suis venu trouver le médecin qui dirige cette maison de santé, et je lui ai tout raconté.

Après m'avoir interrogé longtemps, il m'a dit :

176

«Consentiriez-vous, monsieur, à rester quelque
510 temps ici ?

– Très volontiers, monsieur.

– Vous avez de la fortune ?

– Oui, monsieur.

– Voulez-vous un pavillon isolé ?

515 – Oui, monsieur.

– Voudrez-vous recevoir des amis ?

– Non, monsieur, non, personne. L'homme de
Rouen pourrait oser, par vengeance, me poursuivre
ici. »

520 . . . .

Et je suis seul, seul, tout seul, depuis trois mois. Je
suis tranquille à peu près. Je n'ai qu'une peur... Si
l'antiquaire devenait fou... et si on l'amenait en cet
asile... Les prisons elles-mêmes ne sont pas sûres.

Illustration pour le conte Qui sait?,
paru dans le recueil L'Inutile Beauté.

Compréhension

1. *Dans quel état d'esprit est le narrateur au début du conte ? De quoi a-t-il peur ? Son autoportrait n'est-il pas une tentative de justification ? Une certaine ambiguïté sur son état psychique ne subsiste-t-elle pas ?*

2. *Quelles sont les différentes étapes du récit ?*

3. *Que symbolise le titre ?*

4. *En quoi le décor est-il un élément du fantastique* ? Quel rôle les meubles jouent-ils ?*

5. *En quoi le personnage de l'antiquaire est-il fantastique ?*

Écriture / Réécriture

6. *Selon quel procédé sont construites la description* de la ruelle de l'Eau de Robec et la découverte des armoires ?*

7. *De quelle manière l'auteur nous fait-il imaginer le défilé des meubles ?*

8. *Imaginez un récit qui pourrait aussi s'intituler « Qui sait ? ».*

Mise en perspective

9. *Maupassant a-t-il réalisé l'intention qu'il avait en écrivant ce conte :* « Je vais décrire le délire d'un homme que je considère comme un fou. Mais je veux qu'au terme de mon récit le lecteur doute davantage de lui-même, de son bon sens, de ses certitudes, de son univers, que de la raison de mon bonhomme » ?

10. *Comparez le magasin d'antiquités de ce conte avec celui de* La Peau de chagrin *de Balzac.*

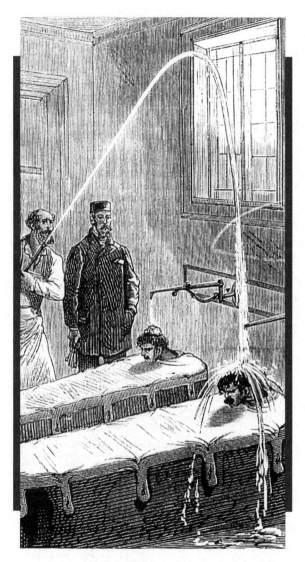

Traitement par les douches à la maison des fous de Charenton.

DATES	ÉVÉNEMENTS HISTORIQUES	ÉVÉNEMENTS CULTURELS
1854	Guerre de Crimée (1856).	Nerval, *Les Filles de feu.*
1856		Flaubert, *Madame Bovary* (publié dans la *Revue de Paris*).
1859		Baudelaire, *Salons.*
1860		Baudelaire, *Les Paradis artificiels.*
1863		Salon des Refusés.
1866		*Le Parnasse contemporain.*
1868		Lautréamont, *Les Chants de Maldoror* (Chant I).
1869		Flaubert, *L'Éducation sentimentale.*
1870	Chute de l'Empire et proclamation de la République.	Verlaine, *La Bonne Chanson.* Sisley, *Première neige à Louveciennes.*
1871	Répression sanglante de l'insurrection de la Commune.	Zola, *La Fortune des Rougon* (premier volume des *Rougon-Macquart*).
1872		Renoir, *Les Canotiers à Chatou.* Nietzsche, *L'Origine de la tragédie.* Andersen, *Contes de fées.*
1875	Constitution de la IIIe République.	Bizet, *Carmen.*
1876		Constitution du groupe naturaliste des *Soirées de Médan* autour de Zola.
1878		Diffusion des idées de Hegel.
1880		*Les Soirées de Médan,* recueil collectif comprenant *Boule de suif.* Rodin, *Le Penseur.*
1881	La Tunisie devient protectorat français.	Zola, *Les Romanciers naturalistes.* Renoir, *Le Déjeuner des canotiers.*
1882	L'enseignement primaire devient gratuit et obligatoire.	Verlaine, *L'Art poétique.* Wagner, *Parsifal.*
1883		Villiers de l'Isle-Adam, *Contes cruels.* Rollinat, *Les Névroses.*
1884		Huysmans, *À rebours.* Rodin, *Les Bourgeois de Calais.*
1885		Le symbolisme s'impose entre le naturalisme et la poésie parnassienne.
1886		Moréas, *Le Manifeste du symbolisme.*
1887	Démission du président de la République Grévy (scandale des décorations). Élection de Sadi Carnot.	Mallarmé, *Poésies.* Fin du naturalisme : *Le Manifeste des cinq.*
1888		Sully Prudhomme, *Ce bonheur.*
1889	Échec du général Boulanger qui tentait de rallier les opposants à la République. Chute de Bismarck. Avènement de Guillaume II. Exposition universelle.	Verlaine, *Parallèlement.* Maeterlinck, *La Princesse Maleine.* Toulouse-Lautrec, *Au bal du Moulin de la Galette.* Exposition de Gauguin et des peintres de Pont-Aven.
1890		Stendhal, *La Vie de Henri Brulard* (Posthume). Degas, *Les Danseuses bleues.*
1891		Oscar Wilde, *Le Portrait de Dorian Gray.*
1892	Début du scandale de Panama.	J. Verne, *Le Château des Carpathes.* Tchaïkovski, *Casse-Noisette.* Cézanne, *Les Joueurs de cartes.*
1893		Mallarmé, *Vers et Prose.* Kipling, *Le Livre de la jungle.*

VIE ET ŒUVRE DE MAUPASSANT	DATES
5 août : naissance de Guy de Maupassant au château de Miromesnil (Normandie).	1850
La famille Maupassant s'installe au château de Grainville-Ymauville.	1854
Naissance de son frère Hervé.	1856
La famille Maupassant s'installe à Paris.	1859
Séparation. Hervé et Guy partent vivre avec leur mère à Étretat.	1860
Guy entre comme pensionnaire au petit séminaire d'Yvetot.	1863
Rencontre du poète anglais Swinburne.	1866
Renvoyé du petit séminaire pour des écrits irrévérencieux, Guy entre comme interne au lycée de Rouen. Son correspondant est le poète Louis Bouillet, qui lui fait faire la connaissance de Flaubert.	1868
Baccalauréat. S'installe à Paris et s'inscrit en première année de droit.	1869
Maupassant est mobilisé dans l'intendance à Rouen.	1870
Quitte l'armée en septembre et regagne Étretat.	1871
Obtient un emploi au ministère de la Marine. Puis se livre avec ses amis canotiers à de joyeuses parties de canotage. Rencontre aux *Samedis de Flaubert* les principaux écrivains de son temps.	1872
Publie *La Main d'écorché* et participe au groupe qui se forme autour de Zola.	1875
Publie *En canot* qui deviendra *Sur l'eau*.	1876
Contracte la syphilis.	1877
Quitte le ministère de la Marine pour le ministère de l'Instruction publique.	1878
Commence à souffrir de troubles oculaires et de migraines.	
Usage d'éther, de haschich, de morphine.	1880
Affecté au bureau des travaux historiques et des sociétés savantes.	
Mai : désemparé par la mort de Flaubert.	
Début de la collaboration au *Gaulois*.	
Publie *La Maison Tellier*. Début de la collaboration au *Gil Blas*.	1881
Voyage en Algérie. Aggravation de ses troubles oculaires.	
Publie le recueil *Mademoiselle Fifi*.	1882
Quitte le ministère après des congés renouvelés depuis 1880.	
Publie les contes *La Main, Apparition, Lui ?*, le recueil *Les Contes de la bécasse* et un roman *Une vie*.	1883
Suit les cours de Charcot à la Salpêtrière.	1884
Publie le conte *La Chevelure*, les recueils *Miss Harriet*, les *Sœurs Rondoli*, le récit de voyage *Au soleil*. Séjours à Cannes, à Étretat.	
Publie le conte *Lettre d'un fou*, les recueils *Toine* et *Contes du jour et de la nuit*, le roman *Bel-Ami*.	1885
Voyage en Italie, en Sicile et dans le Massif central.	
Publie la première version du *Horla*, du recueil *La Petite Roque*.	1886
Publie *Le Horla* (2ᵉ version) et le roman *Mont-Oriol*.	1887
Voyage en Afrique du Nord. Voyage en ballon, de Paris à la frontière hollandaise.	
Publie l'étude *Le Roman*, le recueil *Le Rosier de Madame Husson*, le roman *Pierre et Jean* et le récit de voyage *Sur l'eau*.	1888
Publie le roman *Fort comme la mort* et l'étude *L'évolution du roman au XIXᵉ siècle*.	1889
Août : internement de Hervé à l'hôpital psychiatrique de Lyon-Bron. Il y meurt le 13 novembre.	
Croisière à bord du «Bel-Ami» : Cannes, Tunisie, Italie.	
Aggravation des problèmes de santé.	
Publie le recueil *L'Inutile Beauté*, le récit de voyage *La Vie errante* et le roman *Notre cœur*.	1890
Séjours à Cannes et à Nice. Voyages en Afrique du Nord. Cures.	
Met en œuvre *L'Angélus* (roman inachevé).	1891
Début de paralysie générale. Lésions irréversibles du cerveau.	
Tentative de suicide dans la nuit du 1ᵉʳ au 2 janvier.	1892
7 janvier : admis dans la maison de santé du docteur Blanche. Il n'en sortira plus.	
Convulsions épileptiformes. Maupassant meurt le 6 juillet.	1893
7 juillet : obsèques au cimetière du Montparnasse.	

MAUPASSANT ET SON TEMPS

Le livre, au début du XIXᵉ siècle, est un objet rare. Le tirage de chaque ouvrage est faible, 1 200 exemplaires en moyenne sous la Restauration. En 1852, George Sand est félicitée pour le tirage d'un de ses romans à 1 000 exemplaires. Il est possible cependant de se procurer de la lecture à bon marché, en achetant pour quelques centimes des fascicules et en les reliant. Les premiers fascicules parurent en 1846 et se multiplièrent sous la IIIᵉ République.

UN NOUVEL ESPACE

Un nouvel espace de publication s'ouvre aux écrivains : la presse. Durant tout le XIXᵉ siècle, le tirage des journaux ne cesse d'augmenter et, à la fin du siècle, le journal a pénétré dans toutes les couches de la société. Émile de Girardin ouvre une ère nouvelle en lançant, en 1836, un journal d'information, *La Presse*, avec un tarif d'abonnement à moitié prix par rapport aux autres journaux. La même année, Dutacq suit l'exemple et fait paraître *Le Siècle* au même tarif. Le succès est immédiat : en quelques mois, *La Presse* totalise 20 000 abonnés, et *Le Siècle*, 30 000. Pour s'attirer des lecteurs de tous les milieux, et surtout des lectrices – les femmes étant peu intéressées par la politique –, les journaux se mettent à publier au « rez-de-chaussée », c'est-à-dire en bas de page, des romans-feuilletons.

Les lettrés ont peu de considération pour cette « littérature de bas étage » : malgré des signatures aussi prestigieuses que celles d'Alexandre Dumas et de Balzac, qui fut un des premiers à pressentir, dès 1830, l'importance qu'allait acquérir ce nouveau mode de publication ; malgré le succès de feuilletonistes comme Ponson du Terrail (*Les Exploits de Rocambole*, 1859), Eugène Sue (*Les Mystères de Paris*, 1842-1843 ; *Le Juif errant*, 1844-1845) ou Émile Gaboriau (*L'Affaire Lerouge*, 1866), le créateur du roman policier. La réputation de Maupassant souffrira sans doute d'être liée au journalisme et à la publication en feuilletons.

L'ESSOR DE LA PRESSE

Avec *Le Petit Journal* (fondé en 1863 et tirant sept ans plus tard à plus d'un million d'exemplaires), *Le Petit Parisien* (fondé en 1876) et *L'Écho de Paris* (fondé en 1884), apparaît la presse à grand tirage qui touche tous les milieux. En effet, dans le dernier quart du XIXᵉ siècle, grâce à un régime politique libéral, à la démocratie parlementaire, à l'invention de la rotative (en 1873), au développement des transports par le chemin de fer et aux progrès de l'alphabétisation (entre 1801 et 1901, le nombre de jeunes de 15 à 24 ans qui savent lire est passé de 500 000 à 6 millions), la presse se développe considérablement. Elle offre aux écrivains un gagne-pain qui leur permet de se consacrer entièrement à leur vocation, ce dont profite Maupassant dès 1878, sur les conseils de Zola.

UNE NOUVELLE SOURCE DE REVENUS

Dès ses débuts dans la presse, Maupassant gagne très bien sa vie. Alors qu'en 1879 il obtient un traitement annuel de 2 400 F au ministère de l'Instruction publique, il touche au *Gaulois*, de 1878 à 1880, 60 centimes par ligne, et 1 franc en 1880. Ainsi une chronique moyenne lui rapporte-t-elle de 250 à 300 francs. En 1880, le directeur du *Gaulois* lui offre 500 francs par mois pour un article par semaine.

Tous ses romans parurent d'abord dans des journaux :
• dans *Gil Blas* : *Une vie*, du 27 février au 6 avril 1883 ; *Bel-Ami*, du 6 avril au 30 mai 1885 ; *Mont-Oriol*, du 23 décembre 1886 au 6 février 1887 ;
• dans *La Vie populaire* : *Pierre et Jean*, du 22 mars au 19 avril 1888 ;
• dans *La Revue illustrée* : *Fort comme la mort*, entre le 15 février et le 15 mai 1889.
La quasi-totalité de ses contes fut également publiée dans quatre journaux :
• *L'Écho de Paris* : quotidien fondé en 1884, orienté d'abord vers la littérature et les arts, il devient un journal de tendance catholique et conservatrice. Racheté en 1938 par le directeur du *Jour*, il paraît sous le titre *Jour-Écho de Paris* et cesse de paraître en mars 1942.
• *Le Figaro* : après l'échec du premier, fondé en 1825 et ruiné par les procès en 1848, un nouveau *Figaro* est fondé en 1854. En 1866, il devient quotidien et tire alors à plus de 100 000 exemplaires.
• *Le Gaulois* : quotidien fondé en 1867 et absorbé en 1929 par *Le Figaro*. D'abord de tendance centre-gauche, il devient en 1879, après sa fusion avec *Le Clairon* et *Le Paris-Journal*, monarchiste et conservateur.
• *Gil Blas* : quotidien politique et littéraire de centre-gauche, fondé en 1879, il cesse de paraître en juillet 1914. Maupassant y collabora, de 1881 à 1891, sous le pseudonyme de Maufrigneuse.

Les contraintes de la mise en page et les exigences d'un lecteur habitué à une lecture facile et rapide obligent Maupassant à écrire des textes courts, au rythme soutenu, relancé parfois par des phrases exclamatives ou interrogatives. Les transitions entre les épisodes sont réduites au minimum (quelques indications de temps) ou inexistantes dans le cas du journal. Quelques traits évocateurs campent un personnage ou dressent un décor. Les structures sont souvent les mêmes pour que le lecteur ne se perde pas dans le circonstanciel, mais aille à l'essentiel. Le style est concis, clair et précis, et n'offre pas d'obstacle à la lecture. Loin d'être superficiels ou inconsistants, les contes puisent dans le respect de ces exigences leur charme particulier.

Le conte doit aussi respecter l'esprit du journal, être le miroir de l'actualité, qu'elle soit ponctuelle ou générale. Les contes évoquent ainsi des faits divers récents : une séquestration dans *Apparition* ; un crime dans *La Main* ou *La Chevelure* ; l'affaire du sergent Bertrand, profanateur de cadavres dans *La Chevelure*. Les contes évoquent enfin des problèmes de fond largement débattus à l'époque : la folie, les phénomènes hallucinatoires, les troubles de la personnalité, l'hypnose.

LES FORMES DE L'ÉNONCIATION

Les formes de l'énonciation varient d'un conte à l'autre : récit, lettre, journal, dialogue. La forme la plus courante est le récit encadré : un premier récit présente les circonstances et le narrateur du second récit. Dans la première version du *Horla*, le personnage-présentateur est un aliéniste (un psychiatre) et la scène se situe dans une maison de santé. Dans *La Main* et *La Peur*, l'auteur présente les faits : il est lui-même témoin du récit fait par un juge d'instruction dans un salon, par un aventurier sur le pont d'un bateau en route vers l'Afrique. Mais l'encadrement peut être double : dans *Sur l'eau*, le personnage-auteur donne la parole au narrateur qui dit sa passion de la rivière avant de commencer son récit. Dans *La Chevelure*, l'auteur présente le décor, la cellule d'une maison de santé et le narrateur, qui a toutes les apparences d'un fou, puis il donne la parole au médecin qui diagnostique le mal dont souffre le malade avant de lui donner, à son tour, la parole. Dans *Apparition*, le personnage-auteur décrit le décor, un salon, et le narrateur, un vieux marquis, avant de raconter son aventure, dit l'importance qu'elle a eue sur le reste de sa vie. Dans *La Main*, *La Morte*, *La Nuit* et *Qui sait ?*, le narrateur prend directement la parole. L'effet de distanciation est réduit lorsque la forme d'énonciation est une lettre adressée autant au lecteur qu'à un médecin (*Lettre d'un fou*) ou à un ami (*Lui ?*). Cet effet de distanciation est encore plus réduit lorsque la forme d'énonciation est un journal que le lecteur a l'impression de lire en cachette de celui qui l'a écrit (2ᵉ version du *Horla*).

LE PHÉNOMÈNE FANTASTIQUE

Précédé d'une introduction qui situe le moment, le lieu, les circonstances, les personnages, et suivi d'une brève conclusion, le phénomène fantastique• est l'élément essentiel du conte. Il prend, lui aussi, diverses formes et évolue au fil des contes. Dans *La Main d'écorché* et *La Main*, il s'agit plutôt d'un événement fantastique, limité dans le temps et sans effet durable sur le narrateur, qui n'en est que le témoin. La nouvelle *Sur l'eau* comporte deux événements : la peur du canotier sur la rivière un soir de brouillard et la remontée d'un cadavre que l'ancre a accroché. On peut hésiter, pour le qualifier, entre « conte à faire peur » et « conte fantastique ». *La Peur* nous décrit divers événements qui, par leur coïncidence, prennent une dimension fantastique. Avec *La Chevelure* intervient un élément nouveau qui donne au fantastique un aspect troublant et inquiétant : la folie (« *Il faisait peur et pitié, ce Possédé* »).

L'agent de la possession, contrairement au Horla, qui est indéterminé et pénètre totalement sa victime, est ici un objet précis qui reste extérieur au personnage : une chevelure de femme. Cette chevelure se transforme, mais uniquement dans l'esprit du narrateur, par une sorte de synecdoque* psychique, en une femme dont il tombe follement (au sens propre) amoureux. La question que pose *Apparition* : femme réelle ou hallucination ?, reste sans réponse. Cette interrogation poursuivra le personnage le reste de sa vie. Dans *Lui ?,* il s'agit encore d'une hallucination qui a forme humaine, mais elle n'est plus extérieure au personnage, elle est le personnage lui-même qui s'est dédoublé par un phénomène d'autoscopie*. Avec *Lettre d'un fou* et *Le Horla,* l'hallucination n'a plus forme humaine, elle devient une sorte d'hallucination négative : le personnage ne voit plus sa propre image dans un miroir. Il se voit disparu. Il a pénétré dans un antimonde, dans le sens où l'on parle d'anti-matière. Dans *La Nuit,* tout prend une dimension fantastique•, puisque, les repères de temps et d'espace étant complètement faussés, tout devient hallucinatoire. Dans *Qui sait ?,* le dernier conte, tout est aussi hallucination. Mais il ne s'agit plus d'une hallucination ponctuelle favorisée par certaines circonstances. Tous les objets de la vie quotidienne sont hallucinatoires, sans que la fin du conte laisse espérer le salut ou même un moment de répit. D'ailleurs, la conclusion de tous ces contes laisse planer le doute en ne donnant pas d'explication au phéno-mène fantastique. Il reste ainsi suspendu entre le rêve et la réalité, le surnaturel et le naturel, la folie et la santé mentale : « *L'esprit de l'homme est capable de tout* » (*La Chevelure*).

LES PERSONNAGES

Par définition, le surnaturel ne peut avoir d'explication natu-relle. Par leur psychologie et leur histoire personnelle, les personnages des contes sont imperméables au fantastique•. Aucun de ces personnages n'est une femme. En effet « *l'avide et insatiable besoin d'épouvante qui hante leur âme les torture comme une faim* » (*La Main*) ferait des femmes, telles que les imagine Maupassant, des proies trop faciles, et enlèverait au fantastique toute crédibilité en lui donnant une explication psychologique. Le seul récit d'un événement fantastique suffit à les rendre « *éperdues* [...] *pâles et frissonnantes* ». En revanche, les héros des contes ne sont pas émotifs, ils sont équilibrés et solides. Les uns sont des braves qui ont fait leurs preuves, comme le marquis de La Tour-Samuel (*Apparition*), ou le « *grand homme à figure brûlée* » de *La Peur.* D'autres sont habi-tués à vivre dans le décor naturel qui sera le support du fantastique• : le vieux canotier de *Sur l'eau* passe sa vie sur la rivière et n'y craint pas la nuit ; les guides de *L'Auberge* sont des montagnards suisses *«calmes et placides»*, qui ont *«fait provision de résignation pour cet hivernage sur les sommets»*. Le narrateur de *La Main* est un homme sérieux qui *«sourit gravement, comme doit sourire un juge d'instruction»*. Les personnages des autres contes sont riches, jeunes, désœuvrés et insouciants, ils jouissent de la vie sans inquiétudes ni préoccupations métaphysiques. Cependant tous ces personnages sont en situation d'être réceptifs au fantastique, bien que leur nature ne les y prédispose pas. Ils sont solitaires et certains vivent même à l'écart de leurs semblables. Célibataire comme eux tous, le narrateur de *Lui ?* ne voit qu'une issue pour échapper au phénomène fantastique : se marier.

Le nombre des personnages évolue au fil des contes et finit par se réduire au seul narrateur. Dans *La Main d'écorché* et *La Main*, plusieurs personnages sont mis en scène : le narrateur, mais aussi un second personnage aussi important que lui : le possesseur de la main, Pierre, et l'Anglais sir Rowell. Les narrateurs ne font que nous raconter leur aventure. *La Peur* comporte aussi plusieurs personnages importants, mais le narrateur est un actant dans l'événement raconté. Dans tous les autres contes, le personnage devient le personnage unique et l'emploi de la première personne prend tout son sens.

D'où la question : narrateur-auteur ou narrateur-acteur ?

L'ambiguïté étant le propre du conte fantastique, la confusion est habilement entretenue entre le narrateur et l'auteur. Elle est si habilement entretenue que les avis sont partagés : les uns, en particulier des psychiatres, voient dans les contes fantastiques un homme qui raconte sa maladie ; d'autres ne voient en lui qu'un écrivain qui manipule à distance ses personnages-narrateurs comme un marionnettiste, ses marionnettes. Le lecteur qui connaît la biographie de Maupassant ne peut s'empêcher de voir en surimpression l'image de celui qui éprouvait des troubles mentaux et mourut dans la démence. Cette image donne au *Horla* ou à *Qui sait ?* un aspect dramatique que l'on ne trouve pas chez d'autres conteurs. Maupassant, qui écrivait en 1889 : *«Je désire que tout ce qui touche ma vie ou ma personne ne donne lieu à aucune divulgation»*, aurait-il pu s'écrier, paraphrasant Flaubert : *«Mon narrateur, c'est moi»* ? Flaubert, d'ajouter : *«Pour moi j'ai un exutoire (comme on dit en médecine). Le papier est là, et je me soulage.»* L'écriture, un art gratuit ou un exutoire ? C'est la dernière ambiguïté que nous laisse Maupassant.

Les contes fantastiques* de Maupassant paraissent dans le dernier quart d'un siècle qui eut une prédilection pour les contes de ce genre et qui, par la passion qu'il manifesta pour le magnétisme* et l'hypnotisme, favorisa les recherches ultérieures sur l'inconscient, cette part inconnue de l'homme.

PRÉCÉDENTS LITTÉRAIRES

Bien que l'on puisse considérer *Le Diable amoureux* de Cazotte comme le précurseur du conte fantastique, la véritable naissance de ce genre littéraire se situe en Allemagne. À la recherche du merveilleux populaire, celui des anciennes légendes et des grands mythes* que le classicisme avait mis au rebut, les Romantiques allemands, à la suite de Ludwig Tieck (1775-1853), remettent à l'honneur le *Märchen*, un conte qui fait cohabiter monde féerique et monde réel.

Le précurseur : Cazotte
(1719-1792)
•

Son chef-d'œuvre, *Le Diable amoureux*, paraît en 1772. Cédant aux sollicitations d'un de ses amis, Alvare, un jeune gentilhomme espagnol, évoque le Diable dans les ruines de Portici, non loin de Naples.
Belzébuth apparaît d'abord sous la forme d'une tête de chameau, puis se transforme en épagneul et enfin en un page aux allures hermaphrodites qu'Alvare prénomme Biondetto. Un amour ambivalent s'établit entre eux, et Alvare, désirant s'attacher Biondetta pour la vie, veut auparavant la présenter à sa mère qui vit en Espagne. En cours de route, la sylphide voyant Alvare à sa merci exige de lui un acte d'allégeance à Satan, son maître. Elle se montre à lui sous sa forme réelle, la tête de chameau du début du conte. Alvare se réveille alors de ce songe maudit. Biondetta demeure introuvable. Quand le jeune homme atteint enfin la demeure de sa mère, le Docteur Quebracuerno lui explique tous les sortilèges dont il a failli ne pas réchapper.
Dans ce roman qui d'emblée connut le succès, Cazotte fait la part égale entre le fantastique et l'analyse du sentiment amoureux. Jean-Jacques Ampère, dans un article sur Hoffmann publié dans le *Globe* du 2 août 1828, porte ce jugement : «Le Diable amoureux *de Cazotte, chef-d'œuvre d'imagination et de grâce, est à peu près le seul ouvrage français dans lequel le surnaturel ne soit pas ou une fantasmagorie* ridicule ou un cadre purement satirique.*»

L'initiateur : Hoffmann
(1776-1822)
•

Maître incontesté du genre, Hoffmann dépasse le cadre du *Märchen* et le fait passer du domaine du merveilleux à celui du fantastique•. Il est d'ailleurs involontairement à l'origine de l'expression «conte fantastique» : son premier traducteur en France, Loève-Veimars, publie en 1829, sous le titre de *Contes fantastiques*, plusieurs récits qu'Hoffmann avait regroupés sous le titre de *Fantasiestücke*, ce qui signifie «œuvres d'imagination»; par homonymie *Fantasie* est devenu fantastique. Le succès de ces contes est immense et la vogue du fantastique se répand dans toute l'Europe, et en France en particulier.

Beaucoup d'ingrédients du conte fantastique s'y trouvent déjà : le surnaturel *(Contes des frères de Saint-Sérapion)*, le double *(Les Aventures de la nuit de Saint-Sylvestre*, les *Élixirs du diable)*, l'être humain artificiel *(L'Homme au sable)*, la magie *(Le Chat Murr)*, la collusion du fantastique et des expériences parascientifiques qui se développaient alors en Europe *(Le Magnétiseur)*. Le réel et l'imaginaire cohabitent si bien que l'on ne sait plus où est la frontière qui les sépare.

Jean-Jacques Ampère, qui fut le premier critique français attentif à l'œuvre d'Hoffmann, écrit à son propos dans son article du *Globe* du 2 août 1828 : «*Concevez une imagination vigoureuse et un esprit parfaitement clair, une amère mélancolie et une verve intarissable de bouffonnerie et d'extravagance; supposez un homme qui dessine d'une main ferme les figures les plus fantastiques, qui rende présentes, par la netteté du récit et la vérité des détails, les scènes les plus étranges, qui fasse à la fois frissonner, rêver et rire, enfin qui compose comme Callot, invente comme Les Mille et une Nuits, raconte comme Walter Scott, et vous aurez une idée d'Hoffmann.*»

Le novateur : Poe
(1809-1849)
•

Poe fit pâlir par son succès, dû pour une large part à son traducteur, Baudelaire, l'étoile d'Hoffmann et donna au conte fantastique une impulsion nouvelle. Ses *Histoires extraordinaires* et ses *Nouvelles Histoires extraordinaires*, dont la traduction paraît pour les premières en 1856, pour les secondes en 1857, ouvrent de nouvelles voies au fantastique. Délaissant les êtres surnaturels – ondines, salamandres, sylphides et gnomes• –, ne faisant allusion ni à la sorcellerie, ni à la magie, il analyse avec la froideur et la précision d'un clinicien des états de conscience liés à la surexcitation nerveuse, à l'angoisse métaphysique, à la folie, toutes ces « *exceptions de la vie humaine et de la nature* ». Cette formule est de Baudelaire (*Edgar Poe, sa vie et ses œuvres, IV*) : « *Aucun homme* [...] *n'a raconté avec plus de magie les exceptions de la vie humaine et de la nature ; – les ardeurs de curiosité de la convalescence ; – les fins de saisons chargées de splendeurs énervantes, les temps chauds, humides et brumeux où le vent du sud amollit et détend les nerfs comme les cordes d'un instrument, où les yeux se remplissent de larmes qui ne viennent pas du cœur ; l'hallucination laissant d'abord place au doute, bientôt convaincue et raisonneuse comme un livre ; – l'absurde s'installant dans l'intelligence et la gouvernant avec une épouvantable logique ; – l'hystérie usurpant la place de la volonté, la contradiction établie entre les nerfs et l'esprit, et l'homme désaccordé au point d'exprimer la douleur par le rire. Il analyse ce qu'il y a de plus fugitif, il soupèse l'impondérable et décrit, avec cette manière minutieuse et scientifique dont les effets sont terribles, tout cet imaginaire qui flotte autour de l'homme nerveux et le conduit à mal.* »

Les prédécesseurs français
•

Le conte fantastique• s'épanouit en France tout au long du XIXe siècle.

Nodier (1780-1844), qui rédigea en 1830 un véritable manifeste : *Du Fantastique en littérature,* exploite le thème des vampires dans *Smarra ou les Démons de la nuit* (1821), de l'être surnaturel dans *Trilby ou le lutin d'Argail* (1822), de l'hallucination dans *La Fée aux miettes* (1832), de l'apparition rituelle dans *Ines de Las Sierras* (1837).

Gautier (1811-1872) reprend le thème de la tentation exercée par une créature démoniaque dans *La Morte amoureuse* (1836). Il décrit la résurrection fantastique d'une femme de jadis dans *Omphale, rêverie rococo* (1834), dans *Le Pied de momie* (1852) ou *Arria Marcella, fantaisie pompéienne* (1840). *Avatar* (1856) relate une opération d'occultisme par laquelle un homme endosse le corps du mari de celle qu'il aime. *Spirite* (1866) relate un amour par-delà le tombeau et l'emprise exercée par une morte sur un vivant.

Balzac (1799-1850) expose en actes sa théorie sur la force de la pensée, la *vis humana. La Peau de chagrin* (1831) est une peau qui se rétrécit au fur et à mesure que les souhaits de son possesseur sont exaucés. *L'Auberge rouge* (1831) et *Le Réquisitionnaire* reposent sur le principe de la transmission de pensée.

Louis Lambert (1832) fait la preuve de la puissance de la pensée capable d'opérer une véritable transmutation alchimique sur celui qui en use. Dans *Ursule Mirouet*, il expose ses idées sur le magnétisme• (chapitre VI) et dénoue son intrigue par une intervention de l'au-delà. *Séraphita* (1835) montre les « *invisibles liens par lesquels les mondes matériels se* [rattachent] *aux mondes spirituels* ».

Mérimée (1803-1870) relate dans *Lockis* l'histoire tragique d'un homme que l'on devine être né d'une femme et d'un ours. *La Vénus d'Ille* (1837), son chef-d'œuvre, raconte les aventures, dans la petite ville d'Ille en Catalogne française, d'une statue en bronze représentant Vénus qui s'anime et assassine, la nuit de ses noces, un jeune homme qui lui avait passé au doigt, pour jouer plus commodément au jeu de paume, l'anneau destiné à sa future épouse.

RÉFÉRENCES SCIENTIFIQUES

Maupassant écrit dans son article sur le Fantastique• publié dans *Le Gaulois* du 7 octobre 1883 : « *Notre pauvre esprit inquiet, impuissant, borné, effaré• par tout effet dont il ne saisissait pas la cause, épouvanté par le spectacle incessant et incompréhensible du monde a tremblé pendant des siècles sous des croyances étranges et enfantines qui lui servaient à expliquer l'inconnu. Aujourd'hui il devine qu'il s'est trompé, et il cherche à comprendre, sans savoir encore. Le premier pas, le grand pas est fait. Nous avons rejeté le mystérieux qui n'est plus pour nous que l'inexploré.* » La science du XIXe siècle dans son nouvel appétit de savoir s'ouvre à de nouveaux horizons et la littérature fantastique de l'époque la rejoint dans son interrogation et ses recherches sur ce mystérieux inconnu qu'est l'homme. Maupassant suit de très près les travaux des savants de son époque sur le magnétisme et l'hypnose, et il les introduit dans ses contes fantastiques.

Le magnétisme
•

Rompant avec une longue tradition qui remonte à l'Antiquité et lie l'action suggestive à des considérations théologiques (formules magiques, prières et cérémonies religieuses), le médecin viennois Mesmer (1734-1815) inaugure une thérapie qui repose sur une démarche scientifique.

Partant de l'idée qu'il existe un fluide magnétique qui baigne tous les organes du corps et leur permet d'avoir une influence les uns sur les autres, il conclut que la maladie résulte d'une mauvaise répartition du fluide à travers le corps. La thérapie consiste donc à rétablir une répartition harmonieuse du fluide magnétique par l'action d'un aimant. Puis, constatant qu'il peut lui-même jouer le rôle d'un aimant et que les substances qu'il a rendues magnétiques produisent les mêmes effets que l'aimant, il émet l'hypothèse du magnétisme• animal, une force magnétique particulière aux êtres animés.

Ses confrères viennois manifestent une telle hostilité à ses idées qu'en 1778 Mesmer émigre à Paris. Il y est accueilli triomphalement.

Le traitement magnétique consiste à établir un contact avec le malade en appuyant sur ses genoux ou en frottant ses pouces contre les siens. Ensuite, une série de passes fait circuler le fluide dans le corps du patient et provoque une crise qui rétablit l'équilibre naturel de l'organisme. Mesmer organise aussi des séances collectives. Les patients sont rassemblés autour d'une cuve de deux mètres de diamètre remplie d'eau et d'un mélange de limaille de fer et de verre pilé (« le baquet de Mesmer »). Du couvercle émergent des tiges de fer dont les patients qui se touchent par les pouces pour faire circuler le fluide, appliquent la pointe sur l'endroit malade. Puis, avec une baguette magnétique, Mesmer met en état de crise les malades. Mais le magnétisme animal a de plus en plus de détracteurs. En 1784, deux commissions de savants, mises en place par Louis XVI, concluent que le magnétisme animal n'existe pas. Peu après, Mesmer quitte la France, gagne l'Angleterre, puis s'établit en Allemagne où il meurt en 1815.

À son départ de France, Mesmer laisse des disciples qui vont continuer ses recherches.

Le plus célèbre de ces magnétiseurs est Armand de Chastenet de Puységur (1751-1825). Il met au point le « somnambulisme magnétique » : le malade est mis dans un état de docilité où il ne cesse jamais de dialoguer avec le thérapeute, dialogue dont il ne garde aucun souvenir. Puységur en déduit l'existence de « *deux mémoires* », ce qui est un premier pas dans la découverte de l'inconscient.

Joseph Deleuze (1753-1835) use du fluide magnétique pour mettre le patient dans la totale dépendance du magnétiseur.

Charles de Villers (1765-1815) utilise plus la suggestion que le magnétisme. Il abandonne tout recours au fluide et ne compte pour la guérison du malade que sur les sentiments réciproques entre magnétiseur et magnétisé.

L'Hypnotisme
•

Le terme d'hypnose apparaît vers 1870. La *British Medical Association* en donne, en 1955, la définition suivante : «*État passager d'attention modifiée chez le sujet, état qui peut être produit par une autre personne et dans lequel divers phénomènes peuvent apparaître spontanément ou en réponse à des stimuli verbaux ou autres. Ces phénomènes comprennent un changement dans la conscience et la mémoire, une susceptibilité accrue à la suggestion et l'apparition chez le sujet de réponses et d'idées qui ne lui sont pas familières dans son état d'esprit habituel. En outre, des phénomènes comme l'anesthésie, la paralysie, la rigidité musculaire et des modifications vaso-motrices peuvent être, dans l'état hypnotique, produits et supprimés.*»

Les premiers à aborder cette technique nouvelle furent l'abbé portugais de Faria (1755-1819), qui l'appelait «*sommeil lucide*», et le médecin Alexandre Bertrand (1795-1831). Le nom d'hypnotisme est introduit en 1841 par le médecin écossais James Braid qui endort ses patients en leur demandant de fixer du regard un objet brillant. Le 5 décembre 1859, le médecin français Broca fait une communication à l'Académie des Sciences dans laquelle il rend compte d'une opération qu'il a pratiquée à l'hôpital Necker sous anesthésie hypnotique. Amboise-Auguste Liébeault (1825-1904) améliore la technique. Comme Braid, il fixe le regard du sujet sur son propre regard ; comme de Faria, il intime l'ordre de dormir, mais il innove en répétant plusieurs fois, d'une voix douce, ce que va ressentir le sujet : il va avoir envie de dormir, ses paupières vont se fermer, la voix de l'hypnotiseur semblera de plus en plus lointaine.

Convaincu par les expériences de Liébault, Hippolyte Bernheim, (1840-1919) professeur à la Faculté de médecine de Nancy, se met, en 1882, à pratiquer l'hypnose et publie, en 1884, son ouvrage *De la suggestion dans l'état hypnotique et l'état de veille*. Il rassemble autour de lui d'autres universitaires et fonde ainsi l'École de Nancy dont la renommée sera mondiale. Au fur et à mesure que ses travaux avancent, il voit dans l'hypnose non pas un phénomène physique, mais un phénomène psychique dû à la suggestion. Il écrit en 1886 dans son ouvrage *De la suggestion et de ses applications à la thérapeutique* : «*C'est la suggestion qui domine la plupart des manifestations de l'hypnose : les prétendus phénomènes physiques ne sont, suivant moi, que des phénomènes psychiques. C'est l'idée conçue par l'opérateur qui, saisie par l'hypnotisé et acceptée par son cerveau, réalise le phénomène, à la faveur d'une suggestibilité exaltée, produite par la concentration d'esprit spécial de l'état hypnotique. »*

Le professeur de La Salpêtrière, Jean Martin Charcot (1825-1893) fait entrer l'hypnose dans son âge d'or. Il débute, en 1878, ses expériences d'hypnotisme, et, en 1882, sa communication à l'Académie des Sciences, intitulée *Sur les divers états nerveux déterminés par l'hypnotisation chez les hystériques* est un événement. La tenue à Paris du *Premier Congrès international de l'Hypnotisme expérimental et thérapeutique,* en août 1889, avec la participation de sommités nationales et internationales, est un autre événement. Charcot, par l'utilisation de l'hypnose, a rénové la thérapie des maladies nerveuses et en particulier de l'hystérie. Maupassant s'intéresse aux recherches de Charcot sur l'hypnotisme et suit ses leçons à La Salpêtrière, de 1884 à 1886. Une conception nouvelle des rapports entre le physique et le psychisme s'élabore et va déboucher sur la découverte de l'inconscient et l'avènement de la psychanalyse. Freud, qui vient, en octobre 1885, suivre à Paris l'enseignement de Charcot, en sera un des principaux artisans. Charcot lui aura appris que les névroses ne sont pas la conséquence de lésions structurales, mais qu'elles se déclenchent à l'occasion de traumatismes psychiques.

Après la mort de Charcot, en 1893, l'hypnose connaît un déclin très rapide. Un disciple de Charcot, Pierre Janet (1859-1947), suit les traces de son maître, mais, en 1910, il abandonne ses travaux sur l'hystérie et l'hypnose. Freud, qui avait axé sa thérapie sur l'hypnose en 1887, abandonne définitivement cette pratique en 1896, pour pratiquer l'association libre qui restera la méthode par excellence de la psychanalyse. *«Je suis en droit de dire que la psychanalyse proprement dite ne date que du jour où l'on a renoncé à avoir recours à l'hypnose»* écrit-il en 1917 dans son *Introduction à la psychanalyse.*

L'hypnotisme n'a jamais retrouvé le prestige qu'il avait à la fin du xixe siècle, malgré les efforts de quelques psychanalystes américains contemporains comme Kubie, Margolin, Gill et Brenman, pour en faire le principal outil des recherches psychophysiologiques et psychanalytiques.

AU XIXᵉ SIÈCLE

À son époque déjà, Maupassant fut apprécié par les milieux littéraires pour la clarté de son style :

> *Monsieur de Maupassant est certainement un des plus francs conteurs de ce pays où l'on fit tant de contes, et de si bons. Sa langue, forte, simple, naturelle, a un goût de terroir qui nous la fait aimer chèrement. Il possède les trois qualités de l'écrivain français : d'abord la clarté, puis encore la clarté, et enfin la clarté. Il a l'esprit de mesure et d'ordre qui est celui de notre race.*
>
> Anatole France, article paru dans *La Vie littéraire*, 1888.

AU XXᵉ SIÈCLE

Notre époque s'intéresse surtout au caractère fantastique* de ses *Contes*. M.-C. Blancquart situe Maupassant dans la lignée des conteurs fantastiques qui se préoccupent avant tout d'explorer le mystère de la nature humaine :

> *Maupassant se place dans la lignée des auteurs qui eurent recours à un fantastique intérieur, comme Théophile Gautier dans* La Pipe d'opium*, Mérimée dans le conte curieusement sexuel de Djoumâne, ou Charles Nodier dans Smarra. Le saut dans l'imaginaire est toujours accompli par l'esprit même des personnages de Maupassant, et dans leur esprit. Cela ne prête pas à discussion : une obsession n'est ni vraie ni fausse en tant que telle, elle est. Toute la question est de la décrire assez fortement pour en inspirer la contagion au lecteur.*
>
> M.-C. Blancquart, *Maupassant, conteur fantastique*, Minard, Archives des Lettres Modernes, 1976.

D'autres, comme Joël Malrieu, montrent les particularités et l'originalité du fantastique chez Maupassant, lequel se tourne vers les angoisses profondes, intérieures, qui sommeillent en chacun de nous :

> *Avant tout intérieur, le fantastique chez Maupassant se développe sur le terrain des angoisses, des obsessions et des perversions. En tant que désordre, il constitue donc un scandale logique aussi bien que moral, au sens où il défie la raison et les conventions sociales en conviant à une expérience des limites particulièrement destructrice puisqu'elle remet insidieusement en question les frontières entre le normal et le pathologique [...].*
> *Causée par un événement extérieur ou inscrite au cœur même de la personnalité à titre de caractéristique permanente, la division du moi fait de la vie du personnage un enfer. Condamné à se haïr et à se fuir, il ne trouve aucun allègement à sa souffrance. La*

195

parole, qui lui permet de se confier et de prendre en charge son histoire, ne constitue qu'un remède provisoire.

Ainsi traversée par cette présence autre qui fait perdre à l'être jusqu'à la conscience de son existence, l'œuvre de Maupassant inscrit la marque d'une dépossession de soi porteuse de folie et de mort. Intérieure (scission du moi) ou extérieure (moi aliéné), l'altérité est toujours dangereuse, et pas seulement dans les récits fantastiques* : Pierre et Jean, frères ennemis, sont là pour en témoigner.

J. Malrieu, *Le Fantastique*, Hachette, 1992.

D'autres encore se posent la question de savoir si le fantastique chez Maupassant est crédible.

En aucune façon, nous ne sommes plus dans le domaine de la vraisemblance et du réalisme comme dans les nouvelles de Méri-mée. Tandis que ce dernier prend ses distances vis-à-vis de l'aven-ture rapportée, soit par l'ironie, soit par le subterfuge de l'histoire, Maupassant joue franchement le jeu du fantastique et s'efforce – ce n'est pas pour rien que les nouvelles sont écrites à la première personne – de nous faire croire à la réalité de l'événement inexpli-cable qu'il relate.

Godenne, *La Nouvelle française*, P.U.F., 1974.

Les nouvelles de Maupassant illustrent les différents degrés de confiance que nous accorderons aux récits. On peut en distinguer deux, selon que le narrateur est extérieur à l'histoire ou en est un des agents principaux. Extérieur, il peut ou non authentifier lui-même les dires du personnage, et le premier cas rend le récit plus convaincant, comme dans [...] Un fou? Sinon, le lecteur sera tenté d'expliquer le fantastique par la folie, comme dans La Chevelure et dans la première version du Horla; d'autant que le cadre du récit est à chaque fois une maison de santé.

Mais, dans ses meilleures nouvelles fantastiques – Lui?, La Nuit, Le Horla, Qui sait? -, Maupassant fait du narrateur même le héros de l'histoire (c'est le procédé d'Edgar Poe et de beaucoup d'autres après lui). L'accent est alors mis sur le fait qu'il s'agit du discours d'un personnage plus que d'un discours de l'auteur : la parole est sujette à caution, et nous pouvons bien supposer que tous ces personnages sont des fous; toutefois, du fait qu'ils ne sont pas introduits par un discours distinct du narrateur, nous leur prêtons encore une paradoxale confiance. On ne nous dit pas que le narrateur ment et la possibilité qu'il mente, en quelque sorte structurellement, nous choque; mais cette possibilité existe (puisqu'il est aussi personnage), et l'hésitation peut naître chez le lecteur.

T. Todorov, *Introduction à la littérature fantastique*, coll. «points», Seuil, 1970.

Enfin, il est impossible d'ignorer les rapports qui peuvent exister entre l'auteur et son œuvre. Car l'œuvre de Maupassant, plus que toute autre, est certainement l'expression la plus remarquable de ces rapports si délicats et si féconds :

> Plus Maupassant chemine dans le fantastique•, plus il progresse dans l'irréel et plus il serre de près la réalité, sa réalité propre, car de plus en plus ses contes sont composés d'observations très exactement faites sur lui-même. Avec une lucidité prodigieuse, ce cerveau qui se liquéfiait lentement, notait tout, depuis les premiers phénomènes d'autoscopie* externe (dédoublement) jusqu'aux grands délires ; ce n'est pas lui qui va vers l'horrible, c'est l'horrible qui vient vers lui.
>
> P. Morand, Vie de Guy de Maupassant, Flammarion, 1942.

> Le fantastique, chez Maupassant, ce n'est pas l'intrusion brutale de phénomènes étranges dans la vie quotidienne. Tout peut s'éclairer chez lui, d'une façon parfois décevante (« Je vous avais bien dit que mon explication ne vous irait pas », conclut un personnage). Le fantastique, c'est tout ce qui rôde hors de l'homme et dans l'homme et le laisse, la conscience vidée par l'angoisse, sans solution, ni réaction. Le fantastique, c'est la débâcle de la conscience, son impuissance à rendre compte des grands pans d'inconnu qui s'abattent soudain. Cet inconnaissable rôde, et c'est lui que l'écrivain parvient à maîtriser au détour des mots, comme le faisait aussi Tourgueniev : il « a cherché les nuances, a rôdé autour du surnaturel plutôt que d'y pénétrer [...].
>
> On trouve de place en place [...] quelques-uns de ces récits mystérieux et saisissants qui font passer des frissons dans les veines. Dans son œuvre pourtant, le surnaturel demeure toujours si vague, si enveloppé qu'on ose à peine dire qu'il ait voulu l'y mettre. Il raconte plutôt ce qu'il a éprouvé, comme il l'a éprouvé, en laissant deviner le trouble de son âme, son angoisse devant ce qu'elle ne comprenait pas, et cette poignante sensation de la peur inexplicable qui passe, comme un souffle inconnu parti d'un autre monde. »
>
> Il n'y a rien de plus lucide que le récit de cette aliénation. Pour retracer les étapes de cette lutte entre l'Autre et le semblable, l'œuvre retrouve naturellement la forme qui installe l'écrivain devant le miroir : le journal, ou la lettre testamentaire...
>
> Démence de Maupassant ? Plutôt implacable aventure d'une conscience qui reflète le monde, et lucide odyssée d'une écriture.
>
> L. Forestier, in préface de l'édition des Contes et Nouvelles de Maupassant, Bibliothèque de la Pléiade, Gallimard, 1974.

À PROPOS DE L'ŒUVRE

LIEUX DE PLAISIR

Amoureux de la vie et «canotier enragé», Maupassant est un habitué d'Étretat et des bords de Seine.

Étretat
•

Dans *L'Homme de Mars,* Maupassant évoque Étretat, sa plage, son casino et ses falaises. Il a passé une partie de son enfance dans ce petit village de pêcheurs de la côte normande et s'y est fait construire une maison, *La Guillette.* Lancée par le journaliste Alphonse Karr, Étretat est une station balnéaire à la mode. Elle est fréquentée par des peintres (entre autres Courbet et Monet), des musiciens et des compositeurs (comme Offenbach et Massenet), des écrivains, des journalistes, des acteurs et des actrices, qui se retrouvent tous à l'hôtel Blanquet. On vit joyeusement et les endroits où l'on s'amuse sont nombreux : la villa *Orphée,* où Offenbach organise de joyeuses fêtes ; le casino, une bâtisse en bois où l'on vient s'amuser et danser ; le café tenu par Joseph aux généreux bols de punch ; l'auberge de «*la belle Ernestine*», où l'on vient festoyer après une promenade à pied à travers les valleuses, petites vallées formées par des entailles dans les falaises, sous la conduite de Prunier, le pseudonyme de Maupassant.

C'est à Étretat que le jeune Guy vit une aventure qui l'impressionne et qu'il racontera dans une chronique du *Gaulois* du 29 novembre 1882, intitulée *L'Anglais d'Étretat.* À une date mal précisée, entre 1865 et 1868, il est invité par le poète Swinburne qu'il a sauvé de la noyade. Passionné de fantastique•, cet Anglais lui fait admirer, après lui avoir servi un rôti de singe à l'odeur écœurante, des œuvres d'aliénés, tableaux et aquarelles aux formes étranges. À son départ, il lui offre une affreuse main d'écorché•, dont les muscles noirâtres sont mis à nu. Cette main, dont Maupassant ornera sa chambre à coucher, lui inspirera *La Main d'écorché* et *La Main.*

Les bords de Seine
•

Argenteuil, Chatou, Bougival, Croissy : les lieux de plaisir sont nombreux le long de la vallée de la Seine. Lassés de la capitale, voulant profiter de la vie après la guerre et ses privations, les Parisiens passent leurs dimanches à ramer, à ripailler et à danser. Certains habitent en banlieue, comme Maupassant de 1872 à 1880. Chaque matin de la semaine, il se lève tôt et fait de l'aviron sur la Seine, avant d'aller s'enfermer au Ministère.

« *J'étais un employé sans le sou* [...] *Comme c'était simple, et bon, et difficile de vivre ainsi, entre le bureau à Paris et la rivière à Argenteuil. Ma grande, ma seule, mon absorbante passion, pendant dix ans, ce fut la Seine.* » (*Mouche*). Le samedi et le dimanche, « *jours sacro-saints du canotage* » selon l'expression de Flaubert, il rejoint ses amis canotiers pour quelques bons moments de sport et de gaillardise. Deux établissements sont particulièrement courus : *La Maison Fournaise* et *La Grenouillère*.

La Maison Fournaise est située dans l'île de Croissy, tout près du pont de Chatou. Elle est tenue par la famille Fournaise, le père, Alphonse ; la mère ; le fils, Alphonse ; la fille, Alphonsine. On peut louer un canot, se baigner et faire des repas bien arrosés sous une tente de toile rayée rouge et blanc. C'est le lieu de rencontre des canotiers, mais aussi des peintres, des gens de lettres, des personnalités de la politique et de la finance. Renoir fréquenta assidûment l'endroit et y peignit de nombreuses toiles : *La barque à Chatou*, *Le Pont de Chatou*, *Le Pont de chemin de fer*, *Les Canotiers à Chatou*, *Le Déjeuner des rameurs*, *L'Homme à la pipe* (le père Fournaise), et le célèbre *Déjeuner des canotiers*.

La Grenouillère est un endroit plus canaille. C'est un établissement de bain flottant, relié, par une passerelle, d'un côté à la rive de l'île de Croissy, de l'autre à un îlot appelé *Le Camembert* ou *Le Pot à fleurs*. Lieu de rendez-vous des impressionnistes, *La Grenouillère* est peinte, en 1869, par Monet (*La Grenouillère*, *Le Ponton*), et, en 1876, par Renoir (*Les Bains de la Grenouillère*). C'est aussi le lieu de rendez-vous d'une société moins raffinée, si l'on en croit Renoir : « *Là se retrouvaient toute l'écume, toute la crapulerie distinguée, toute la moisissure de la haute société.* » *La Grenouillère* tire son nom des « grenouilles » ; ainsi surnomme-t-on les filles faciles, qui font la réputation de l'établissement. Maupassant nous les décrit ainsi : « *Des femmes, des filles aux cheveux jaunes, aux seins démesurément rebondis, à la croupe exagérée, au teint plâtré de fard, aux yeux charbonnés, aux lèvres sanguinolentes, lacées, sanglées dans des robes extravagantes, traînaient sur le frais gazon le mauvais goût criard de leurs toilettes* » (« La Femme de Paul », in *La Maison Tellier*). Dans le même conte, Maupassant nous décrit les canotiers, de solides gaillards, en maillot de corps, pantalon blanc et chapeau de paille (le canotier !) : « *C'était devant la porte, un tumulte de cris, d'appels ; et les grands gaillards en maillots blancs gesticulaient avec des avirons sur l'épaule. Les femmes en claire toilette de printemps, embarquaient avec précaution dans les yoles, et, s'asseyant à la barre, disposaient leur robe* [...]. *Les rameurs prenaient place à leur tour, bras nus et la poitrine bombée, posant pour la galerie, une galerie composée de bourgeois endimanchés, d'ouvriers et de soldats accoudés sur la balustrade du pont et très attentifs à ce spectacle.* » Le soir, on dansait : « *On dansait : les couples face à face cabriolaient éperdument, jetaient leurs jambes en l'air jusqu'au nez des vis-à-vis. Les femelles désarticulées des cuisses, bondissaient dans un enveloppement de jupes révélant leurs dessous. Les pieds s'élevaient au-dessus de leurs têtes avec une facilité surprenante et elles balançaient leurs ventres, frétillaient de la croupe, secouaient leurs seins, répandant autour d'elles une senteur énergique de femmes en sueur* » (op. cit.).

L'UNIVERS DE LA FOLIE

« *Les fous m'attirent toujours, et toujours je reviens vers eux, appelé malgré moi par ce mystère banal de la démence* », écrit Maupassant dans *Madame Hermet*. Le terme de fou revient souvent dans ses contes fantastiques• et ses personnages se défendent de l'être, craignant sans doute de basculer dans un monde d'où ils ne reviendraient plus.

Maupassant n'est pas le seul de son époque à s'intéresser à la folie, elle passionne nombre de ses contemporains, qui découvrent à travers les recherches scientifiques de Charcot, de Ribot ou de Bernheim un univers fascinant et troublant. En effet, le XIXᵉ siècle voit d'un œil nouveau la folie et ses victimes qui sont, pour la première fois dans l'histoire, considérées comme des malades.

Ce n'était pas le cas jusqu'alors. Jusqu'à la Renaissance, la conception du fou est théologique : l'Antiquité le considère comme un être « possédé » par un dieu, le christianisme comme une incarnation du démon. De la Renaissance au milieu du XVIIᵉ siècle, le fou est considéré comme un simple être humain, et il vit sa folie en liberté. Au milieu du XVIIᵉ siècle, le monde de la folie devient le monde de l'exclusion. Les fous sont enfermés dans les Hôpitaux généraux – il y en a un dans chaque grande ville de France – avec les pauvres, les invalides, les libertins, les vénériens, les homosexuels et les alchimistes. À la fin du XVIIIᵉ siècle, le fou commence à être considéré comme un malade. En 1772, le médecin anglais Cullen crée le terme de névrose pour désigner l'ensemble des maladies nerveuses. En 1793, le médecin Philippe Pinel délivre de leurs chaînes les fous internés à Bicêtre et s'efforce de les guérir.

Tout au long du XIXᵉ siècle, le fou aura un statut de malade et n'aura plus à porter le poids d'une quelconque culpabilité. Il devient un aliéné, un homme comme les autres, donc doué de raison, mais « étranger » à lui-même. On construit pour l'accueillir des asiles, qui ne seront appelés hôpitaux psychiatriques qu'en 1937. *« Le Toulousain Esquirol (1772-1840) et le Briançonnais Ferrus (1784-1861) sont à l'origine de la fameuse loi de 1838, signée par Louis-Philippe, qui organise l'hospitalisation dans les établissements publics et privés et la protection des malades et de leurs biens. Chaque département doit disposer d'un asile ou de lits dans un établissement interdépartemental. L'autorité publique surveille l'administration et contrôle l'admission et le maintien des aliénés. Deux modes d'entrée sont possibles : placement volontaire demandé par la famille ou les tuteurs, placement d'office décidé par le Préfet, en cas de danger. Les modalités de recours contre l'internement arbitraire sont prévues et l'autorité judiciaire peut à tout moment intervenir. »* (Y. Pélicier, *Histoire de la psychiatrie*, P.U.F., 1971). Le nombre de «malades séquestrés» augmente rapidement : 10 000 en 1834, 16 255 en 1844, 42 077 en 1874.

Deux spécialistes de la pathologie nerveuse dominent leur époque : Charcot (1825-1893) et Bernheim (1837-1919). La renommée de Charcot est mondiale, il donne à l'hôpital de La Salpêtrière des cours que suivirent Maupassant et Freud à la même époque. Ses travaux portent sur l'utilisation de l'hypnotisme dans le traitement de l'hystérie. Les hystériques ne présentent aucune atteinte organique décelable, et, bien que leurs mécanismes mentaux soient parfois en mesure de fonctionner, ils manifestent un comportement plus ou moins inadapté. L'idée de Charcot est de substituer à la volonté défaillante du malade celle du thérapeute. Le moyen utilisé est l'hypnose, qui rend les sujets particulièrement dociles aux suggestions. L'hypnotisme, mis à la mode en 1778, à Paris, par un médecin de Vienne, Mesmer (1734-1815), avait été abandonné après 1865 aux charlatans. Charcot lui donna une caution scientifique en en faisant une méthode de traitement de l'hystérie. Bernheim, professeur à la Faculté de Médecine de Nancy, étudie lui aussi l'hypnotisme, mais il n'y voit que les effets produits par la suggestion, que les effets *« de l'influence provoquée par une idée suggérée et acceptée par le cerveau »*. L'École de La Salpêtrière disparaît avec son fondateur en 1892, l'École de Nancy ne lui survit guère, et, peu après 1900, l'hypnotisme retombe dans une profonde décadence. Mais les frontières de l'inconscient sont atteintes, et, avec Freud, une nouvelle aventure va commencer.

Le double est un très ancien thème littéraire qui a connu de nombreux avatars. Le double est d'abord le jumeau. Le thème du double gémellaire est exploité depuis l'Antiquité. La gémellité est soit naturelle (Plaute, *Les Ménechmes*; Shakespeare, *Comedy of errors*; Goldoni, *I due gemelli veneziani*), soit feinte (Plaute, *Amphitryon*, d'où vient le mot « sosie », Mercure ayant pris l'apparence de Sosie, le valet d'Amphitryon, dont Jupiter a lui-même pris l'apparence pour séduire Alcmène, sa femme). Michel Tournier, dans *Les Météores*, reprend le thème en lui donnant une tout autre dimension :

> De Jacob et d'Esaü, les jumeaux-rivaux, l'Écriture sainte nous dit qu'ils se battaient déjà dans le sein de leur mère. Elle ajoute qu'Esaü étant venu au monde le premier, son frère le retenait par le talon. Qu'est-ce à dire sinon qu'il voulait l'empêcher de sortir des limbes maternels où ils vivaient enlacés? Ces mouvements du fœtus double – que j'imagine lents, rêveurs, irrésistibles, à mi-chemin du tractus viscéral et de la poussée végétale – pourquoi les interpréter comme une lutte? Ne faut-il pas plutôt voir la vie douce et caressante du couple gémellaire?
>
> M. Tournier, *Les Météores*, Gallimard, 1975.

Poe, dans *William Wilson*, a lui aussi exploité ce thème, mais dans la veine fantastique[•] : poursuivi par un double, qui est son homonyme, a la même date de naissance, prend ses traits et le timbre de sa voix, le narrateur, pour s'en débarrasser, le tue d'un coup d'épée :

> C'est ainsi que la chose m'apparut, dis-je, mais telle elle n'était pas. C'était mon adversaire, – c'était Wilson qui se tenait devant moi dans son agonie. Son masque et son manteau gisaient sur le parquet, là où il les avait jetés. Pas un fil de son vêtement, – pas une ligne dans toute sa figure si caractérisée et si singulière[•], – qui ne fût mien, qui ne fût mienne; – c'était l'absolu dans l'identité! C'était Wilson, mais Wilson ne chuchotant plus ses paroles maintenant! si bien que j'aurais pu croire que c'était moi-même qui parlais quand il me dit :
> – Tu as vaincu, et je succombe. Mais dorénavant tu es mort aussi, – mort au Monde, au Ciel et à l'Espérance! En moi tu existais, – et vois dans ma mort, vois par cette image qui est la tienne, comme tu t'es radicalement assassiné toi-même!
>
> E. Poe, *Œuvres en prose*, Traduction par Baudelaire,
> Bibliothèque de la Pléiade, Gallimard, 1951.

Le double peut aussi être produit par dédoublement. Dans *Le Double* de Dostoïevski, M. Goliadkine voit arriver son double sans que ses collègues de bureau semblent remarquer leur ressemblance :

M. Goliadkine fut même effrayé de cet extraordinaire silence. Car enfin la réalité parlait d'elle-même : il y avait là quelque chose d'anormal, d'insensé, d'incongru. Il y avait au moins de quoi s'émouvoir. Tout cela, naturellement, ne fit que passer rapidement dans l'esprit de M. Goliadkine. Pour lui-même, il brûlait à petit feu. Et il y avait bien de quoi. Celui qui était maintenant assis en face de M. Goliadkine, c'était la terreur de M. Goliadkine, c'était la honte de M. Goliadkine, c'était le cauchemar d'hier de M. Goliadkine – en un mot c'était M. Goliadkine lui-même – non pas le M. Goliadkine qui restait en ce moment sur sa chaise bouche bée et la plume en l'air ; non pas celui qui travaillait ici comme adjoint de son chef de bureau ; non pas celui qui aimait s'effacer et s'enfoncer dans la foule ; non pas celui, enfin, dont toute l'attitude disait clairement : « Ne me touchez pas, et je ne vous toucherai pas », ou plutôt : « Je ne vous touche pas, mais, alors, ne me touchez pas non plus » – non, c'était un autre M. Goliadkine, tout à fait un autre, mais en même temps tout à fait semblable au premier – la même taille, la même tournure, la même vêture, la même calvitie – en un mot rien, absolument rien n'était oublié pour une parfaite ressemblance, au point que si on les avait mis l'un auprès de l'autre, personne, absolument personne n'aurait pu se targuer de distinguer lequel était le vrai Goliadkine et lequel le faux, lequel l'ancien et lequel le nouveau, lequel l'original et lequel la copie.

F. Dostoïevski, *Le Double*, Gallimard, 1980.
Traduction de G. Aucouturier.

Dans « L'Autre » (*Le Livre de Sable*), J.L. Borges rapporte la conversation qu'il eut avec son double jeune. Le double peut aussi être un être humain fabriqué par l'homme à sa ressemblance. Dans *L'Homme au sable* de Hoffmann, le narrateur, tout jeune alors, s'est dissimulé derrière un rideau pour voir à l'œuvre son père et l'Homme au sable, Coppélius, qui travaillaient la nuit, à l'abri de tous les regards :

Celui-ci brandissait les pinces rougies au feu dont il se servait pour retirer de l'épaisse fumée des masses brillantes et claires qu'il martelait ensuite assidûment. Il me semblait apercevoir alentour des visages humains, mais sans yeux, d'horribles cavités noires et profondes leur en tenaient lieu. « Des yeux, donnez-moi des yeux ! » criait Coppélius d'une voix sourde et grondante. Saisi d'une violente horreur, je poussai un cri perçant et, sortant de ma cachette, je m'abattis sur le plancher. Coppélius me saisit. « Petite brute, petite brute ! » chevrotait-il en grinçant des dents. Il me releva brusquement et me jeta sur le fourneau dont la flamme commença à me roussir les cheveux. « Nous avons des yeux maintenant, des yeux, une jolie paire d'yeux d'enfant », chuchotait

203

Coppélius. Et il prit avec ses mains dans la flamme des grains rouges et brûlants qu'il voulait me jeter dans les yeux. Alors mon père leva des mains suppliantes en s'écriant : «Maître, maître! laisse les yeux à mon Nathanaël, laisse-les-lui!» Coppélius éclata d'un rire strident et s'écria : «Soit, qu'il garde ses yeux, ce garçon, et qu'il pleurniche tout son saoul dans ce monde; mais nous allons cependant observer de près le mécanisme des mains et des pieds.» Sur quoi il m'empoigna violemment, me faisant craquer les articulations, il me dévissa les mains et les pieds et les revissa tantôt d'une façon tantôt d'une autre. «Ce n'est pas encore ça! C'est bien comme c'était! Le vieux sait bien son métier!» Ainsi chuchotait, sifflotait Coppélius, entre ses dents; mais tout, autour de moi, devint sombre et noir, une brusque convulsion secoua mes nerfs et mes os, je perdis connaissance.

E.T.A. Hoffmann, *L'Homme au sable,*
Aubier-Flammarion, 1968. Traduction G. Bianquis.

Ce thème, repris ensuite par Villiers de l'Isle-Adam (*Ève future*), sera abondamment exploité par la science-fiction.
Le double prend une forme plus surnaturelle, lorsque le reflet sur une surface réfléchissante ou l'ombre d'un personnage se détachent de lui. *La merveilleuse histoire de Peter Schlemihl* de Chamisso raconte l'histoire d'un homme qui a vendu son âme. Hoffmann, dans *Les aventures de la nuit de la Saint-Sylvestre*, et Hoffmannsthal, dans *La Femme sans ombre*, reprennent ce thème du double par scission. Dans la nouvelle de Stevenson, *Le cas étrange du Docteur Jekyll et de Mr Hyde*, la scission se fait à l'intérieur du personnage qui est, tour à tour, le docteur Jekyll et Mr. Hyde.
Tenant compte des découvertes de la psychiatrie à son époque, Maupassant exploite le thème du double d'une façon plus originale et plus inquiétante. Faut-il voir un rapport entre l'aggravation de la santé de Maupassant et l'évolution de ce thème dans ses contes? Il trouve son origine dans la constatation qu'il y a en chaque individu deux moi contradictoires (*Sur l'eau*). Puis, par un phénomène pathologique d'autoscopie*, ce double, qui est dans l'individu, apparaît, mais à lui seul, sous une forme hallucinatoire (*Lui ?*). Finalement, le double s'empare du personnage, pour qui il est une menace constante. «*Je est un autre*», disait Rimbaud. Pour se débarrasser de ce double qui a pris possession de lui, le personnage n'a plus qu'une solution : se tuer (*Le Horla*). Dans *La Vie double* d'Henri Michaux, le narrateur est, lui aussi, victime d'un double qu'il porte en lui et qui se nourrit de ses expériences et de ses choix.

*J'ai laissé grandir en moi mon ennemi.
Dans les matériaux que je trouvai dans mon esprit, dans mes*

voyages, mes études et ma vie, j'en vis quantité qui m'étaient inutilisables. Après des années et des années, je vis que quoi que je fisse ou approfondisse, il en resterait quantité d'inutilisables. Inutilisables, mais « là ».

J'en fus contrarié, mais pas autrement ému, ignorant qu'il y avait des mesures à prendre. Je laissais les matériaux inutilisables, innocemment, comme je les trouvais.

Or, petit à petit, sur ces décombres forcément toujours un peu de la même famille (car j'écartais toujours les choses d'un même type), petit à petit se forma et grossit en moi un être gênant. Au début, ce n'était peut-être qu'un être quelconque, comme la nature en met tellement au monde. Mais ensuite, s'élevant sur l'accumulation grandissante de matériaux hostiles à mon architecture, il en arriva à être presque en tout mon ennemi ; et armé par moi et de plus en plus. Je nourrissais en moi un ennemi toujours plus fort, et plus j'éliminais de moi ce qui m'était contraire, plus je lui donnais force et appui et nourriture pour le lendemain.

Ainsi grandit en moi par mon incurie mon ennemi plus fort que moi. Mais que faire ? Il sait à présent, me suivant partout, où trouver ce qui l'enrichira tandis que ma peur de m'appauvrir à son profit me fait m'adjoindre des éléments douteux ou mauvais qui ne me font aucun bien et me laissent en suspens aux limites de mon univers, plus exposé encore aux traîtres coups de mon ennemi qui me connaît comme jamais adversaire ne connut le sien. Voici où en sont les choses, les tristes choses d'à présent, récolte toujours bifide[1] d'une vie double pour ne pas m'en être aperçu à temps.

H. Michaux, *Épreuves, Exorcismes 1940-1944*,
Gallimard, 1946.

---

1. *bifide* : en deux parties.

LES LIMITES DU FANTASTIQUE

Si l'on ne peut donner une définition précise et définitive du fantastique[*], on peut du moins tenter d'en définir les limites. La première frontière à établir est celle qui sépare le vécu de la fiction. « *La littérature fantastique se situe d'emblée sur le plan de la fiction... et il convient ici d'éviter un malentendu tenace. Les récits fantastiques n'ont nullement pour objet d'accréditer l'occulte et les fantômes* » (R. Caillois). Même « *inquiétante étrangeté* » cependant, mais celle de la fiction prend une autre dimension, que Freud explique ainsi :

> *L'inquiétante étrangeté de la fiction – de l'imagination, de la création littéraire – mérite effectivement d'être considérée à part. Elle est avant tout beaucoup plus riche que l'inquiétante étrangeté vécue, elle englobe non seulement celle-ci dans sa totalité, mais aussi d'autres choses qui ne peuvent intervenir dans les conditions du vécu. L'opposition entre refoulé et dépassé ne peut être appliquée sans modification profonde à l'inquiétante étrangeté de la création littéraire, car le royaume de l'imagination présuppose pour sa validité que son contenu soit dispensé de l'épreuve de la réalité. La conclusion, qui rend un son paradoxal, est que, dans la création littéraire, beaucoup de choses ne sont pas étrangement inquiétantes, qui le seraient si elles se passaient dans la vie, et que, dans la création littéraire, il y a beaucoup de possibilités de produire des effets d'inquiétante étrangeté, qui ne se rencontrent pas dans la vie.*
>
> S. Freud, *L'Inquiétante Étrangeté et autres essais*, Gallimard, 1985. Traduction de B. Fénon.

La seconde frontière à établir est celle qui sépare le fantastique du merveilleux et de la science-fiction. Le merveilleux nous introduit dans un monde qui a sa cohérence et ne comporte pas de mystère, alors que le récit fantastique fait surgir dans l'univers quotidien des hommes un événement surnaturel qui choque la raison humaine parce qu'il est « *l'irruption de l'inadmissible au sein de l'inaltérable légalité quotidienne* » (R. Caillois). La science-fiction se situe dans un domaine différent de celui de la vie quotidienne, dans le domaine de la science et de la technique.
À la question : quel lien et quelle coupure établissez-vous entre le fantastique et la science-fiction?, Roger Caillois répond :

> *La littérature fantastique et la littérature d'anticipation correspondent à des niveaux culturels différents. Pour bien comprendre leur succession dans le domaine de la narration irréelle, il est utile de remonter au temps du conte de fées. Les farfadets, les gnomes[*], les lutins et les ogres appartiennent à un monde homogène et sans*

mystère qui s'oppose mais ne se mêle pas au monde réel. On ne conçoit pas encore un monde soumis à une causalité scientifique, à un déterminisme inflexible. La coexistence est donc possible sans contradiction ; le conte de fées est le théâtre des souhaits naïfs face à une nature qui n'est ni comprise ni dominée.

Lorsque la science reconnaît la rationalité du monde, on imagine alors des forces surnaturelles, démoniaques, qui s'acharnent à faire rompre l'ordre. Un phénomène banni du monde peut alors apparaître, provoquant le mystère et l'épouvante. Le fantastique est avant tout « apparition » de l'inadmissible, déchirure dans le tissu rationnel des événements. À l'inverse du monde féerique, il a ses entrées dans le monde quotidien ; bien plus, il n'existe que s'il y fait irruption. Il est placé sous le signe de la mort et appartient à l'au-delà, d'où il vient alarmer les vivants. Il s'agit de récits qui cherchent rarement à convaincre, mais qui font peur ou plus exactement jouent avec la peur.*

Cette situation se dissout lorsque la science devient elle-même source d'étonnement, de scandale intellectuel et surtout d'angoisse. C'est alors le troisième niveau culturel, celui où prend naissance la science-fiction.

R. Caillois, in *Le Monde*, 24 janvier 1970,
propos recueillis par Brigitte Devismes.

Il faut encore distinguer le récit fantastique du récit allégorique (*Micromégas* de Voltaire, *Les Voyages de Gulliver* de Swift) qui ne nous décrit un monde différent du nôtre que pour nous faire réfléchir sur celui qui nous entoure. Il faut enfin distinguer le récit fantastique du récit d'épouvante, mis à la mode par le cinéma d'aujourd'hui.

La plus vieille, la plus forte émotion ressentie par l'être humain, c'est la peur. Et la forme la plus puissante découlant de cette peur, c'est la Peur de l'Inconnu. Peu de psychologues contestent cette vérité, justifiant ainsi l'existence du récit d'horreur et plaçant ce mode d'expression parmi tous les autres genres littéraires et sur le même rang.

Les adversaires du genre sont nombreux. Ils lui reprochent surtout ses exagérations, l'insipide et naïve philosophie bien souvent nécessaires pour amener le lecteur à un degré suffisant de frayeur, frayeur fondée sur des motifs trop souvent extérieurs et artificiellement diaboliques. Mais, en dépit de toutes ces oppositions, le récit fantastique survit à travers les siècles, se développe et atteint même à de remarquables degrés de perfection. Car, il plonge ses racines dans un élémentaire et profond principe, dont l'attrait n'est pas seulement universel mais nécessaire au genre humain : la Peur... Sentiment permanent dans les consciences, du moins chez celles qui possèdent une certaine dose de sensibilité. [...]

207

Le genre de la littérature fantastique ne doit pas être confondu
avec un autre genre de littérature, apparemment similaire, mais
dont les mobiles psychologiques sont très différents : la littérature
de l'épouvante, fondée principalement sur un sentiment de peur
physique. Quoique de tels écrits bien sûr possèdent leur place
comme la possèdent, en soi, les récits mystérieux ou humoristiques
se rapportant à des histoires de fantômes. Récits où l'art et
l'habileté de l'auteur renouvellent les règles du genre, conduisant
à une très profonde perception du sentiment de l'étrange et du
morbide. Mais ces récits, quelle que soit leur qualité, n'ont rien à
voir avec la littérature de peur cosmique, telle que nous la
concevons dans son véritable sens. Un authentique récit fantastique possède plus de résonance que des histoires de meurtres
secrets, de squelettes errants, de taches de sang ou d'apparitions
brumeuses faisant cliqueter leurs chaînes, comme le veut la tradition. Une certaine atmosphère oppressive, une inexplicable peur
de l'inexplicable des forces de l'inconnu, s'y trouvent obligatoire-
ment mêlées et exposées avec un sérieux, une profondeur qui
donnent à chaque phrase du récit une résonance toute particulière
conduisant aux plus terribles conceptions cérébrales, brassant le
diabolique et l'étrange selon des lois à la fois inconscientes et
minutieuses qui reculent très loin les barrières fixées par la
nature.*

H. P. Lovecraft, *Épouvante et Surnaturel en littérature*,
Christian Bourgois, 1969. Traduction de B. Da Costa.

Ainsi délimité, le fantastique a donné lieu à de nombreuses
définitions. Celle de Todorov reprend celles de ses prédéces-
seurs : « *Le fantastique* [...] *se caractérise* [...] *par une intrusion
brutale du mystère dans le cadre de la vie réelle* » (Castex, *Le
Conte fantastique en France*) ; « *Le récit fantastique* [...] *aime nous
présenter, habitant le monde réel où nous sommes, des hommes
comme nous, placés soudainement en présence de l'inexplicable* »
(Louis Vax, *L'Art et la Littérature fantastique*) ; « *Tout le fantastique est rupture de l'ordre reconnu, irruption de l'inadmissible
au sein de l'inaltérable légalité quotidienne* » (Roger Caillois, *Au
cœur du fantastique*). La définition de Torodov est cependant
plus complète :

*Ainsi se trouve-t-on amené au cœur du fantastique. Dans un
monde qui est bien le nôtre, celui que nous connaissons, sans
diables, sylphides, ni vampires, se produit un événement qui ne
peut s'expliquer par les lois de ce même monde familier. Celui qui
perçoit l'événement doit opter pour l'une des deux solutions
possibles : ou bien il s'agit d'une illusion des sens, d'un produit de
l'imagination et les lois du monde restent alors ce qu'elles sont ; ou
bien l'événement a véritablement eu lieu, il est partie intégrante de*

la réalité, mais alors cette réalité est régie par des lois inconnues de nous. Ou bien le diable est une illusion, un être imaginaire ; ou bien il existe réellement, tout comme les autres êtres vivants : avec cette réserve qu'on le rencontre rarement.

Le fantastique* occupe le temps de cette incertitude ; dès qu'on choisit l'une ou l'autre réponse, on quitte le fantastique pour entrer dans un genre voisin, l'étrange ou le merveilllleux. Le fantastique, c'est l'hésitation éprouvée par un être qui ne connait que les lois naturelles, face à un événement en apparence surnaturel.

T. Todorov, *Introduction à la littérature fantastique*, coll. «Points», Seuil, 1970.

Joël Malrieu s'attache surtout à définir le récit fantastique :

Tout récit fantastique peut donc être ramené à un schéma simple qui fait intervenir un personnage et un phénomène, étant entendu qu'un phénomène désigne «tout fait extérieur qui se manifeste à la conscience par l'intermédiaire des sens, toute expérience intérieure qui se manifeste à la conscience», sens redoublé par cet autre, plus commun : «Tout ce qui apparaît comme remarquable, nouveau, extraordinaire» (Dictionnaire Hachette).

Le récit fantastique repose en dernier ressort sur la confrontation d'un personnage isolé avec un phénomène, extérieur à lui ou non, surnaturel ou non, mais dont la présence ou l'intervention représente une contradiction profonde avec les cadres de pensée et de vie du personnage, au point de les bouleverser complètement et durablement.

J. Malrieu, *Le Fantastique*, Hachette, 1992.

Le mot de la fin à Maupassant lui-même :

Lentement, depuis vingt ans, le surnaturel est sorti de nos âmes. Il s'est évaporé comme s'évapore un parfum quand la bouteille est débouchée. En portant l'orifice aux narines et en aspirant longtemps, longtemps, on retrouve à peine une vague senteur. C'est fini.

Nos petits-enfants s'étonneront des croyances naïves de leurs pères à des choses si ridicules et si invraisemblables. Ils ne sauront jamais ce qu'était autrefois, la nuit, la peur du mystérieux, la peur du surnaturel. C'est à peine si quelques centaines d'hommes s'acharnent encore à croire aux visites des esprits, aux influences de certains êtres ou de certaines choses, au somnanbulisme lucide, à tout le charlatanisme des spirites. C'est fini.

Notre pauvre esprit inquiet, impuissant, borné, effaré* par tout effet dont il ne saisissait pas la cause, épouvanté par le spectacle incessant et incompréhensible du monde a tremblé pendant des siècles sous des croyances étranges et enfantines qui lui servaient à expliquer l'inconnu. Aujourd'hui, il devine qu'il s'est trompé, et il

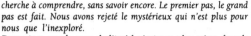

cherche à comprendre, sans savoir encore. Le premier pas, le grand pas est fait. Nous avons rejeté le mystérieux qui n'est plus pour nous que l'inexploré.

Dans vingt ans, la peur de l'irréel n'existera plus même dans le peuple des champs. [...] De là va certainement résulter la fin de la littérature fantastique*.

Elle a eu, cette littérature, des périodes et des allures bien diverses, depuis le roman de chevalerie, les Mille et Une Nuits, les poèmes héroïques, jusqu'aux contes de fées et aux troublantes histoires d'Hoffmann et d'Edgar Poe.

> Guy de Maupassant, in *Le Gaulois*, 7 octobre 1883.

UN GENRE AUX MULTIPLES VISAGES

Villiers de l'Isle-Adam, dans *Véra*, lie le thème du double à l'un des grands thèmes de la littérature fantastique : l'intrusion des morts dans le monde des vivants. Après six mois de bonheur, le comte d'Athol perd sa jeune femme Véra, foudroyée par la mort. Pendant un an, il continue, par une habile mise en scène, à la faire exister à ses côtés. Et un soir :

> *Ah ! les Idées sont des êtres vivants !... Le comte avait creusé dans l'air la forme de son amour, et il fallait bien que ce vide fût comblé par le seul être qui lui était homogène, autrement l'Univers aurait croulé. L'impression passa, en ce moment, définitive, simple, absolue, qu'Elle devait être là, dans la chambre ! Il en était aussi tranquillement certain que de sa propre existence, et toutes les choses, autour de lui, étaient saturées de cette conviction. On l'y voyait ! Et, comme il ne manquait plus que Véra elle-même, tangible, extérieure, il fallut bien qu'elle s'y trouvât et que le grand Songe de la Vie et de la Mort entrouvrît un moment ses portes infinies ! Le chemin de résurrection était envoyé par la foi jusqu'à elle ! Un frais éclat de rire musical éclaira de sa joie le lit nuptial ; le comte se retourna. Et là, devant ses yeux, faite de volonté et de souvenir, accoudée, fluide, sur l'oreiller de dentelles, sa main soutenant ses lourds cheveux noirs, sa bouche délicieusement entrouverte en un sourire tout emparadisé de voluptés, belle à en mourir, enfin ! la comtesse Véra le regardait un peu endormie encore.*
>
> *– Roger !... dit-elle d'une voix lointaine.*
>
> *Il vint auprès d'elle. Leurs lèvres s'unirent dans une joie divine – oublieuse – immortelle !*
>
> *Et ils s'aperçurent, alors, qu'ils n'étaient, réellement, qu'un seul être.*

> Villiers de l'Isle-Adam, « Véra », in *Contes cruels*,
> Le Livre de Poche, 1983.

Poe exploite aussi ce thème de la morte qui réapparaît, en lui donnant une dimension fantastique* supplémentaire, puisque la morte n'était pas morte. Usher, chez qui séjourne le narrateur, vient de perdre sa sœur et lui a donné une sépulture provisoire dans l'un des caveaux du château. Une nuit de la semaine suivante, troublés par des sensations étranges, Usher et son ami, le narrateur, s'efforcent de les oublier à la lecture du *Mad Trist* de Canning. Mais les épisodes que raconte le livre semblent se répercuter sous forme de bruits dans les caves du château. Quand soudain :

> Nous l'avons mise vivante dans la tombe ! Ne vous ai-je pas dit que mes sens étaient très fins ? Je vous dis maintenant que j'ai entendu ses premiers faibles mouvements dans le fond de la bière. Je les ai entendus, – il y a déjà bien des jours, bien des jours, – mais je n'osais pas, – je n'osais pas parler ! Et maintenant, – cette nuit, – Ethelred, – ha ! ha ! – la porte de l'ermite enfoncée, et le râle du dragon et le retentissement du bouclier ! – dites plutôt le bris de sa bière, et le grincement des gonds de fer de sa prison, et son affreuse lutte dans le vestibule de cuivre ! Oh ! où fuir ? Ne sera-t-elle pas ici tout à l'heure ? N'arrive-t-elle pas pour me reprocher ma précipitation ? N'ai-je pas entendu son pas sur l'escalier ? Est-ce que je ne distingue pas l'horrible et lourd battement de son cœur ? Insensé ! – Ici, il se dressa furieusement sur ses pieds, et hurla ces syllabes, comme si dans cet effort suprême il rendait son âme : – Insensé ! je vous dis qu'elle est maintenant derrière la porte ! à l'instant même, comme si l'énergie surhumaine de sa parole eût acquis la toute-puissance d'un charme, les vastes et antiques panneaux que désignait Usher entr'ouvrirent lentement leurs lourdes mâchoires d'ébène. C'était l'œuvre d'un furieux coup de vent ; – mais derrière cette porte se tenait alors la haute figure de lady Madeline Usher, enveloppée de son suaire. Il y avait du sang sur ses vêtements blancs, et toute sa personne amaigrie portait les traces évidentes de quelque horrible lutte. Pendant un moment elle resta tremblante et vacillante sur le seuil ; – puis, avec un cri plaintif et profond, elle tomba lourdement en avant sur son frère, et, dans sa violente et définitive agonie, elle l'entraîna à terre, – cadavre maintenant et victime de ses terreurs anticipées.
>
> E. Poe, « La Chute de la maison Usher »,
> in *Nouvelles histoires extraordinaires*,
> Le Livre de Poche, 1972.

Le thème du vampirisme, qui est esquissé dans *Le Horla*, est un thème souvent exploité par le conte fantastique*, et le roman noir en particulier. E.T.A. Hoffmann l'utilise dans *Le Comte Hippolyte*. Le comte Hippolyte s'étonne que sa jeune femme refuse toute nourriture et apprend, par un domestique, qu'elle quitte le château toutes les nuits. Une nuit, il la suit :

> *Quelques minutes après, le comte se lève, jette un manteau sur ses épaules et court sur les traces de la comtesse. C'était par un beau clair de lune, et quoique Aurélie eût déjà pris beaucoup d'avance sur lui, il lui fut facile de suivre de l'œil sa longue robe blanche. Elle traverse le parc, se dirige vers le cimetière et disparaît derrière les murailles. Le comte double le pas et arrive à la porte du cimetière, qu'il s'étonne de trouver ouverte. Là il voit devant lui, au clair de lune, comme autant de spectres* épouvantables, de vieilles femmes à demi nues, les cheveux épars, accroupies en demi-cercle ; au milieu d'elles, un cadavre humain qu'elles dévorent comme des louves : Aurélie est avec elles !*

E.T.A. Hoffmann, «Le Comte Hippolyte »,
in *Contes fantastiques*, Flammarion, 1979.

Le thème de la perte d'identité, que l'on trouve dans *Le Horla*, dans la scène du miroir, est bien illustré dans *Escamotage* de Richard Matheson. Le héros tient son journal où il raconte comment subitement tout le tissu social de sa vie disparaît. Il pense trouver dans les archives de l'Association des Anciens Combattants des traces de sa propre existence :

> *Il ne me reste qu'une seule idée. C'est un risque à prendre. Il faut que je quitte la maison et que j'aille en ville à l'Association des Anciens Combattants. Je veux savoir si je figure dans les archives. Si oui, il restera quelques renseignements sur mes études, mon mariage, mes relations.*
>
> *J'emporte ce cahier avec moi. Je ne veux pas le perdre. Si je le perdais, il ne me resterait plus une chose au monde pour me rappeler que je ne suis pas fou.*
>
> *Lundi soir.*
> *Je suis assis au drugstore du coin.*
> *La maison n'est plus là.*
> *En revenant de l'Association, je n'ai plus trouvé qu'un terrain vague. J'ai demandé aux enfants qui y jouaient s'ils me connaissaient. Ils ont dit non. J'ai demandé ce qui était arrivé à la maison. Ils ont répondu qu'ils jouaient dans ce terrain vague depuis toujours.*
> *L'Association n'avait aucune archive à mon sujet. Pas une ligne. Ce qui signifie que je n'existe plus désormais en tant qu'individu. Tout ce que je possède, c'est ce que je suis – mon corps et les vêtements qui le recouvrent. Toutes mes pièces d'identité ont disparu de mon portefeuille.*

R. Matheson, *Escamotage*, édition Opta.
Traduction de A. Durémieux.

Amour
•

> *« Je me sens incapable d'aimer une femme parce que j'aimerai toujours trop toutes les autres. »*
> *(Lui ?)*

• **Dans l'œuvre** : la conception de l'amour varie d'un conte à l'autre, mais une idée-force les domine tous : il n'y a pas d'amour heureux. Si l'amour-passion existe, il est rapidement interrompu par la mort de la femme aimée, ce qui plonge dans le désespoir l'amant et peut le mener au bord du suicide. L'amour peut même avoir un dénouement encore plus tragique : la découverte, au delà de la mort, de la duplicité de la femme aimée (*La Morte*). L'amour-passion peut aussi prendre des formes déviantes et devenir fétichisme, s'accompagnant même d'une sorte de nécrophilie : la chevelure d'une morte est l'objet d'une passion amoureuse proche de la folie (*La Chevelure*). Évitant cette forme d'aliénation, la plupart des personnages sont des libertins qui ne voient dans l'amour qu'un aimable divertissement et entendent bien mener une vie tranquille à l'écart de toute passion.
Aussi l'amour pour eux ne mène-t-il pas au mariage, à « l'accouplement légal », sauf s'il est un moyen de fuir la solitude. Dans ce cas, n'importe quelle jeune fille « bonne à marier » fait l'affaire (*Lui ?*).

• **Rapprochements** : remis à la mode par *Paul et Virginie*, le thème de l'amour brisé par la mort a été abondamment exploité par les Romantiques. On retrouve aussi ce thème dans la littérature fantastique•, dans *Éléonora* de Poe par exemple, mais avec une conclusion un peu déroutante. La duplicité de la femme aimée, qui dissimule quelque chose de diabolique sous une apparence charmante, se trouve déjà dans ce que l'on peut considérer comme le premier grand récit fantastique français, *Le Diable amoureux* de Cazotte. La conception libertine de l'amour, élevée par Don Juan au niveau d'un mythe*, trouve sa plus belle expression dans *Les Liaisons dangereuses* de Choderlos de Laclos. La fixation du désir amoureux sur une partie du corps, telle qu'elle est décrite dans *La Chevelure*, trouve son équivalent en poésie dans *La Chevelure* de Baudelaire (« Spleen et Idéal », in *Les Fleurs du mal*).

Eau
•

> *« la chose mystérieuse, profonde, inconnue, le pays des mirages et des fantasmagories.• »*
> *(Sur l'eau)*

• **Dans l'œuvre** : l'eau joue un rôle important, car elle a plusieurs fonctions symboliques. Insaisissable tout en étant visible, surface mouvante aux reflets changeants, elle est la représentation visible de l'être fantastique, qu'il est impossible d'appréhender dans une définition précise et qui n'a qu'une mince frange d'existence, aux contours flasques et flous. Plus que l'océan, qui est une force franche contre laquelle on peut lutter malgré sa violence, la rivière est dangereuse : elle recèle un piège perfide sous une apparence calme et souvent agréable. Elle symbolise le quotidien dans ce qu'il a de banal, mais aussi de trompeur. Le phénomène fantastique* surgissant dans cette banalité du quotidien en rompt la belle ordonnance. L'eau est aussi le symbole de la mort. La noyade est une mort violente, mais elle ne fait pas couler le sang. Comme le phénomène fantastique, elle se manifeste par un enveloppement total, puis par une pénétration inexorable et sournoise. La rivière symbolise encore l'infini de la mort : le corps pourrit dans la vase, sans que sa place soit délimitée, aux yeux des vivants, par une tombe.

• **Rapprochements** : l'eau, lorsqu'elle est une étendue calme, est plutôt considérée comme un élément d'apaisement et de rêverie (cf. Lamartine, *Le Lac* ou Rousseau, les *Rêveries du promeneur solitaire*, V). Mais elle peut prendre un sens symbolique : pour Verlaine, elle est liée à la mort, par exemple dans «Ariettes oubliées» (*Romances sans paroles*), dans «Nocturne Parisien» (*Poèmes saturniens*) ou dans «Streets II» (*Aquarelles, Romances sans paroles*). Le poème de Francis Ponge «De l'eau» (*Parti-pris des choses*) définit bien cet élément.

Femme
•

> «*Je voudrais avoir mille bras, mille lèvres et mille tempéraments pour pouvoir étreindre en même temps une armée de ces êtres charmants et sans importance.*»
> (*Lui ?*)

• **Dans l'œuvre** : la femme ne joue qu'un rôle mineur, elle n'est jamais un personnage central. Les femmes sont des «*êtres charmants et sans importance*» (*Lui ?*). Elles sont trop facilement impressionnables et manquent trop de sang-froid pour faire croire à l'existence réelle d'un événement surnaturel ; elles n'en sont, à l'occasion, que les témoins. Les phénomènes fantastiques ont plus de vraisemblance et de force quand ils apparaissent aux yeux d'hommes qui se disent lucides, courageux et insensibles aux croyances superstitieuses. Sensibles et ne cherchant pas à dissimuler leurs émotions, les femmes sont la caisse de résonance du fantastique et donnent libre cours à leur épouvante (*La Main*). Mais la femme est aussi l'être inaccessible, qui ne cesse d'échapper et que l'on ne peut saisir que dans la mort ou dans un passé révolu : «*Adieu celles d'hier. Je vous aime*» (*La Chevelure*).

• **Rapprochements** : le thème de la «femme-fantôme», revenant d'au-delà de la mort trouver un amant ou retrouver son amant, est souvent exploité dans les récits fantastiques (cf. *La Cafetière, Omphale histoire rococo, La Morte amoureuse* de Gautier; *Véra* de Villiers de l'Isle-Adam; *Ligeria, Morella* de Poe).

Mort

•

> *«Le passé m'attire, le présent m'effraie parce que l'avenir c'est la mort.»*
> *(La Chevelure)*

• **Dans l'œuvre** : inséparable du fantastique, parce qu'elle abolit la séparation entre le connu et l'inconnu, la mort est omniprésente dans les contes. Elle est indéfinissable, et deux couleurs aussi tranchées et opposées que le noir et le blanc peuvent en être les symboles : les rues de Paris, la nuit, *«noires, noires comme la mort»* (*La Nuit*) la symbolisent tout autant que la montagne aux *«ravins immaculés dont la blancheur est plus sinistre que les ténèbres des souterrains»* (*L'Auberge*). Les personnages des contes meurent brutalement et mystérieusement. Les assassinats des héros de *La Main d'écorché* et de *La Main,* l'apparition du cadavre de la vieille femme, *«une grosse pierre au cou»,* dans un paysage fantasmagorique• (*Sur l'eau*), la coïncidence de la mort avec un événement extérieur qui semble l'annoncer (*La Peur*), la disparition du vieux guide qui semble s'être dissous dans le *«ciel glacé»* (*L'Auberge*) font pressentir à ceux qui en sont témoins la présence du surnaturel. La mort est un espace intermédiaire où naturel et surnaturel se mêlent étroitement. Le narrateur d'*Apparition* ne sait s'il est en présence d'une femme ou d'un spectre•; celui de *La Chevelure* tombe amoureux d'une morte qui se matérialise dans une longue *«natte de cheveux blonds»*; celui de *La Morte* voit des morts sortir de leurs tombeaux. *«Les morts reviennent-ils?»* se demande le narrateur de *La Chevelure.* Dans *L'Auberge* et *La Peur,* les chiens, qui n'ont pas d'imagination, mais du flair, semblent en donner la preuve. D'ailleurs, vue de *«l'autre monde»,* la mort existe-t-elle? Le Horla est-il mort? Le narrateur du conte en doute et devra lui-même disparaître pour le savoir.
• **Rapprochements** : le fantastique dans *La Vénus d'Ille* repose sur un assassinat commis par un être mystérieux que des indices permettent de deviner, mais que la raison refuse d'admettre. Le thème de l'apparition d'une femme mystérieuse qui se révèle être une morte est exploité par Gautier dans *La Morte amoureuse.*

Nature
●

> « *Nous subissons incroyablement l'influence de ce qui nous entoure.* »
> (Le Horla)

● **Dans l'œuvre** : domestiquée ou sauvage, la nature n'est pas pour Maupassant un simple décor, elle a une fonction symbolique. Façonnée par l'homme, elle est un refuge ; sauvage, elle est mystérieuse et effrayante. Le narrateur du *Horla* éprouve un intense bonheur à passer la matinée étendu sur l'herbe, sous un platane. Il aime aussi se promener, un après-midi de soleil, dans « *l'allée de rosiers d'automne qui commencent à fleurir* ». Le narrateur de *Qui sait ?* s'est ménagé un havre de paix : une allée de sycomores, des pelouses agrémentées de corbeilles de fleurs. Cette nature est à la mesure de l'homme ; elle est connue et sans mystère, son propriétaire peut y vivre tranquillement, en vase clos. Par contre, la rivière, la forêt, le désert, l'océan, la montagne, le ciel ne sont pas à la dimension de l'homme. Ce sont de véritables personnages indépendants qui introduisent le fantastique et participent activement à l'action. Ces éléments naturels n'ont pas de limites visibles, ils ouvrent sur l'infini et sont ainsi porteurs d'interrogations et sources d'angoisse. Le « *mouvement éternel de l'eau qui coule* » (Sur l'eau) ; les dunes hautes comme des montagnes « *qui semblent une tempête silencieuse de vagues immobiles* » (La Peur) ; la « *voûte de sapins dont le vent déchaîné tirait des hurlements* » (La Peur) ; le ciel, « *ce fleuve noir et plein d'étoiles* » (La Nuit) ; les comètes « *qui viennent vers le soleil des profondeurs de l'Infini* » (L'Homme de Mars) ; la montagne, cet « *immense désert de neige* » parcouru par « *le vent glacé qui brise les pierres et ne laisse rien de vivant sur les hauteurs abandonnées* » (L'Auberge), provoquent l'effroi. L'homme, dans cette nature sauvage, se sent frôlé par des forces obscures et puissantes que sa raison ne peut saisir, sous peine de voler en éclats. Mais ces forces sont douées d'un pouvoir magique : elles fascinent l'homme et il ne peut résister à leur attirance. « *Je fus ébloui par le plus merveilleux, le plus étonnant spectacle qu'il soit possible de voir. C'était une de ces fantasmagories*● *du pays des fées, une de ces visions racontées par les voyageurs qui reviennent de très loin et que nous écoutons sans les croire* » (Sur l'eau).

● **Rapprochements** : le sentiment de la nature prend une place importante dans la littérature française à la fin du XVIIIe siècle. Ses différents éléments sont tantôt accueillants, tantôt redoutables. Ils peuvent être un refuge : la mer pour Camus (La Peste), la rivière pour Bosco (L'Enfant et la Rivière), la montagne pour Rousseau (La nouvelle Héloïse) ainsi que la campagne (Rêveries du promeneur solitaire). Le ciel (Mallarmé, L'Azur), la mer (Baudelaire, L'Homme et la mer), la montagne (Gautier, Dans la Sierra) donnent parfois une impression de mystère. Mais ils peuvent être

216

aussi de redoutables lieux d'affrontement : telles la montagne (Frison-Roche, *Premier de cordée* ; Ramuz, *La Grande Peur dans la montagne*) et la mer (Hugo, *Les Travailleurs de la mer*).

Nuit

•

> *«J'aime la nuit avec passion.»*
> *(La Nuit)*

• **Dans l'œuvre** : la nuit comporte la même ambivalence que l'eau ou la solitude : elle est à la fois agréable et dangereuse, réconfortante et redoutable. Alors que le jour est *«brutal et bruyant»*, la nuit étend sa *«grande ombre douce»* (*La Nuit*). Le noctambule solitaire se fond dans un univers qui l'enveloppe totalement et dont la vue s'étend jusqu'aux astres. Il s'enfonce dans un monde qui n'offre aucune résistance, qui n'oppose aucune barrière ; même les sons sont amortis. Il est dans la nuit comme un nageur dans l'eau, d'où les comparaisons* de la nuit avec l'eau. Mais la nuit est aussi le domaine de la peur et du fantastique*. Les couleurs vives de la vie sont gommées par le noir de la mort. Les notions de temps et d'espace étant déréglées, tout prend une forme inhabituelle, tout devient mystérieux, incertain et flou. D'où cette impression de frôler un autre monde, de côtoyer l'infini. C'est dans ces failles du système sensoriel que se glisse le fantastique, d'autant plus que la nuit favorise le retour des terreurs anciennes. Les phénomènes fantastiques apparaissent la nuit, nuit naturelle ou nuit artificielle d'une chambre dont les volets sont hermétiquement clos.

• **Rapprochements** : la nuit a, dans la littérature, l'ambivalence que Maupassant lui donne dans ses contes. Elle peut être douce et apaisante, facilitant le recueillement et la réflexion (cf. *Le Soir* de Lamartine et *Recueillement* de Baudelaire). Dans *Les Nuits* de Musset, elle garde aussi cet aspect, mais *La Nuit de décembre* comporte un aspect fantastique : l'apparition d'un double. En effet, la nuit est un élément important du fantastique. Depuis *Le Roi des Aulnes* de Goethe, presque tous les événements fantastiques se passent la nuit. Souvent, comme dans *La Chute de la maison Usher*, une tempête rend la nuit encore plus terri-fiante.

Objets
•

*« J'ai peur des murs, des meubles, des objets familiers qui
s'animent d'une vie animale. »*
(Lui ?)

• **Dans l'œuvre** : les objets jouent un rôle important. Ils sont un
substitut au manque d'affection dont souffrent, dans leur solitude, les
personnages. Dans *La Chevelure*, le meuble vénitien, attribué à Vitelli, a
le charme d'une femme, et le narrateur le contemple avec une *« tendresse
d'amant »*. Le narrateur de *Qui sait ?* avoue lui aussi sa *« tendresse pour les
bibelots »*. Les meubles anciens et les vieux objets ont une âme, ils ont
gardé l'empreinte de ceux qui les ont possédés, c'est le cas de la montre
dans *La Chevelure*. Dans *Qui sait ?*, les objets ont non seulement une
âme, mais ils ont aussi une vie, ce que remarque également le narrateur
de *Lui ?* : *« J'ai peur des murs, des meubles, des objets familiers qui
s'animent, pour moi, d'une sorte de vie animale. »* En effet, les objets ont
une fonction magique qu'ils gardent secrète sous leur apparence natu-
relle de matière, de formes, de couleurs et d'immobilité ; et leur gardien,
l'antiquaire, est un être redoutable qui semble posséder des pouvoirs
surnaturels. Le miroir est l'objet magique par excellence. Dans *La Morte*,
il s'empare du double mais ne le rend pas. Dans *Le Horla*, il joue un rôle
plus actif puisqu'il sert à piéger l'être invisible ; son pouvoir s'étend au
delà du visible.

• **Rapprochements** : les objets jouent souvent un rôle magique dans les
contes fantastiques•, comme dans *La Cafetière* de Gautier ou le *Portrait
ovale* de Poe.

Peur
•

*« La peur, l'épouvantable peur entrait en moi ; la peur, peur
de quoi ? Le sais-je ? C'était la peur, voilà tout. »*
(La Peur)

• **Dans l'œuvre** : la peur est intimement liée au fantastique. Elle va de
l'angoisse diffuse et sans objet à l'épouvante, son paroxysme. L'exploita-
tion de ce thème évolue au fil des contes. Il est traité d'abord dans la
ligne du récit fantastique : un événement terrifiant survient qui annihile
toute réaction parce qu'il est inexplicable. Mais, peu à peu, d'anec-
dotique qu'elle était, la peur prend une dimension psychologique et
devient névrotique. Semblable à un mirage, l'hallucination n'est plus à
l'extérieur du personnage, elle est en lui. Puis, sans qu'il y ait même
hallucination, la peur devient la peur de soi, et, quoi qu'il fasse, l'individu ne pourra s'en débarrasser, même en se mettant à l'abri du monde

extérieur dans une maison de santé : «*J'ai peur de moi! J'ai peur de la peur*» (*Lui?*). La peur est aussi liée à l'inconscient, élément inconnu et inexplicable de la personnalité. Cette peur touche ainsi certainement plus le lecteur, qu'un événement qu'il sait ne pas pouvoir exister dans la réalité. Mais, même si elle est d'origine psychologique, la peur a des effets physiques. Elle est décrite, comme le ferait un médecin d'une maladie, avec ses symptômes, son évolution et son risque de contagion.

• **Rapprochements** : de nombreux récits exploitent le thème de la peur dans la lignée du récit fantastique traditionnel (*La Chute de la maison Usher* de Poe ; *Une nuit d'épouvante* de Tchekhov ; *La Maison qui n'existait plus* de Ramsey-Campbell). Les descriptions de la peur névrotique sont plus rares, mais celle de Baudelaire dans *Spleen*, «*Quand le ciel bas et lourd*», en est un bel exemple.

Solitude
•

> «*Je me marie pour n'être pas seul.*»
> (*Lui?*)

• **Dans l'œuvre** : la solitude est un des thèmes majeurs. Tous les narrateurs sont des solitaires. Ils ne sont pas mariés et n'ont que des relations mondaines ou superficielles : canotiers, camarades de collège, maîtresses qui ne sont que des passades. Si une aventure amoureuse devient passion, la mort de la femme aimée ramène l'amant à une solitude encore plus profonde. Ces personnages vivent loin de leurs semblables : certains totalement isolés dans une cellule de maison de santé, la plupart dans une campagne suburbaine ; quelques-uns habitent en ville, mais ils ont horreur de coudoyer la foule et préfèrent se promener la nuit. Ce ne sont pourtant pas des misanthropes, mais des hommes qui se suffisent à eux-mêmes et sont assez équilibrés pour vivre dans la solitude. Ils y trouvent un repos et un calme qui leur procurent un intense bonheur, à l'abri des passions et à l'écart de l'histoire. Cependant, la solitude a des aspects négatifs qui la rendent dangereuse. Elle mène à l'impossibilité de communiquer avec autrui ; il ne reste plus alors que soi avec qui communiquer, ce qui favorise l'apparition du double : «*Il est là parce que je suis seul, uniquement parce que je suis seul*» (*Lui?*). Donnant, d'autre part, le premier rôle à «*la folle du logis*», la solitude est source d'angoisse et de peur et peut conduire à la folie.

• **Rapprochements** : l'aspect agréable de la solitude est souligné par de nombreux écrivains (La Fontaine, dans *Le Songe d'un Habitant du Mogol* ; Rousseau, dans les *Rêveries du promeneur solitaire*). Lamartine, dans la sixième époque de *Jocelyn*, décrit la solitude champêtre du curé de Valneige. Chateaubriand, dans *René*, montre à quelle exaspération de l'imagination peut mener la solitude, et Baudelaire, dans les divers

Spleen, quel univers clos et oppressant elle construit. La solitude est à l'origine du fantastique* dans beaucoup de contes (*La Chute de la maison Usher* de Poe).

Ville
•

> *« Je ne puis habiter Paris parce que j'y agonise*
> *indéfiniment »*
> *(Qui sait ?)*

• **Dans l'œuvre** : élevé dans la campagne normande, sportif qui a besoin de se dépenser physiquement, solitaire qui n'apprécie qu'épisodiquement la présence des autres, Maupassant se sent peu à l'aise dans une grande ville, que ce soit Paris ou Rouen. Il appartient à la race de *« ceux que les autres [...] lassent, ennuient, gênent, courbaturent, tandis que l'isolement les calme, les baigne de repos dans l'indépendance et la fantaisie de leur pensée »* (*Qui sait ?*). Cependant, *« la solitude est dangereuse pour les intelligences qui travaillent. Il nous faut autour de nous, des hommes qui pensent et qui parlent. Quand nous sommes seuls longtemps, nous peuplons le vide de fantômes »* (*Le Horla*). L'idéal semble être donc d'habiter assez près de la ville pour aller au théâtre (*Qui sait ?*), fréquenter le salon d'un hôtel particulier (*Apparition*) ou se mêler à la foule des boulevards et s'amuser à une fête populaire (*Le Horla*), et assez loin pour vivre en paix, à l'écart du *« coudoiement de la foule »*. Le narrateur du *Horla* vit dans *« une propriété sur les bords de la Seine, à Biessard, auprès de Rouen »* ; celui de *Qui sait ?* à un kilomètre environ de l'octroi, *« à la porte d'une ville où je pouvais trouver, à l'occasion, les ressources de société dont je sentais, par moments, le désir »*. La ville est artificielle et inhumaine. Rouen n'est qu'un *« surprenant musée d'extraordinaires monuments gothiques »* ; le narrateur de *Qui sait ?* ne décrit pas ce *« musée »*, mais s'attarde sur la description* d'une *« fantastique ruelle, au-dessus de ce cours d'eau sinistre »* qu'est la *« rivière noire comme de l'encre nommée Eau de Robec »*. Le narrateur de *La Nuit* ne sort dans Paris que la nuit. Paris révèle alors sa véritable nature : au flamboiement des cafés, à la *« lumière brutale »* des théâtres, aux *« foyers d'incendie »* des cafés-concerts succède un désert hostile, hors de la vie et du temps.

• **Rapprochements** : la ville, qui commence alors à se développer et à devenir tentaculaire, prend une place importante dans le roman du XIXᵉ siècle. Rouen, est évoqué par Flaubert dans *Madame Bovary*, Paris l'est dans *L'Éducation sentimentale* et dans de nombreux romans de Balzac et de Zola. On peut plus particulièrement rapprocher le conte *La Nuit* du *Ventre de Paris* de Zola, qui contient une description des Halles tout à fait différente, et d'*Un Amour de Swann* de Proust, où le narrateur à la recherche d'Odette à travers les rues de Paris rappelle les déambulations du narrateur.

Voyage
•

« Un petit voyage sans doute me remettra. »
(Le Horla)

• **Dans l'œuvre** : le voyage a plusieurs fonctions. Procédé d'écriture, il sert à qualifier un personnage : celui qui a voyagé dans les pays lointains est entouré d'un halo de mystère. C'est le cas de l'Anglais, sir John Rowell, dans *La Main*, et de *« l'homme à figure brûlée »* dans *La Peur*. Mais le voyage est surtout évasion ou initiation. Dans *Qui sait ?*, le narrateur tente, sur le conseil de ses médecins, de guérir son état nerveux en voyageant en Italie, en Sicile et en Afrique. Dans *La Morte*, le narrateur essaie d'échapper à son désespoir en partant en voyage. Dans *Le Horla*, les voyages que le narrateur entreprend ont une fonction initiatique. Au mont Saint-Michel, il rencontre un moine qui l'introduit dans le mystère de l'invisible, et, à Rouen, il emprunte à la bibliothèque le traité du docteur Hermann Herestauss, qui lui révèle tout ce que l'on sait sur les êtres invisibles. On peut aussi considérer la traversée du désert, dans *La Peur*, comme un voyage initiatique pour le narrateur.

• **Rapprochements** : les récits de Maupassant *Au soleil* et *La Vie errante* sont des récits d'évasion par le voyage. *Sur l'eau* est plutôt le récit d'un voyage initiatique. De même, *Candide* de Voltaire décrit des voyages qui ont une fonction initiatique.

Relativité de M.C. Escher, 1953.

alcôve : enfoncement dans le mur d'une chambre à coucher.

auvent : petit toit qui sert d'abri.

bromure de potassium : combinaison du bromure (liquide rouge foncé, analogue au chlore) avec de la potasse (métal alcalin) ; aussi appelé *« sels de potassium »*, utilisés dans le traitement des maladies nerveuses.

contrevent : volet de bois placé à l'extérieur d'une fenêtre.

écorché : dépouillé de sa peau.

effaré : qui ressent un grand trouble, une grande peur.

fantasmagories : spectacles fantastiques, irréels.

fantastique : genre littéraire où domine le surnaturel, ce qui n'existe que dans l'imagination ; toute œuvre où se mêlent le naturel et l'étrange de façon si inquiétante qu'on hésite à expliquer les événements d'une manière rationnelle ou surnaturelle ; extraordinaire, incroyable, surnaturel.

gnomes : esprits de la terre et des montagnes, dont ils gardaient les trésors.

judas : petite ouverture permettant de voir à l'extérieur sans être vu.

lieue : ancienne mesure de distance qui équivaut environ à quatre kilomètres.

magnétisme : influence qu'un individu doué d'un fluide magnétique peut exercer sur un autre individu au moyen de mouvements appelés *« passes »*.

poltron : lâche, peureux.

singulier : étonnant, unique.

spectre : apparition présentant les formes d'une personne morte.

vendetta : désigne, en Corse, une vengeance réciproque entre deux familles, qui se transmet de génération en génération.

Le Désespéré, autoportrait de Courbet, 1841.

ANNEXES

autoscopie : perception hallucinatoire où le malade voit sa propre image, comme s'il se trouvait devant un miroir.

comparaison : rapport établi entre des mots, des objets, des idées ; elle présente quatre éléments : terme comparé, terme comparant, terme comparatif, point de comparaison.

description : présentation d'un lieu, d'un objet, d'une action, d'une personne, selon divers points de vue.

métaphore : procédé de style* comportant une comparaison* implicite, sans lien grammatical.

mise en abyme : insertion d'un texte dans un premier texte, sous la forme d'un résumé, d'une évocation ou d'une image de ce premier texte. T. Todorov parle aussi de *« récit au second degré »* (*Poétique de la prose*).

mythe : récit d'origine populaire, transmis par la tradition, destiné à expliquer les énigmes du monde.

oxymore : alliance inhabituelle de mots contradictoires, pour former une expression originale (ex. *« un silence éloquent »*).

procédés stylistiques (ou *de style*) : manière propre à un auteur de s'exprimer, et dont la répétition fréquente semble révéler une méthode consciente.

structure narrative : organisation des différentes parties d'un récit faisant une sorte de construction ; manière dont ces parties sont solidaires (tant du point de vue du récit que du style).

synecdoque : procédé stylistique qui consiste à prendre la partie pour le tout, le tout pour la partie ; l'espèce pour le genre, le genre pour l'espèce ; etc.

Madame la Mort *de P. Gauguin, 1891, Musée d'Orsay.*

BIBLIOGRAPHIE, FILMOGRAPHIE

SUR LE FANTASTIQUE

– I. Bessière, *Le Récit fantastique*, Larousse, 1974.
– R. Caillois, « De la féérie à la science-fiction », préface à l'*Anthologie du fantastique*, Gallimard, 1966.
– P. G. Castex, *Le Conte fantastique en France de Nodier à Maupassant,* José Corti, 1951. Réédition, 1987.
– J. Malrieu, *Le Fantastique*, Hachette, 1992.
– M. Schneider, *La Littérature fantastique en France*, Fayard, 1964.
– J.-L. Steinmetz, *La Littérature fantastique*, coll. « Que sais-je ? », n° 907, P.U.F. 2ᵉ ed. 1993.
– T. Todorov, *Introduction à la littérature fantastique*, Seuil, 1970.
– L. Vax, *La Séduction de l'étrange,* P.U.F., 1965.

SUR LE FANTASTIQUE CHEZ MAUPASSANT

– M.-C. Bancquart, *Maupassant conteur fantastique*, Archives des lettres modernes, n° 163, 1976.
– M. Pasquet, *Maupassant, biographie, étude de l'œuvre*, Albin Michel, 1993.
– *Magazine littéraire*, « Guy de Maupassant », n° 310, mai 1993.

FILMOGRAPHIE

– *La rafle est pour ce soir*, d'après la nouvelle *La Morte*. Réalisation de Maurice Debroka, 1953.
– *La Chevelure*. Interprété par Michel Piccoli et réalisé par Ado Kyrou, 1961.
– *Diary of a Madman* (*L'Étrange histoire du juge Cordier*), d'après la nouvelle *Le Horla*. Réalisation de Reginald Le Borg, 1962.
– *Le Horla*. Interprété par Laurent Terzieff et réalisé par Jean-Daniel Pollet, 1967.
– *L'Ami Maupassant*, série de 6 téléfilms réalisés par Claude Santelli pour TF1, en 1986 (rediffusion en 1993).
– *Guy de Maupassant*, film réalisé par Michel Drach en 1982, avec Claude Brasseur.
La filmographie de Maupassant est très abondante : le lecteur en trouvera le détail complet dans l'édition en 2 vol. publiée dans la coll. « Bouquins » chez Robert Laffont, en 1988, t. I, « Quid de Guy de Maupassant », pp. 259-269.

Imprimé en France, par Hérissey à Évreux (Eure) - N° 117089
Dépôt légal : 09/2011 – Collection N° 65 - Édition N° 06
16/9305/0